COLLECTION
FOLIO ESSAIS

57

229

232

Régis Debray

Le moment fraternité

Gallimard

Dans la même collection

LE POUVOIR INTELLECTUEL EN FRANCE, *n° 43.*

VIE ET MORT DE L'IMAGE. UNE HISTOIRE DU REGARD EN OCCIDENT, *n° 261.*

L'ÉTAT SÉDUCTEUR, *n° 312.*

COURS DE MÉDIOLOGIE GÉNÉRALE, *n° 377.*

LE FEU SACRÉ, *n° 461.*

Ancien élève de l'École normale supérieure, agrégé de philosophie, Régis Debray est également l'auteur de romans (prix Femina 1977) et d'essais.

À Stéphane Hessel,
résistant, déporté,
ambassadeur de France,
co-auteur de la Déclaration universelle
des droits de l'homme (1948),
et qui, avec d'autres, sauve l'honneur

Préface

L'individu est tout, et le tout n'est plus rien. Que faire pour qu'il devienne quelque chose ? Comment, au royaume éclaté du moi-je, *susciter ou réveiller des* nous *qui ne se payent pas de mots et laissent chacun respirer ? Qu'est-ce qui peut encore sceller une complicité, en dehors de la maison, du stade et du bureau ? Questions urticantes, mais que je ne crois pas intempestives. Elles tenaillent obscurément l'envie que l'on n'ose s'avouer d'un autre horizon que notre va-et-vient affolé entre soif de gain et peur de perdre, et elles appellent une réponse sans fard ni tabou. Ce livre, on l'aura compris, n'a pas son lieu de naissance dans une bibliothèque. Il est né du croisement d'une mémoire intime avec la vie de tous. Dans la conviction que l'économie seule ne fera jamais une société.*

Les pronoms n'ont pas d'âge, les totems accusent le leur. Une évasive fraternité continue d'orner nos frontons, sceaux, frontispices et en-têtes administratifs, mais le mot ne se prononce plus guère chez nos officiels, par peur du ringard ou du pompier. Le Président de la République se garde de l'utiliser, même dans ses vœux de Nouvel An, lui préférant les droits de l'homme. Et quand un préfet plus audacieux le fait résonner le 14-Juillet dans ses pièces de réception, il ne tient pas trop à le voir se concrétiser le lendemain sous ses fenêtres. Depuis 1848, date de son intronisation dans la triade républicaine, il a perdu son chic et s'est fané. Dans la « sainte devise de nos pères », la petite dernière est devenue orpheline. Pas de statut conceptuel, pas d'entrée dans les dictionnaires de philosophie contemporaine. Liberté *d'expression,* Égalité *des chances : le génitif met de l'animation. Les assemblées en débattent, l'intellectuel s'en saisit, l'opinion se fâche. Rien de tel pour la puînée. La* Fraternité *n'a pas de génitif. En France, c'est une vieille cousine qui s'est fondue dans le décor, mais qui fait tapisserie, et personne ne l'invite à danser. On se souvient vaguement qu'elle tournait tous les cœurs, dans sa folle jeunesse, au* XIX*e siècle, quand elle courait les barricades et les sociétés ouvrières. Il serait impoli de lui demander de partir, mais ce qu'elle fait encore là, personne ne sait. Les sciences sociales lui tournent le dos, les marchés n'en ont cure, les libéraux lui préfèrent la compassion et nos socialistes honteux la trouvent tocarde. Rares les chercheurs qui acceptent de prendre encore au sérieux un prêchi-prêcha qui n'engage à rien de sérieux*[1]. *Quant aux profanes, vous et moi, ils ne savent plus trop si ce mot devenu*

1. Parmi les historiens, et pour s'en tenir aux Français, d'abord Mona Ozouf et Marcel David. Parmi les juristes, Michel Borgetto. Parmi les philosophes, Charles Renouvier (1815-1903), Jean-Paul Sartre (1905-1980) et Robert Damien. Grâces soient rendues à ces pionniers : ce sont eux qui ont donné sa dignité, et sa complexité, à cette notion notoirement méprisée, à la fois par la tradition marxiste et la tradition libérale.

chez nous flasque et sans arêtes doit faire sourire ou frémir. S'il faut l'expédier au musée avec le gilet à boutonner dans le dos et le quarante-huitard à spencer et grand chapeau râpé partant organiser à Nauvoo, Illinois, le bonheur de l'humanité, ou bien s'il faut désormais en charger la préfecture de police et tous ceux qui ont un œil sur les frères des banlieues. Qui fera cette traversée jusqu'au bout préférera, espérons-le, se retrousser les manches.

Du Père et de sa Loi, le procès est derrière nous, le verdict rendu, beaucoup ont tourné la page. De la Mère et du maternage, la poisseuse emprise a été dénoncée, avec tout ce qu'a de régressif et d'infantilisant la Big Mother. *C'est désormais et par ricochet du Frère qu'il nous est demandé, en Europe, de faire notre deuil. C'est là que le bât blesse. Et c'est cette blessure qu'on voudrait sinon soigner ou guérir, du moins débrider, aviver et approfondir.*

Voici donc la chanson d'une mal-aimée. « Sois mon frère ou je te tue. » Le mot assassin et tendancieux de Chamfort a laissé des traces. Tant de morts... Tant de pièces à charge... Si la charité *a redoré son blason, sa cadette incroyante reste sur les étagères, en vitrine, mais à lorgner de loin. La* citoyenneté *est un produit de grande consommation, devenu à force inodore, incolore et sans saveur, mais de bon ton et peu compromettant. La* fraternité *est une essence plus rare, qui se consomme sur ordonnance, diluée et en prises espacées — avec la* solidarité *de l'État providence, ou bien vaporisée en* convivialité, *pour de brèves euphories, ou alors, au compte-gouttes, en tête-à-tête, sous l'étiquette* amitié. *Le policier garde de l'estime pour son* collègue. *L'avocat ou le médecin pour son* confrère. *L'ancien élève pour son* condisciple, *le footballeur pour son* coéquipier, *l'engagé pour son* camarade *de régiment, l'ébéniste du Tour de France pour son* compagnon. *C'est tant mieux, mais pas assez. Notre chère petite personne aspire à plus et à mieux : pouvoir appeler frère ou sœur un étranger qui ne porte pas notre nom. De cette grâce précaire qu'est une famille élective, de ce bonheur insolite et dangereux, certes, mais que rien ne remplace, le rêve ou la mélancolie ne veulent pas mourir, étrangement. La débâcle du communisme, l'étouffoir communautaire, la phobie du sectaire et du totalitaire ont suggéré à de bons esprits qu'il fallait passer un bracelet électronique au suspect « communauté ». N'empêche que la démangeaison demeure, en sourdine. Une vie à la première personne du singulier est une vie mutilée, et si l'ordre des tribus est mortifère, quelque chose en nous refuse l'appartenance zéro, et recherche d'autres communions que celles du sang et de la couleur de peau, auxquelles ramène, par dépit, l'invocation d'un droit passablement éborgné mais qui se dit universel. Il y a des* nous *sans fraternité, mais il n'y a pas de fraternité sans* nous, *et c'est l'énigme des appartenances qu'il nous faudra d'abord élucider, pour arracher ses lourds secrets à ce mot-valise, ce mot-relique, ce mot-épave. Sans pleurer à l'enterrement, sans promettre un second souffle. En laissant le lyrisme à de plus doués et la morale à de plus qualifiés... En simple artisan médiologue, pour deviner comment ça se tisse, un groupe d'affinités, et comment ça se détricote, au fil des ans.*

Connaître au plus près, c'est toujours lier entre eux des idées et des événements relevant de planètes diffé-

rentes. Pour retrouver un objet perdu comme le lien de fraternité, force est de panacher les registres, puisqu'il sert de trait d'union aux domaines religieux et politique. Le curieux qui met son nez dans sa généalogie n'est pas peu surpris d'y trouver du sabre et du goupillon. C'est en 1790, dans un discours portant sur l'organisation de la garde nationale, que Robespierre proposa d'écrire Fraternité *sur nos drapeaux. Le bas clergé patriote ne manqua pas d'applaudir l'inattendu retour d'un précepte évangélique. La consécration en principe de gouvernement d'une valeur spirituelle qui servait déjà de clé de voûte aux francs-maçons, par cordeliers et jacobins interposés (les couvents franciscains et dominicains ayant donné leur nom aux clubs révolutionnaires), eut pour ressort la patrie en danger. Elle a tourné court avec l'Empire, la Restauration et la Monarchie des banquiers. C'est le sermon sur la montagne qui l'a ressuscitée, en 1848 : le tiers salvateur, empêchant les libéraux de piétiner l'égalité et les partageux d'anéantir les libertés, fut porté au pinacle par une émeute parisienne invoquant le « prolétaire de Nazareth », à une époque où la dernière bande du drapeau tricolore ramené par les redingotes apparaissait aux hommes en blouse, rouge comme le sang du Christ. Anecdote, mais qui témoigne, dès le lever de rideau romantique, d'une paradoxale alliance entre les Lumières et l'Évangile. Comme d'une passerelle entre le sacral et le profane, les verticales et les horizontales de l'établissement humain. Puisque nos grands moments de fraternité se donnent tous une référence mythique de l'ordre du sacré (ancêtre, idéal ou patrie), il fallait commencer par l'amont en cherchant d'abord ce que sacré veut dire, concrètement. Et comme « les droits de l'homme » se donnent pour l'expression actuelle de la fraternité, il était nécessaire d'examiner ce qu'est devenue cette religion civile qui a donné son* aura *à un* nous *d'élite, souvent dominateur et longtemps sûr de lui, l'Occident (ou demain la Ligue des démocraties). Si ce credo unanimiste est devenu un obstacle à un dialogue en réciprocité, à l'échelle du monde, entre dominants et dominés, entre les fulminants maîtres du ciel et les bouseux exterminés au sol, c'est le principe même de fraternité qu'il nous faut réensemencer, en vue d'un* nous *solidaire et durable, sans complexe de supériorité ni danger de représailles pour les pauvres qui n'en sont pas.*

Et pourquoi, me direz-vous, tous ces tours et détours autour d'une idée vieillotte et quasi moribonde ? Pour ne pas rendre la place ? Oui, mais peut-être aussi pour contribuer au chapitre suivant d'un grand récit d'émancipation qui a couvert deux siècles de notre histoire et dont on peut dire, comme nos amis de L'Éducation sentimentale *pour conclure leur odyssée, que « c'est bien là ce que nous avons eu de meilleur ». A-t-on le droit de refuser qu'il finisse en queue de poisson ?*

Nous n'irons plus planter, c'est sûr, un phalanstère en Icarie, avec un vade-mecum *sous le bras, craignant trop qu'un goulag nous attende à la sortie. Mais pour autant, ni le* sweet-home *ni le tête-à-tête avec l'écran ni la course au rendement n'étancheront notre besoin de chanter à plusieurs, et au-delà, celui d'appartenir à une lignée qui nous déborde et nous grandisse. Si la gagne et la secte, le* trader *et le gourou, nous rebutent tout autant, reste à chercher la porte étroite d'où pourraient s'apercevoir en perspective les vallons familiers d'une fraternité modeste et sans terreur. Utopie ? Mirage ? Billevesée ? Peut-être. Tenter de donner couleurs et contours à cette échappée vaudra toujours mieux, cependant, qu'un assemblage de lotissements et de résidences sécurisées, où « l'homme croit vivre et pourtant il est déjà presque mort/et depuis très longtemps/il va et vient dans un triste décor/couleur de jour de l'an/avec le portrait de la grand-mère/du grand-père et de l'oncle Ferdinand » (Prévert).*

Sans vouloir offenser Ferdinand. Juste pour lui rappeler qu'il y a un monde derrière sa porte blindée, et qui vaut encore le voyage.

LIVRE I

Du bon usage du sacré

C'est moins une thèse qu'un constat : un nous *se noue par un acte, délibéré ou non, de sacralisation. Le sacré ne représente donc pas un luxe personnel, dépense somptuaire ou supplément d'âme, mais un bien de première nécessité : c'est le plus sûr moyen de mise en commun dont dispose un ensemble flou pour faire corps et se perpétuer. Encore faut-il préciser de quoi il retourne. Inutile, pour cette mise au net, de lever les yeux au ciel. Mieux vaut, puisque le lien entre générations a toujours besoin de repères fixes, poser l'œil naïf du photographe sur quelques hauts lieux de ce bas monde, et en tirer deux ou trois enseignements prosaïques.*

I
Regarder

On ne part pas. — Reprenons les chemins d'ici.

Arthur Rimbaud,
« Mauvais sang », *Les Illuminations.*

Expositions, colloques, essais, magazines, albums et forums : longtemps mis à l'ombre, le *sacré* reprend des couleurs dans le manège culturel. La question d'examen pour potaches en sociologie est devenue un sujet porteur et décoiffant. Paradoxe, à l'heure où seul le dérisoire fait sérieux, où la pudeur choque et les rituels dérangent, où *sacrifice* et *sacrilège* paraissent reliques de temps barbares. Or qu'est-ce que le sacré sinon ce qui légitime le sacrifice et interdit le sacrilège ? Et comment se coiffer de l'aura du premier sans s'exposer aux dangers des seconds ? Nombrilistes humanitaires, pollueurs écolos, céliniens traquant l'antisémite, voyeuristes brocardant les *people*, anarchistes dociles à l'opinion : nous ne sommes plus, il est vrai, à une incohérence près. Aussi se surprend-on, le matin, à disserter sur le désenchantement du monde et, l'après-midi, à aduler l'« Océan de sagesse » tibétain en robe safran, quatorzième réincarnation de feu Tchenrézi. Pourquoi pas un dieu vivant, un petit drapeau de prière, des bouddhas replets et souriants, dès lors que nous nous estimons éligibles aux droits sans devoirs, au podium sans transpiration, à la musique en libre-service, à la guerre zéro mort, bref, aux aménités sans les aspérités ? Un sacré bonasse et bon marché, errant dans des friches incertaines, entre Thérèse d'Ávila et Madame Soleil, sans prix fort à payer (la frontière, l'intolérable, le sang versé), sied à l'économie du gratuit, joli mensonge, ainsi qu'à l'écart, désormais numérique, entre les événements et leurs traces. Qu'on nous pardonne cette insolence : chercher la chose derrière le mot, cet entonnoir de sens où s'engouffre tout et son contraire.

Que le n'importe quoi n'aille pas sans bénéfices esthétiques, rien ne l'a mieux montré qu'une récente exposition (2008) au Centre Pompidou, à Paris, sur « les relations entre art occidental et spiritualité au XXe siècle », intitulée *Traces du sacré*. Le visiteur intimidé y passait de salle en salle et sans coup férir de la vision psychédélique à la danse cosmique, à travers les lames du tarot et les crucifix, le paranormal et l'astrologie. Le sacré dans l'art outrepasse largement l'art sacré, soit les œuvres destinées à des lieux de culte. Mais si le sacré est dans tout, il n'est bientôt plus grand-chose. « Esprit, es-tu là ? », titra un hebdomadaire, perplexe. Frappant à toutes les portes, il risque de ne plus frapper personne, et le ramasse-tout, voiture-balai du bizarre, en multiplie à ce point les traces qu'on en perd la piste. Il n'y aurait rien eu que de plaisant dans ce floutage propice à une jolie cueillette dans nos collections et réserves, de Goya à Bacon, en passant par Pollock et Beuys, si ce capharnaüm n'avait traduit dans le royaume des formes une menue reddition de la raison devant ce que le poids des poncifs et notre étourderie nous incitent à tenir pour inexplicable, définitivement rebelle au discernement. Est-ce faire honneur aux Lumières, à l'orée d'une zone d'ombre, que de commencer par baisser l'abat-jour pour allumer les encensoirs ?

La plus benoîte des confusions amalgame le *sacré* au *spirituel*, lui-même assimilé au *religieux*, et ce dernier, à la foi en *Dieu*. Équation ethnocentrique et myope, mondialement minoritaire, mais qui passe en Occident comme une lettre à la poste. C'est oublier l'emprise, en Afrique comme en Asie, de religions dites traditionnelles, sans Dieu unique ni Révélation, ni même obligation de foi, ainsi que le caractère très récent (deux mille cinq cents ans) du monothéisme. C'est confondre le mystique, qui se prépare à la mort, avec le religieux, qui prépare les obsèques. C'est aligner le ténor sur le choriste. L'adepte d'un courant spirituel s'adresse à l'Invisible en tant qu'individu ; le fidèle d'une religion, en tant que membre d'une communauté. Le premier dit « je » ; le second dit « nous ». « Donne-*nous* aujourd'hui *notre* pain de ce jour... » Et au *Notre Père* chrétien correspond la *Fatiha* musulmane : « C'est Toi que *nous* adorons, c'est de Toi que *nous* implorons le secours... ». Mais surtout, c'est négliger qu'une démarche spirituelle, balisée ou buissonnière, se reconnaît à ceci qu'elle n'a pas de volet pénal, alors qu'autour d'une sacralité reconnue, il y a toujours un cordon protecteur, législatif et réglementaire, stipulant des peines en cas de viol. Si je siffle la *Symphonie inachevée* dans la salle Pleyel, je commets une impolitesse. Ce n'est pas un délit. Si je siffle *La Marseillaise* sous l'arc de triomphe, je commets un outrage. C'en est un. L'hymne national et le drapeau tricolore ont été sacralisés par la loi en 2003 (art. 433-5 du Code pénal), et le Conseil constitutionnel a approuvé : 1 700 euros d'amende et six mois d'emprisonnement si l'outrage est commis en réunion, « au cours d'une manifestation organisée par les autorités publiques ». Une question de sacralité touche aux institutions.

Sans juger incompatibles l'extase et l'observance, le spirituel et le rituel, il est flagrant que l'on peut, et de mieux en mieux, appartenir sans croire, et croire sans appartenir. Quant au sacré lui-même, il n'a pas partie liée avec l'au-delà et le Très-Haut. Point besoin d'assister à un requiem dans une église pour en frissonner. Certaines grandes journées de l'histoire de France, telle qu'on l'enseignait dans les années 1950, nous en donnaient comme un arrière-goût. « C'est par la nation, remarque Pierre Nora, que notre mémoire s'est maintenue sur le sacré. » Une sonnerie aux morts dans la cour des Invalides, les honneurs militaires rendus à un compagnon de la Libération (roulements de tambours, casoars, cuivres, drapeaux, minute de silence) nous font encore honorablement tressaillir. Et ce qui nous glace tout à trac devant les tombes saccagées d'un cimetière musulman ou juif parle de soi. Moins qu'une personne, mais plus qu'une chose : la sacralité d'une dépouille mortelle ne fait de doute pour personne, croyant ou pas. Notre Code pénal le reconnaît, qui, en son article 225-17, punit d'un an d'emprisonnement et d'une lourde amende toute atteinte à l'intégrité d'un cadavre, ainsi que la violation et la *profanation* de tombeaux, sépultures ou monuments édifiés à la mémoire des morts. La loi interdit de placer plusieurs corps dans un même cercueil et sanctionne les prélèvements d'organes illicites sur les cadavres. C'est une question non de morale, mais d'ordre public (où l'on balance entre le sublime et le répugnant). Le culte civil des « morts pour » quelque chose, tout protocolaire qu'il soit, ne se réduit pas au domaine impuni des sentiments privés.

Même si un lever des couleurs au clairon, sur un pic isolé, à l'aurore, ne peut rivaliser avec la *Toccata et fugue en ré mineur* de Bach, résonnant sous une nef gothique, gardons-nous de croire ce dont les cultes à miracles et sacrements voudraient nous convaincre : qu'ils ont l'exclusivité de la chair de poule. Ils l'administrent en experts, mais n'en ont pas le monopole. Les religions séculières ont inventé leurs propres liturgies, et sont allées jusqu'à retourner le sacré collectif contre Dieu et ses ministres. Cette prise à revers a donné au XXe siècle son cachet tout à la fois ironique et tragique. Ainsi de la Turquie réformiste de Mustafa Kemal, où le port de signes religieux était jugé sacrilège, comme le propos outrageant sur Lénine était blasphématoire dans l'Union soviétique athée. Aujourd'hui encore, à Ankara, qui mâche un chewing-gum dans une cérémonie d'hommage au Père des Turcs va en prison, et l'élève cubain qui, à La Havane, piétine un portrait du Che est exclu du lycée. Autant se l'avouer : si les dieux s'enfuyaient, si toutes les religions révélées venaient à disparaître du jour au lendemain, l'athéisme régnant en maître sur la planète, les sacralités continueraient de prospérer dans notre pauvre monde, et de plus belle. Dépourvue de religion au sens chrétien du terme, la Chine ignore le Dieu créateur, la notion de péché et les Écritures saintes. Ce qui ne l'a pas empêchée d'avoir cinq montagnes sacrées, le tombeau de Fuxi, inventeur légendaire de la divination, et l'effigie de Mao sur la place Tienanmen, dont la mise aux enchères fut hier ressentie comme un sacrilège par l'opinion chinoise.

La section « développement personnel » des librairies étant aussi bien fournie que le rayon BD, on aurait pu attendre des plongées dans l'intime et l'introspectif qu'elles percent le brouillard des mots vagues. Ne manquent pas les ouvrages psycho-philo-spirituels sur l'éveil, l'amour, la transcendance vécue, qui vantent un nouvel art du bonheur, *via* la « mystique sans religion » et « l'expérience du sacré ». Ces *best-sellers* profitables à tous, lecteurs et auteurs, baptisent *sacré* tout ce qui flotte à l'étage et renouvelle nos sensations. Sont bannies de ces escapades euphorisantes les formes publiques et rugueuses du « sacré de respect » comme du « sacré de transgression », sanctuaires et blasphèmes, partout observables. Le « ras-le-bol des idéologies » engendre l'idéologie de l'ineffable, *sfumato* avantageux, commercialement, mais qui ne fait pas gagner en précision.

Nationalismes et communismes ont fait la preuve que le plus virulent des sacrés est celui qui s'ignore, ou se fuit lui-même. Au vu des paranoïas et des hallucinations auxquelles ont donné lieu les divinités profanes de la nation, du progrès ou du prolétariat, le principe de précaution devrait inciter l'esprit le plus rassis, le plus prévenu contre magies et sorcelleries, à prendre le taureau par les cornes. Par simple prudence : ce qu'on ne peut éliminer, mieux vaut l'apprivoiser. En commençant par *cerner* le sujet, sans trop élever le débat, comme ont tendance à le faire les bons auteurs qui donnent le *la* dans la sphère académique. Rituellement cité, le philosophe allemand Rudolf Otto (*Das Heilige,* 1917) remplace le mot par un autre, le *numineux*, force indépendante de notre volonté, définie comme le « tout-autre », vénération négative de l'indicible qui n'explique ni ses conditions d'apparition ni sa raison d'être. Serait religion ce qui se fonde sur le sacré ; serait sacré ce qui se trouve à la base de toute expérience religieuse : décevante tautologie. Passons sur les développements classiques auxquels donne lieu l'ambiguïté originelle du tour à tour (ou bien à la fois) faste et néfaste, redoutable et bienveillant. Nos sacrés farceurs la connaissent bien, sacrebleu, cette ambivalence — les médecins également, avec les vertèbres du *sacrum* (génération et excrétion relevant de régions tantôt honteuses tantôt sacrées) —, dont n'importe quel bachelier ès lettres peut s'aviser en consultant son Gaffiot, qui, à l'entrée *sacer*, écrit « qu'il soit maudit », comme, dans son Bailly, *pharmakos* signifie remède et poison. Le sociologue français Durkheim (*Les Formes élémentaires de la vie religieuse*, 1910) définit le sacré par son opposition absolue au profane. Roger Caillois en fera, en 1939, le leitmotiv de *L'Homme et le Sacré*. Les ethnologues nous ont appris depuis lors que cette opposition, qui extrapole à partir de données mélanésiennes et polynésiennes, n'a rien d'irréductible ni d'universel. Les cultures africaines, où les frontières entre les deux sont poreuses et mouvantes, l'ignorent, et les Asiatiques l'atténuent grandement. Le sacré sous-tend l'ordinaire des gestes de la vie dans le monde islamique. En Occident même, où il s'est longtemps entremêlé à nombre d'activités sociales et productives (forgeron, agriculteur, tailleur de pierres), la séparation a été tardive. Quant au Roumain Mircea Eliade, il voit dans le sacré le réel par excellence, la réalité ultime des choses. Soit, mais encore ? Cette réalité, explique-t-il, est une force primordiale qui se manifeste dans des *hiérophanies*. Fort bien. Qu'est-ce qu'une « hiérophanie » ? Une manifestation du sacré primordial. À nouveau, on tourne en rond. Ces définitions qui se mordent la queue font pourtant autorité : mystère des sacrements universitaires. Pour le dire vite, maints excellents esprits ont en commun d'escamoter tout ce qu'il entre de labeur dans la production d'un sacré, moins attentifs aux procédures de son instauration, et aux intérêts qu'il satisfait, qu'à l'essence d'une entité suréminente et sans âge, qu'ils ont en réalité sortie de leur tête.

Le premier obstacle à lever sur la voie d'une approche prosaïque, *relax*, débonnaire, de la chose est l'article défini singulier : *le* sacré. Il fait d'un attribut historique une substance éternelle, et d'un construit, un donné. L'esprit spéculatif tire de la poire, de la pomme et de la cerise l'idée du fruit, pour poser ensuite que le Fruit transcendant a engendré les fruits colorés et juteux de nos marchands des quatre-saisons, incarnations printanières d'un archétype primordial. Ainsi érige-t-on le sacré en une réalité en soi et par soi, en amont de la nôtre, telle une contrée ensorcelante, Pays des neiges ou noir Achéron, à laquelle seule une élite de grands initiés aurait accès et par le truchement desquels, nous pauvres benêts, devrions passer pour en sentir les vibrations et en décrypter les messages. Se profile alors l'absolu du pauvre — ou des cœurs simples : un Sphinx tutélaire, une puissance indéterminée, non maîtrisable, tantôt effrayante tantôt fascinante, l'englobant irrécusable qui nous attend dès avant notre naissance et que nous n'aurions plus ensuite qu'à saluer et reconnaître, la tête basse, chacun son tour. De ce que nous ne comprenons pas, à tel instant, tout ce qui nous arrive ne se déduit pas qu'un Incompréhensible, quelque part, nous tienne la dragée haute, et à jamais. Nous ne percevons qu'une portion du spectre électromagnétique, mais nos instruments captent les ondes ultraviolettes et les rayons gamma. Ils sont objectifs, attestés par des effets, et mesurables. *Alice au pays des merveilles* et *Harry Potter* font nos délices, mais un esprit peu doué pour l'occultisme et la nécromancie n'a aucune raison de faire l'hypothèse d'un outremonde dont le nôtre ne serait qu'une copie dégradée. Si l'on rencontre *du* sacré, partout où s'est formée une communauté durable, c'est en vertu d'*actes humains de sacralisation*. Le sacral n'est pas l'émanation d'un *être*, mais le produit d'un *faire*. Aussi, quoique plus pédant d'allure, le terme de *sacralités*, au pluriel, convient-il mieux pour désigner ce rapport circonstancié, précaire et périssable, qu'instaure un collectif avec un objet *x*, idéal ou matériel, homme, vache, caïman, Livre, mur, pierre, site, clairière, arbre ou bout de tissu. Le sacré ne tombe pas du ciel, ni ne nous préexiste. Notre ombre portée est apparue avec l'*homo sapiens* (– 100 000) et disparaîtra vraisemblablement avec le dernier *sapiens sapiens* usant son dernier watt pour cuire son dernier rat.

Entre ces deux butoirs, et qui laissent de la marge, on peut et pourra repérer, incrustés sur ou dans le sol, autant de lieux où souffla un jour l'esprit que de mémoires et de cultures humaines. Les Juifs pratiquants ont élu le mur des Lamentations, les Français communistes avaient le mur des Fédérés. Nos cathos ont la grotte de Lourdes, nos protestants la tour de Constance, nos anciens combattants, l'arc de triomphe, avec la tombe du Soldat inconnu. Les Américains ont le cimetière de Gettysburg, les Soviétiques d'hier, le mausolée de Lénine, et les Russes d'aujourd'hui, la Trinité-Saint-Serge. N'importe quoi est éligible à la fixation généalogique et à la promotion en ombilic des limbes : reptile, bipède ou quadrupède, émeraude ou granit, chêne ou lotus, scarabée ou cobra, cathédrale ou cabane, il y en a pour tous les goûts. Au Liban, en pleine guerre civile, toutes les parties convinrent, après le saccage d'un établissement financier, que le quartier des banques ferait un périmètre interdit : une société phénicienne sacralise l'outil commun, la banque. Chaque collectivité échoit du sacré que lui suggèrent ses paysages, et son outillage. Le cheval est le sacré des tribus nomades d'Asie centrale, elles n'auraient pu survivre sans. Aucun de ces miroirs ne ressemble à un autre. Sauf par ceci, qu'où l'on se trouve, à Moscou, New York, Douchanbe ou Dakar, qu'on soit slave, américain, tadjik ou sérère, le sentiment du sacré s'incarne, se matérialise quelque part, dans quelque chose ou en quelqu'un, mort ou vif. Sans doute y a-t-il des pratiques dématérialisées du sacral, avec les danses, les chants et maints rituels. Mais, toujours, il s'exprime par des gestes, en touchant un rocher, en posant la main sur une tombe ou une vitre, la bouche sur une photo ou une médaille. C'est du vaporeux, peut-être, mais isolé, circonscrit, fixé à du palpable, du minéral, du localisable ; pour déjouer l'entropie naturelle, qui pousse au volatile. C'est *fait* dans ce but, le sacré : pour raccrocher l'atome à la molécule et l'éphémère au durable ; pour donner le souffle long à une fraternité ; pour la prolongation de soi *via* l'affiliation à un *nous* qui me précède et me survivra.

Quittons les écritoires : l'*in situ* a autant à nous apprendre que l'*in vitro*. Alchimistes, mystagogues, cabalistes, prophètes et herméneutes, n'entrez pas en transe, et sortez prendre l'air, nez au vent. Ne plongez pas dans les Écritures, résistez aux golfes d'ombre, flânez, musardez, et observez *comment cela se présente*. Vos arcanes s'exposent en surface (le lieu le plus obscur étant sous le lampadaire, ce n'est pas pour eux la pire façon de garder leurs secrets). N'oubliez pas de regarder à vos pieds. L'essentiel se joue au ras du sol : pas-de-porte, barrière, grille, soubassement à gradins, terre-plein, chasse-roue. Les détails matériels ont du génie. *Aborder le sacré par les bordures* est sans doute la meilleure façon de ne pas se perdre dans l'obscur, et même si l'on n'observe que ce que l'on comprend, la photographie des surfaces et des volumes n'a pas moins à révéler que la psychologie des profondeurs.

Le moindre survol des lieux dits sacrés qu'ont laissés derrière elles les civilisations historiques montre un art inné de la *découpe* propre à l'espèce. Elle goûte les contours nets. Elle cadastre la terre pour mieux l'apprivoiser, en tirant des traits sans aller à la ligne. Les bipèdes angoissés n'ont pas attendu d'inventer les lettres de l'alphabet pour *faire du discret avec du continu*, pour surmonter la panique du terrain vague en dessinant parcours, limites et bornages. Priorité aux premiers venus. Au regard des pierres levées, grottes, encoignures, pyramides et temples, nos textes saints, Bible, Évangiles, Coran, dans l'histoire longue de l'espèce, constituent un sacré de dernière minute. De *pagus*, le canton rustique, est sortie la *page* du livre, non l'inverse. Parler, écrire n'ont pas été les premières ni les seules façons de produire du sens. On peut en donner au monde, et à sa propre vie, au moyen d'interrupteurs et commutateurs matériels. Nos rites de passage seraient impossibles sans ces seuils, lignes et contours permettant de baliser l'indistinct et scander l'uniforme. Comment ? En introduisant du discontinu dans la continuité de l'espace (sépultures et stèles) et du temps (fêtes périodiques) : l'absence de rythme fait dépérir. Alternance et cadence sont inhérentes à la marche des jours, mais rythmer l'espace est plus méritoire, et peut-être plus révélateur, car ici fait défaut le répondant naturel des années, des lunaisons, des marées et des saisons. Cercles magiques et rotondes peuvent se réclamer du cosmos et des orbites célestes, mais il n'y a pas de rectangles ni de carrés dans la nature (ni d'alignements de pierres levées). Par quoi l'aménagement d'un site dans l'espace témoigne autant de la fonction symbolique qu'une prophétie couchée par écrit, même si la sacralisation d'un territoire par le sang et la sépulture n'est pas moins grosse de massacres à venir qu'une annonce d'apocalypse sous forme écrite. Et gardons-nous, en fait d'espaces consacrés, de penser aussitôt à l'ossuaire de Douaumont, aux cénotaphes et trophées patriotiques, ou aux mausolées moscovite, chinois, turc et autres. Familière et sans emphase peut être la démarcation propitiatoire. Votre voisin de palier, juif, pour attirer prospérité et bien-être sur les siens, a consacré sa porte en suspendant de biais, sur son montant droit, une *mezouza*, petit étui contenant des versets bibliques (qui se plaçait, jadis, dans une cavité creusée dans le bois). Un peu plus loin dans la rue, une porte rébarbative protège l'inviolable intimité d'un intérieur arabo-musulman. Ce domicile n'est pas une machine à habiter mais un mini-sanctuaire, à sacralité faible, mais déjà dissuasive. L'espace domestique est *haram*, séparé, qui a donné harem. Femmes intouchables, invisibles pour l'étranger — et la pire des effractions serait encore qu'entre là un chien, animal presque aussi impur que le cochon (quand ce ne serait pas un chien de chasse ou le compagnon des Sept Dormants d'Éphèse). C'est le viol qu'ont commis, à Bagdad, au début de l'occupation, commandos américains et britanniques. Mais point besoin, pour faire exemple, d'enrôler exactions exotiques et superstitions baroques. Restons entre profanes, sans courir aux antipodes, sur les « chemins d'ici ». Feuilletant les *Souvenirs et carnets* d'un administrateur civil et sobre, le préfet Maurice Grimaud, évoquant sa vie à Alger en 1943, on voit affleurer au détour d'une page, en termes tout profanes, ce que peut être, dans la vie de tous les jours, un sacré séculier *in statu nascendi* : « Alger elle-même nous restait étrangère, voire hostile, mais la caravane gaullienne, en y dressant ses tentes, avait comme édifié une cité sacrée dans la ville profane, avec ses places secrètes (le lycée Fromentin, la villa des Oliviers), où nul n'entrait sans éprouver le frémissement révérenciel que ressent tout fidèle admis au seuil du parvis. » En quatre lignes, s'exposent les mots-clés d'un lexique millénaire : tente, secret, frémissement, seuil, parvis.

Pour entrevoir ce qu'il y a d'inlassable et, craignons-le, d'irrémédiable dans l'éternel retour du sacro-saint, il suffit de substituer à un substantif par trop intimidant quelques verbes ordinaires.

II
Enclore

Fermé, sacré, plein d'un feu sans matière,
Fragment terrestre offert à la lumière,
Ce lieu me plaît, dominé de flambeaux [...].

Paul VALÉRY,
« Le Cimetière marin », *Charmes.*

Première observation : *là où il y a du sacré, il y a une enceinte. Et là où la clôture s'efface — ligne, seuil ou dénivelé —, le sacré disparaît.*

Matrimoniale (pas d'intermariage), linguistique, alimentaire, vestimentaire, etc., pourra être la démarcation entre groupes voisins, mais, rainure, muraille ou fossé, la différence s'affiche et s'inscrit, *de visu*, dans le paysage. La ville des villes, Rome, eut pour acte de naissance emblématique une charrue promenée autour d'une colline pour tracer le *sillon primordial* délimitant un espace inviolable, la Rome carrée. Interdit d'ensevelir les morts à l'intérieur, et malheur à qui enjambe le fossé sans permission. Ce n'est pas la violence qui constitue « l'âme véritable et le cœur secret du sacré », c'est la frontière. La violence dérive du territoire, non l'inverse.

Remontons jusqu'au paradis : il vient du persan ancien, *paridaiza*, qui signifie enclos, et par extension jardin. La parfaite plénitude du premier couple, dont on veut croire qu'elle nous reviendra à la fin des fins, se matérialisait dans un petit domaine champêtre, replié sur lui-même, siège d'un « nous deux » utérin et béat. Ève et le serpent aidant, l'enceinte s'est depuis lézardée. Il n'est de paradis que perdu ? Sans doute, mais l'expulsé, qui ne se fait pas à l'exil, n'a eu de cesse de s'inventer des édens de substitution, aussi étanches que possible, qu'on appelle des sanctuaires. Et d'en colmater les fissures, tout au long du temps, en Sisyphe appliqué et jamais découragé.

Sacraliser, c'est remparer. Mettre sous tension une portion d'étendue. Entourer d'une barrière, d'une grille, d'une balustrade. Démarquer du chaos cosmique ou citadin par un degré, une rampe, un terre-plein. Cercle, quadrilatère ou rectangle... Nulle page sacrée n'est sans filet, nul temple n'est de plain-pied, dépourvu de soutènement. Rien de moins évocateur du « sentiment océanique de la vie », du « vertige de l'illimité », de la « nostalgie de l'infini » que l'archipel des sites qui furent un jour ou demeurent aimantés. L'un des plus anciens sanctuaires, après ceux du Morbihan, dont nous ayons trace en Europe, Stonehenge, « le Lourdes préhistorique », dresse depuis plus de quatre mille ans ses menhirs de grès sur la plaine de Salisbury, en Angleterre, balayée par tous les vents. Ces dizaines de pierres debout (sept mètres de hauteur, quarante-cinq tonnes), coiffées jadis de linteaux, dessinent un cercle parfait (dont l'entrée, au solstice d'été, fait face au lever du soleil). Des images virtuelles du site de Carnac montrent que les alignements s'associaient à une forme ovalaire ou rectangulaire. « Reconnais-tu le temple au *péristyle* immense... » : sans colonnade, pas de temple. Le jubé dans l'église isole le chœur de la nef, la clôture fait le cloître, isolat de terre ferme qui se console de ne pas être une île au moyen de murs, porteries, chancels, grilles intérieures et autres sas de précaution. Et des dominicains, à leur naissance, on a dit qu'ils avaient « le monde pour cellule et l'océan pour cloître ». À Solesmes, l'avant-chœur, où peuvent prendre place des fidèles choisis, est séparé par une grille de la nef, elle-même séparée des stalles du chœur où les moines font oraison. Et rien ne tranche plus, sur le fond sans fin ni forme du désert, que les monastères coptes, vastes forteresses à enceinte redoublée, sous la protection de l'archange saint Michel. Quel site plus clairement circonscrit que Borobudur, empilement de terrasses carrées, puis circulaires, à l'intérieur d'un mur d'enceinte qui semble, en vue aérienne, tracé au cordeau par un géomètre ? Les temples hindous peuvent être grands comme des villes, peu importe, ils ont un périmètre percé de portes. En Afrique occidentale, la nécropole où reposent les guerriers morts au combat se nomme le *tata*, « enceinte de terre sacrée ». C'est un rectangle entouré de hauts murs ocre rouge, sommé à chaque angle et au-dessus de l'entrée d'une petite pyramide empennée de pieux. Ce sont là des lieux édifiés par les hommes. Et les sites naturels, à ciel ouvert ? On ne peut certes pas tendre un dais par-dessus ni faire courir un muret à leur base. Mais ils n'ont pas été choisis au hasard. La Sainte-Montagne, le mont Athos, est une presqu'île, inaccessible par voie de terre, et le Mont-Saint-Michel, cône de granulite bien détaché du continent, une pyramide sur l'eau. Comme les jours fériés mettent de l'extraordinaire dans l'ordinaire des semaines, îles et collines inspirées, tertres et tumulus mettent de l'extraterritorial à même un territoire. Les monts sacrés, Kailas, Fuji ou Sinaï, que leur hauteur isole du commun des piétons, ont une morphologie d'enclave. Pour désigner le mont Uluru, immense roc surgi au beau milieu de l'*outback* désertique australien, on emploie le terme norvégien *inselberg*, l'île-montagne. Landes, steppes, océans sont certes effrayants, mais trop peu délimitables pour faire office de sanctuaires. Plus intéressant pour l'inauguration est la mer intérieure ou le lac, Tibériade en Galilée, Titicaca entre Pérou et Bolivie. L'océan Indien pèche par immensité, le Gange à Bénarès se creuse entre deux rives à escaliers. Spirituel, mais non sacré, le désert reste une mer de sable à traverser, pour quarante jours ou plus, doux aux ascétiques, propice à l'épreuve, au jeûne, mais cela n'aimante pas le marcheur en exode, tel un point d'arrivée où séjourner enfin en plénitude. Comme fut Canaan, la terre étroite de la Promesse, nombril de l'univers, consolation des déportés.

Pour sauter du champ à la page : si une rhapsodie textuelle est inachevée, sans point final, elle n'aura pas statut canonique. Les écrits de circonstance qui composent notre Nouveau Testament, auxquels auraient pu légitimement s'ajouter maints autres évangiles, épîtres, actes et apocalypses rédigés à la même époque, n'ont acquis le statut d'Écritures saintes qu'au IVe siècle, quand l'Église a *clos* officiellement la liste des textes de référence, ou canon, en triant entre l'autorisé et l'apocryphe. Il en alla de même pour le Coran, au IXe siècle, quand fut proclamée « la fermeture des portes » de l'interprétation personnelle. Un sanctuaire de mots ou de briques ne laisse pas ses portes battantes. Tout canon veut un verrou. Ainsi du trépas, qui sanctuarise un homme parce qu'il le referme : il faut parler en bien d'un décédé, ou se taire (il est prudent d'attendre pour le moins bon). Il s'est dit de la mort qu'elle transforme la vie en destin. En réalité, l'irrémédiable soulage les survivants parce qu'il vient obturer du béant. Apposer un sceau sur le brouillon d'une vie, transformé en texte *ne varietur*, enserré entre deux couvertures, naissance et mort, prêt pour le cercueil biographique. Rouvrir un mort a quelque chose de sacrilège.

Sacré, neuf fois sur dix, c'est concave. C'est la grotte ornée de l'art pariétal, où le bison peint occulte à nos yeux, par le trompe-l'œil de l'aplat photographique, l'anfractueux du nid rocheux. C'est la grotte de la sibylle de Cumes, près de Naples, d'Abraham, à Hébron, de saint Jean, à Pathmos, ou de Massabielle, à Lourdes. C'est la niche du *mihrab*, creusée dans le mur intérieur de la mosquée. C'est le *stûpa*, cloche de maçonnerie ou de pierre ajourée, mais impénétrable, qui enferme une relique du Bouddha. C'est l'urne du souvenir, cendres et terre mêlées. C'est l'autel dans la case africaine, loggia abritant statuette, photo et bougie. Et l'ambivalence du sacré réversible place face à la grotte le gouffre, et à la crypte, la maison close.

La sacralité d'un lieu pourrait se graduer d'après les raideurs du sentier d'accès (chemins tortueux, chemins vertueux), l'épaisseur des parois, la largeur des vestibules. Dans le culte chrétien, l'église orthodoxe aurait la palme : rideau de bois orné d'icônes, l'iconostase replie la nef et sépare le fidèle du chœur invisible, impénétrable, réservé au clergé. Débouté, le local protestant. Tout y est à claire-voie et d'un seul tenant.

Une assiette pour ciboire, un verre pour calice et pas de tabernacle. Seule la chaire est surélevée : priorité à la lecture. Les sacrements réduits à deux, baptême et communion. Au sommet de l'échelle, pour sûr, le saint des saints hébraïque, emboîté tout à l'arrière du bâtiment, salle nue et sans fenêtres, où seul pénètre le grand prêtre, une fois l'an. Aujourd'hui encore, le Temple disparu corps et biens, un Juif pratiquant s'interdit de fouler le fantomatique emplacement de cette pièce reculée entre toutes, sur l'esplanade des Mosquées. Comme les Tables de la Loi, logées dans une arche en bois, elle-même logée dans un tabernacle, les rouleaux de la Thora ont une enveloppe triple : une gaine de tissu, dans une armoire, fermée par un rideau. Comme l'hostie consacrée, dans le ciboire, recouvert du linge nommé pavillon, enfoui dans le tabernacle (une lampe rouge s'allume, il faut, à distance, s'agenouiller). À Jérusalem, sous le dôme du Rocher (possiblement construit sur l'antique *sanctus sanctorum*), l'empreinte sur la roche du pied de Mahomet, ô combien vénérable, a l'honneur et la protection de deux balustrades concentriques. Et la Kaaba, ce cube fermé de quinze mètres de haut recouvert d'un tissu noir brodé, a droit à la septuple circumambulation des pèlerins. Un carré entouré d'un cercle giratoire à l'intérieur d'un trapèze fermé — aux non-musulmans —, qui fait mieux ?

L'effet clôture, ou l'accident de terrain, les lieux magnétisés par la prière et le pèlerinage ne sont pas les seuls à en tirer parti. Les sérails du pouvoir en font leur quotidien. Ils préfèrent le bocage à l'*openfield* : les croyances y sont plus fortes.

Ainsi des systèmes de cour, criblés de haies vives et de chemins creux. Une monarchie menacée parce que de plain-pied avec les grands du royaume, comme l'était la dynastie des Valois à la fin du XVIe siècle, chercha d'instinct une recharge de sacralité dans l'aménagement de coupe-vent destinés à barrer le passage — aux appartements privés, au cabinet de travail, à la table. L'affaire se termina mal, mais on avait pris ses précautions. « Henri III fit également installer des barrières autour de la table où il dînait, comme pour circonscrire l'espace de la majesté royale. Cette nouveauté lui avait certainement été inspirée par le cérémonial impérial. Le règlement stipulait que, au cours du repas, les gardes devaient "faire face" autour du monarque et interdire l'accès à la table, excepté aux princes et aux conseillers, tout comme à ceux qu'il plairait au roi d'appeler. En transformant le repas en théâtre de la majesté, le souverain effaçait un espace de sociabilité essentiel dans la culture nobiliaire. Ensuite se déroulait l'audience. Les solliciteurs devaient se présenter un par un, le reste des courtisans demeurant en retrait le long des murs[1]. » Quant à la cérémonie du sacre telle qu'elle se déroulait à Reims, pour les rois de France, ce rite de séparation théâtrale voyait, sur plusieurs jours, l'apparition d'accessoires de scène tels que garde-corps, rambardes et balustres, destinés à construire l'image d'un *rex ex machina,* surélevé et difficilement accessible,

1. Nicolas LE ROUX, *Un régicide au nom de Dieu. L'assassinat d'Henri III. 1er août 1589*, Paris, Gallimard, coll. « Les journées qui ont fait la France », 2006, pp. 49-50.

même à l'heure du déjeuner : « Seule la table du roi, devant la cheminée, était élevée sur une plate-forme de quatre marches de haut, avec une balustrade à l'entour et un riche dais au-dessus[1]. »

La cloison irrite, mais légitime. Chacun, dûment informé, peut jouer au petit roi pour lui-même ou sa famille. Vous dénichez dans votre grenier une vague esquisse au crayon du grand-père sur papier libre ? Commencez par l'encadrer, accrochez-la au mur, et voilà le gribouillis contemplé, envié, solennisé. L'os devient relique quand il reçoit sa châsse, et le tableau, son cadre ; pas avant. Affaire pliée, à condition que l'aïeul peintre du dimanche soit déjà au cimetière, replié dans sa boîte, encadré lui aussi.

L'intégrité d'un territoire de vie, comme d'un domaine de sens, se jouant sur et par ses lisières, les dernières volontés d'un vivant, sur son lit de mort, feront autorité. On ne touche pas à ce qui referme. La synthèse, disait Proudhon, est toujours gouvernementale, et le président est celui qui parle en dernier et conclut la cérémonie (nul ne peut prendre la parole après lui, sauf à le destituer). Le dispositif de séparation, qui consacre ce qu'il isole, se sacralise en quelque sorte par ricochet, ou réverbération. Il était interdit à Rome de construire sur le *pœmerium*, la frange de terrain qui bordait l'enceinte de la ville, comme de stationner sur un seuil de porte. À Jérusalem, pas d'espace plus stratégique, plus sensible, que le parvis du Temple, interdit aux

1. Jacques LE GOFF, « Reims, ville du sacre », *in* Pierre NORA (dir.), *Les Lieux de mémoire*, Paris, Gallimard, coll. « Quarto », vol. I, p. 709.

aveugles, aux femmes ayant leurs règles et aux hommes ayant une éjaculation nocturne. Les murailles deviennent *res sanctae*, « enceinte sacrée » : vertus du tout rejaillissant sur la partie. Par où viole-t-on un territoire, profane-t-on un sanctuaire ? Par ses limites extérieures, lieux de passage toujours dangereux. D'où l'*aura* qui s'attache aux confins, marches ou rivages des Syrtes. Dans les armées nationales, depuis le bataillon sacré thébain jusqu'à Tsahal aujourd'hui en passant par les troupes communistes, les unités de gardes-frontières constituent un corps d'élite révéré : unités, au vrai, sacralisées et, pour leurs membres, sacralisantes.

✧

L'urne opaque n'a pas peu contribué avec l'isoloir à sacraliser le vote sous la IIIe République, et le passage du bois au Plexiglas (loi du 30 décembre 1989) a banalisé le dépôt du bulletin. La démocratie de proximité entend combler les distances. Là où régnait l'opacité, il y aura transparence. Le chuchotement, le mégaphone. Le clair-obscur, le Scialytique. Le seuil, la limite, la barrière nous sont suspects. Le plain-pied, obligatoire. La société, non pas du spectacle mais du contact, pratique partout le remembrement rural (bureaux, théâtres, villes) : plus de talus, plus d'écrans, plus de haies ; on arase pour dégager et pouvoir circuler. Que l'intercession dégage, que rien ne vienne s'interposer entre l'homme et le citoyen, l'acheteur et le produit. C'est peu dire qu'une société voyeuriste qui aspire au diaphane et à la glisse ne se sent plus d'affinités électives avec les conques, écrins, bulles et niches sacramentelles. Elle a fait du *sans frontière* son mot d'ordre. Mais gardons-nous de prendre les désirs d'une époque pour sa réalité et une dénégation pour une éradication. Le surgissement à toutes les coutures de la planète, à l'âge dit par antiphrase de l'accès, de nouveaux murs, herses et barbelés, en même temps que le creusement, dans la plupart des pays, Belgique, Espagne et Italie comprises, d'apartheids plus ou moins édulcorés entre communautés ethniques, religieuses et linguistiques, témoignerait plutôt d'un insidieux retour du refoulé. Nous sommes un peu partout rattrapés par des contraintes de sacralisation d'autant plus désobligeantes pour notre amour-propre utopique que nous ne voulions pas voir en face leur raison d'être. Aussi chaque nivellement d'une circonscription protégée voit-il en émerger dans notre dos une autre, plus ou moins oubliée ou négligée, et dont le niveau de sacralité remonte, par contrecoup, dangereusement. Aux XVIIIe et XIXe siècles, les lieux saints de Jérusalem, mur des Lamentations ou esplanade des Mosquées, ne mobilisaient personne, dans le monde arabe comme en Europe. Chateaubriand en voyage ne les mentionne même pas. L'hémicycle de notre Assemblée nationale, jadis « temple de la démocratie », devient un lieu de travail et de loisirs comme un autre : les gamins, qui ont leur jour au Palais-Bourbon, vont s'asseoir sur les travées, et les députés peuvent désormais utiliser leur ordinateur portable pendant les séances. Le dogme convivial n'a pas encore arraché la grille, aplani l'escalier monumental face au pont de la Concorde (dont le solennel pourrait bien offusquer), mais le port de la cravate, à l'intérieur, est en sursis, et le téléphone portable déjà sur le seuil (en Grande-Bretagne, où le parlementaire a ses lettres de noblesse, l'usage de l'ordinateur demeure interdit dans l'enceinte de la Chambre des communes). Autre signe visible, lequel tire plus à conséquence, d'une désacralisation du savoir dans la hiérarchie des dignités : le campus universitaire installé sur un terrain vague, sans dehors ni dedans, où l'on ne sait jamais bien quand on entre et on sort. Quand l'école n'aura plus de lieu à elle, les optimistes se féliciteront qu'elle soit partout, n'étant nulle part. A déjà été enlevée en salle de classe l'estrade, stigmate de ces temps barbares où maîtres et élèves n'avaient pas les mêmes droits. Devenus « lieux de vie », privés de cour intérieure, ouverts aux journaux, aux marques, aux « témoins de la société civile », lycées et collèges peinent à garder leurs sas, murs et portails (sinon de sécurité). N'importe qui peut entrer et sortir, à moto ou en patin à roulettes, et éventuellement tabasser le proviseur. Remise à niveau, l'école a perdu son statut de « lieu à part », où s'apprend, à l'écart des familles, la citoyenneté républicaine. Contrecoup : les familles catholiques, juives et musulmanes, toutes les cités dans la Cité, veulent désormais faire école à part — et y réussissent de mieux en mieux.

Les questions vives du jour sommeillent dans nos langues mortes. *Temno,* en grec, veut dire « je coupe », d'où vient notre *temple*, et *temenos*, l'enclos, la portion d'un territoire réservé aux chefs et aux dieux. *Abatos*, sacré, c'est au sens propre là où l'on ne peut marcher. Le sanctuaire ou la partie surélevée d'une église s'appelle *bèma,* qui signifie estrade, marche ou plate-forme. Le latin *sanctus*, auguste, inviolable, vient de *sancio*, interdire l'entrée, rendre irrévocable, consacrer ; et ce qui se tient à l'extérieur devant l'enceinte, *pro-fanum*, c'est le profane. Le nominatif singulier *sacratus* a engendré le sacré chrétien. Un vase, un linge, un objet liturgique sont dits sacrés tant que et parce qu'ils restent à part. Et *sacer*, d'où vient notre sacré, n'est pas loin de *secernere*, séparer, mettre à part. Constellation de termes indo-européens qui se retrouve dans d'autres aires, notamment sémitiques. *Qadosh*, sacré, renvoie à l'idée de sécession, de retranchement. Peuple de prêtres, le peuple juif est *am segoula*, un peuple séparé. Et *chalal*, sacrilège, c'est briser l'enclos. Toujours se dit et se redit la *prise d'écart*, à la fois démarcation spatiale, supériorité morale (sur le commun des mortels) et interdiction rituelle. « N'approche pas d'ici, lance Dieu à Moïse, retire tes sandales de tes pieds, car le lieu où tu te tiens est une terre sainte... »

✧

L'a-t-on assez dit : *saint* n'est pas *sacré*. À ne pas confondre. Le saint ne verse pas le sang, le sacré s'y retrempe. Le saint est bon, le sacré n'est ni bon ni méchant (ou il est l'un et l'autre, ce qui revient au même). Ce n'est pas un signe de moralité, mais une contrainte d'organisation. Peu importe qu'il ait bonne mine ou non. Depuis qu'en Occident la foi a déclassé la Loi, en bonne doctrine, *saint* (*holy*, en anglais) se dit des personnes, et *sacré* (*sacred*), des choses. Un saint homme fait son salut au milieu des hommes, un ustensile sacré se range ailleurs que les objets usuels. Le premier voudra effacer la distance, l'autre la marquer. Les Grecs distinguaient déjà — ce que ne font pas les Hébreux — entre *agios*, saint (d'où vient hagiographie), et *hieros*, sacré (d'où vient hiérarchie), mais ce sont les Évangiles, pensés et rédigés en grec, qui ont vulgarisé la distinction des plans. Les hommes n'étant pas des petits saints, elle est difficile à traduire dans les faits. Le christianisme a rejeté du mauvais côté, le païen, l'univers d'un sacré flottant et traînant parmi les choses, où « tout est Dieu sauf Dieu », pour ouvrir l'ère de la sainteté intérieure. Jésus et ses apôtres ont voulu rompre avec la superstition du Temple, l'obsession pointilleuse des barrières, des seuils et des pierres d'angle, pour leur substituer la Cité spirituelle de Dieu, située dans l'au-delà : « Mon royaume n'est pas de ce monde. » De l'air ! Sortons le divin de prison, sautons par-dessus les murs ! Pari manqué : la flottaison spirituelle a tourné court, les parpaings ont rattrapé l'Esprit. Victor Hugo voyait juste : « Dieu, cela n'est pas, tant que ce n'est pas pierre. Il faut une maison pour mettre la prière. » Et, tant il est vrai qu'à toute foi il faut un toit, le Dieu de Jésus a fini par rentrer à la maison, entre quatre murs : la Maison Dieu, l'Église-bâtiment. L'eucharistie fait l'église, mais seule l'Église valide l'eucharistie. Soif intime de sainteté, besoin collectif de sacralité : c'est le drame des hommes de Dieu que d'être pris dans cette tenaille. Personne n'en sort intact. Le prophète fait la trouée, le prêtre élève un mur d'enceinte : la seconde opération fait mémoire de la première, tout en banalisant l'extraordinaire. Le saint se galvaude dans le sacré, mais comment, sinon, jeter l'ancre et lever l'étendard ? Comment identifier les siens sans leur donner un rendez-vous quelque part, pour qu'ils puissent se rassembler ? Toute transmission est amère, certaines sont tragiques. Cette tragédie, pour les enfants ou cousins d'Abraham, a le visage d'un lieu emblématique : Jérusalem. Un même vase pour trois liqueurs, mais où l'alcool chrétien n'aurait jamais dû couler, si le fol espoir du Messie — le Temple sera en chacun de vous — avait pu être suivi d'effet. Or sur le tombeau vide de Jésus et tout autour se sont édifiés des lieux de pèlerinage, appelés saints par pudeur, quand ils ne sont que sacrés — trivialement, cruellement. Saumâtre mécompte. Et quand il fut question, en 1948, d'internationaliser la ville de Jérusalem pour lui rendre sa « vocation universelle », le Saint-Siège fut le premier à avancer la solution du *corpus separatum*, l'équivalent en termes de droit international de l'espace sacré traditionnel. La bonne idée, avec les ans et les faits accomplis du côté israélien, a été prudemment mise sous le tapis, mais les « lieux saints » chrétiens continuent d'attirer des gens de bien. Les religieux d'obédience rivale, dans ces mêmes lieux, continuent quant à eux de se coltiner jusqu'au sang, à coups de crosse et de balais, pour des affaires de mètres carrés, de périmètre et de droits de passage. Il faut se boucher les yeux et les oreilles pour trouver, passé le portail, un air de sainteté au Saint-Sépulcre et à la basilique de Bethléem.

Les apologétiques chrétiennes, plus spécialement catholiques (René Girard, par exemple), sont en général des essais de désacralisation du christianisme, dont on veut croire qu'il aurait renvoyé le sacré dans le barbare, le non-occidental, le primitif, en ouvrant une ère radicalement nouvelle de spiritualité sans frontières et d'éthique sans exclusives. La foi la plus élevée n'étant pas exempte de mauvaise foi, le propos édifiant oblige à réputer nulles et non avenues la géographie et l'histoire de la chrétienté — plutôt navrantes à cet égard — et en l'occurrence à remplacer un mot par un autre. On baptisera ainsi *lieux spirituels* les sites légendaires qui aimantent les pèlerins, afin d'éviter le terme suspect de sacré, quitte à retomber, si les mots ont un sens, dans un animisme païen par ailleurs décrié, qui peuplait d'esprits certains lieux et logeait une âme dans les choses. Pourquoi pas des maisons hantées et des pierres miraculeuses ? Un pas en avant, deux pas en arrière...

L'histoire sainte annonce ce qui aurait dû être. L'Histoire tout court enseigne ce qui fut et ne pouvait pas ne pas être. C'est notre vrai livre de sagesse. Il force à en rabattre. Le saint part sur les routes, avec le lever du soleil, pour convertir le monde et s'aperçoit, le jour tombé, qu'il n'y parviendra jamais s'il ne commence par se convertir lui-même au monde. C'est par là que les mystiques déchoient en politiques, et la sainteté en sacralité. Déchéance, peut-être, mais salvatrice : sans des perpendiculaires inscrites, des degrés taillés et des colonnades fichées dans le sol, qu'en serait-il aujourd'hui de ce qui s'est un jour passé là, et n'aurait pu revenir parmi nous sans prendre marque et figure ?

III

Rassembler

Tombe sans croix et sans chapelle,
Sans lys d'or, sans vitraux, d'azur.
Quand le peuple en parle, il l'appelle Le mur.

Jules JOUY,
un ancien de la Commune de Paris.

Deuxième observation : *là où il y a un nous, il y a une sacralité ; et là où le nous se disloque, le sacré s'estompe.*

Pas plus qu'il n'y a de langue privée, il n'y a de sacré d'un seul. Indispensables sont le cône des regards et l'accord des poumons. Aussi l'endroit où, pour une heure ou deux, peuvent s'oublier les agendas — Notre-Dame de Paris, portail d'Auschwitz, *ghât* de Bénarès — est-il par nature un lieu de rassemblement, oratoire ou chanté : pèlerinage, meeting, synode, commémoration. C'est tout le paradoxe de ce type d'enceintes protégées, que de sortir tout un chacun de sa prison individuelle. La musique sacrée n'est pas une musique de chambre, ni l'orgue un instrument pour salon, comme le clavecin. Ils veulent de l'ensemble. On ne chante pas *La Marseillaise* devant sa glace en se rasant le matin, ni le *Veni Creator* aux cabinets. Cela va sans dire pour les cantiques de ces gardiens du Graal que sont les confréries religieuses, de toutes obédiences. Mais aussi pour certains garde-à-vous intérieurs, quand le silence devient la musique du pauvre. La *minute de silence*, chorale muette, ne s'observe pas en catimini ni en boudant dans son coin. La parenthèse de ferveur nous fait disparaître à nous-même. Comme le remarque une soprano qui pratique les deux (Sandrine Piau), autant un opéra de Verdi ou de Strauss sollicite l'ego de la cantatrice, autant la messe ou l'oratorio, Couperin ou Bach, exige « un effacement personnel, une dilution dans un tout ». Sans aller jusqu'à l'abnégation du moine sous sa coule, anonymisé par sa capuche, s'abandonnant derrière ses murs à la volonté divine, quiconque participe à un cérémonial laïque du type dépôt de gerbe ou obsèques nationales (dans une cour de caserne ou la cour Carrée du Louvre), fût-il le plus féroce des égotistes, sent sa petite personne fondre dans une houle qui le dépasse et le décroche de ses gonds. Submersion, subversion presque physique, qui n'exige pas nécessairement du profane (qui-se-tient-hors-du-temple) qu'il voie ou sache ce qui se passe au même moment à l'intérieur. « L'imaginaire collectif s'arrête aux marches du Panthéon » (Mona Ozouf). Qu'importe ce qu'il advient des urnes sur place ou d'où provient la rose unique que dépose le président alternativement aux pieds de Victor Schœlcher, Jean Jaurès et Jean Moulin. Le cortège derrière le catafalque du grand célébré, l'attroupement sur le pavé suffisent aux badauds que nous sommes — et les comptes rendus des intronisations peuvent tranquillement, sans manquer l'essentiel, passer sous silence « le rangement clandestin des corps ».

Le lieu est sacré quand il fait lien, mais c'est le lien qui fait le lieu, non l'inverse. Que deviendraient les châtaigniers centenaires de Mialet, au nord de Nîmes, si des milliers de protestants n'étaient là, chaque premier dimanche de septembre, pour tenir à leur ombre l'assemblée du désert ? Qu'est-il advenu du mur des Fédérés au Père-Lachaise, au bas duquel ont été enterrées pêle-mêle les victimes de la « semaine sanglante » (1871), grand rassembleur de roses et de drapeaux rouges ? L'écrivain Henri Barbusse, en 1926, le célébrait comme « le mur sacré où notre armée révolutionnaire va se recueillir comme dans un Temple ». Les pèlerins de la Commune de Paris se sont, depuis, égayés dans la nature. Reste une maçonnerie ornée d'une plaque signalétique. Cartes postales, chansons, dessins, couronnes, bannières : le rendez-vous dominical devant le signe de deuil et d'espérance aura duré un siècle (1880-1980), avant de mourir avec l'espérance d'une société autre et « le peuple de gauche » lui-même, mort centenaire et amnésique. Le mur des Fédérés a reçu son certificat de décès en 1983, sous la forme d'un arrêt de classement comme monument historique. Passage du culte à la culture, promotion pour les indifférents, déclassement pour les fidèles. Comme un roi en exil et sans divertissement, un sacré insurrectionnel sans insurgés potentiels replonge dans la grisaille. Preuve que c'est le pèlerin qui fait le sanctuaire, et le croyant, le saint. Les protestants n'aiment pas l'idolâtrie — mais la croix leur est sacrée : c'est leur signe de reconnaissance. Un haut lieu qui transforme une mémoire en prophétie, c'est un *nous* coagulé, passé de l'état gazeux à l'état solide. Quand le *nous* se liquéfie, le lieu se résorbe en un n'importe où. Ces sites sont en leur fond des *organisations matérialisées*, où le bâti matériel est à l'organisation humaine ce que l'enfant est à sa maman. La courroie de transmission qu'est une communauté organisée, elle lui a donné vie, et si elle cesse de lui prodiguer ses soins, la relique devient rebut.

Nous avons à Paris un autre exemple tangible de ce que tout sacré, chose, lieu ou texte, est menacé d'un Alzheimer. Comparons deux édifices, deux mémoriaux consacrés à la même abomination historique et à des wagons plombés similaires, implantés à cinq cents mètres l'un de l'autre. Même nudité, mêmes matériaux, même conception architecturale — le pathétique en dedans ou la mémoire ensevelie. Un espace de transition entre le profane et le sacré (une cour dans un cas, un square dans l'autre) ; une crypte en sous-sol (rectangulaire ici, hexagonale là) ; au milieu, une étoile (de bronze ici, de marbre là), une flamme, une galerie ardente. Le « Mémorial des martyrs de la déportation », à la pointe de l'île de la Cité, et dont la crypte prolonge celle de Notre-Dame, est un lieu bien entretenu, mais orphelin. On lit sur le mur extérieur : « Aux deux cent mille martyrs français morts dans les camps de la déportation » ; au-dessus de l'entrée : « Pardonne, n'oublie pas » ; et sur les murs intérieurs, des citations calligraphiées d'humanistes, comme Saint-Exupéry, Sartre, Vercors ou Desnos, et d'écrivains communistes, comme Aragon ou Eluard. Décidé en 1953, à l'initiative du réseau du Souvenir, regroupant plusieurs fédérations d'anciens déportés, financé en 1960 par une souscription nationale, propriété aujourd'hui de l'État (ministère de la Défense), il fut inauguré en 1962 par le général de Gaulle. Depuis lors, et même si un dépôt de gerbe s'y déroule une fois l'an, le dernier dimanche d'avril, pour la « Journée nationale du souvenir des victimes et des héros de la déportation », le président de la République l'ignore, et le lieu, d'accès libre, est quasiment désert. Les gaullistes ont disparu, les communistes aussi : plus de vecteurs de mémoire, plus de pierres vivantes pour financer, escorter, initier, illustrer. Le héros détrôné par la victime, la déportation des résistants politiques n'intéresse plus guère les contemporains. L'absence de nom propre parmi les deux cent mille anonymes, comme le déporté inconnu, dont les cendres reposent dans la crypte, découragent la prise affective comme un bloc de béton massif. La personne de De Gaulle a bu comme un buvard l'image de ses fidèles, et l'on n'est pas communiste de père en fils. Une mémoire nationale supposait une nation : la messe est dite. Ce mémorial, au bout d'un demi-siècle, c'est une lettre d'amour fanée que la France laisse traîner au fond d'un tiroir. De l'autre côté du pont, au cœur du Marais, le « Mémorial de la Shoah », à statut de fondation, inauguré en 2005 par Jacques Chirac, dresse en surface le « mur des Noms » des soixante-seize mille hommes, femmes et enfants juifs déportés de France entre 1942 et 1944, ainsi que le « mur des Justes ». Gardes de sécurité, hôtesses, dépliants, films, expositions, bibliothèque. Une communauté militante fait vivre ce site sensible et fréquenté, dûment financé et encadré, périodiquement visité par nos présidents. Le lieu de mémoire public n'a plus de public ; le privé, lui, en a un. Du premier, le Français moyen ne sait plus trop ce qu'il fait là ; du second, n'importe quel Juif de France le sait. Une sacralité, fût-elle gelée dans la pierre, n'est pas un titre de propriété, mais un plébiscite de chaque jour.

Cela vaut aussi pour les langues, qui font vivre les nations qui les font vivre, comme pour les jours de fête et les anniversaires. Le peuple juif d'Israël est unifié par l'hébreu, mais il suffirait qu'il retourne en diaspora pour que l'hébreu redevienne une langue d'érudit. Passer de vie à trépas, pour un objet sacré, c'est choir du serrement de cœur à l'intérêt poli, ou du populaire au *happy few* ; du signe de ralliement au signe d'intelligence. Du pèlerin au visiteur, ou du communiant au colloquant. En tutelle administrative : de la direction des cultes, au ministère de l'Intérieur, à la direction du patrimoine, au ministère de la Culture. Glissement, dont il n'y a pas toujours lieu de se plaindre, et qui peut même faire du bien. La cathédrale de Reims n'est plus le berceau du sacre, mais restaurée et nettoyée de ses accessoires de scène, elle est certainement plus proche de l'original, plus « cathédrale » que la nef de théâtre défigurée au XIXe siècle par un décor en toc, où l'on dit que Victor Hugo, venant assister au sacre de Charles X, demanda en entrant : « Et où est ma loge ? »

Nos hordes à nous (distinctes en cela de la harde animale) marchant à l'onirisme, on comprend qu'elles puissent tenir pour intouchable le rêve éveillé qui prévient leur éparpillement. À cet égard, « union sacrée » est un pléonasme. Tout ce qui sert à consolider sa cohésion et prévenir sa dislocation sera sacralisé par un *nous* : la pédérastie à Thèbes, dans le « bataillon sacré » militairement redoutable parce que composé d'amants ; le roi de France, dans l'« agrégat inconstitué de peuples désunis » qu'était l'Ancien Régime ; ou le 14-Juillet au début de la IIIe République, comme seule date unificatrice. Mahomet est parvenu à unifier les tribus de la péninsule arabique, encerclées et divisées, en remplaçant les divinités locales par un Dieu unique. Il est devenu *le* Prophète. Qui sait — ou peut — transmuer un air de famille en esprit de corps, douze tribus ou non, est bon pour faire un Moïse ; à tout le moins, un mythe national. Il fut un temps où les centenaires de Voltaire et de Rousseau mettaient notre République sur les dents — et mobilisaient tous les corps constitués, donnant lieu dans le pays, entre partisans et adversaires, à une sorte de guerre sainte. La chose littéraire électrisa la France tant qu'elle servit, avec l'école et l'alphabétisation en cours, à unifier les régions et à légitimer l'État-nation. Nos Voltaires ont perdu leur voltage, et la littérature française, sa force électromotrice depuis qu'il ne s'agit plus de faire la nation mais l'Europe. Celle-ci pense, légifère et s'exprime en anglais, et, en vidéosphère, la cimenterie fonctionne à l'image et au son. L'ouverture du « Vingt-Heures », *La Marseillaise* à pleins poumons (jusqu'à la deuxième strophe), l'esplanade du Trocadéro, le portrait géant sur la façade, la « photo avec » que se disputent les officiels n'ont plus de raison d'aller aux forçats de la plume d'oie, qui ont perdu leur vertu totémique, leur aptitude à incarner le moi idéal du pékin, mais à l'ex-otage, au sportif, au chanteur, à l'animateur de télévision, ultimes faiseurs de pluie — figures exaltantes, moins risquées et plus consensuelles encore que le Saint-Père ou

Nelson Mandela (depuis qu'il n'est plus réputé terroriste).

C'est ainsi que la mort fait le plein par le vide : détresse de l'individu et félicité du groupe. Elle ressoude les rescapés. Les enterrements sont devenus nos dernières fêtes de famille, que le classique déjeuner dominical agrégeait naguère autour du gigot-haricots verts. Divorces, distances, fâcheries s'éclipsent devant la fosse. C'est le génie fédérateur des cercueils, qui explique cette peine plus ou moins honteusement jubilatoire qu'on voit sourdre des foules endeuillées, petites ou grandes. Les services funèbres (semblables sous cet aspect aux messes dominicales du catho) servent de rendez-vous à ceux qui ont oublié de prendre rendez-vous depuis des lustres, et qui ont enfin l'occasion, au cimetière et au pot qui s'ensuit, d'identifier le petit cousin et de revoir la grand-tante. Plus éclatante encore, dans nos éphémérides, la joie des retrouvailles qu'assurent aux citoyens militants et leaders d'un pays ces « grands moments d'unité nationale » que sont les obsèques du président disparu, et aussitôt héroïsé (pour un temps). S'il est vrai que la « communauté internationale » désigne dans la pratique la Sainte-Alliance formée par l'Amérique et ses acolytes européens, les funérailles d'un grand de ce monde, Kennedy, de Gaulle, Tito, Indira Gandhi, Yitzhak Rabin, etc., donnent à ce subterfuge une spectaculaire authenticité. Voir réunis les chefs d'État, monarques et présidents en rang par dix, pathétiquement serrés pour conjurer le néant qui les guette, donne le sentiment qu'il y a bien là, par-delà les idéologies, une communauté de destin ressoudée un instant par un commun désarroi. Ces pompes un peu compassées donnent une assez bonne image de la plus élémentaire fonction religieuse : avoir raison de la mort. Mais, hirsute et improvisée, l'émotion de la rue qui vient de perdre son chef, celui qui la résumait, donne, dégraissée de toute solennité, une image du sacré à l'état sauvage, en sa fonction calorifique et primitive : affirmer sa propre vie. Ainsi des funérailles d'Arafat, l'ancien président palestinien. On ne se souviendra pas des cérémonies religieuses pour le raïs à keffieh. Elles eurent lieu au Caire, dans la petite mosquée du club militaire Al-Galaa, à Héliopolis, près de l'aéroport international. Là fut dite la prière réglementaire en présence des dignitaires, des autorités et de la famille. On se rappelle en revanche l'esplanade archibondée de la Mouqata'a, à Ramallah, où fut inhumé, quelques heures plus tard, le corps transporté par hélicoptère. Le peuple avait chassé le *people*, et le petit écran nous montra du sacré venu des tréfonds. L'institué religieux canalise là où le tumulte sacré déborde — le programme, le protocole et le service d'ordre.

Une mort un peu mystérieuse facilite l'apothéose, et le dernier adieu, explosion de vitalité collective, cris et rafales en l'air, peut régénérer une collectivité déprimée et divisée. Endeuillée, la foule palestinienne n'était pas abattue. Juchée sur les murs, les arbres et les toits, elle renaissait en peuple, exultant de serments et de promesses. Ce qui clôt une aventure arrête une débandade, transmue un échec politique en ferment mythique, une gabegie en épopée. Meurtre ou maladie, en quittant la scène, avec ou sans fanfares, un chef de tribu, un *leader* de parti, un hiérarque assiégé quitte le bilan pour le rêve. Ce qu'on redoutait en lui, on le vénérera. À Ramallah, le pèlerin a remplacé le visiteur, et la tombe, le poster. Moins un peuple a de territoire, plus il a besoin de mémoire. Peu importe ce qu'il fut réellement. Arafat restera dans le souvenir des siens comme un autre Moïse qui a expiré à la vue de sa Terre sainte, sans y avoir posé le pied. Une telle disparition creuse un vide, oui, mais pour faire appel d'air. Un corps s'enfonce dans la terre, et les drapeaux, les poings, les balles montent vers le ciel. Cette assomption posthume d'un chef de parti en père de la Patrie — qui fut celle, en Israël, de Ben Gourion — n'a pas d'histoire ni de patrie, puisqu'on en retrouve partout de semblables à tous les moments de l'Histoire, chaque fois que naît ou renaît une nation.

Rien n'est plus faux que ce cliché : « Le respect du sacré s'impose à tous. » Car de quoi en définitive un sacré, homme ou chose, est-il le signe ? Non pas de Dieu, ni même d'un dieu, non pas d'un clergé, d'une religion, et moins encore d'une théologie, mais simplement d'un *nous* en ordre de bataille. L'humanité regorge de *nous* bien vivants, et, partant, la planète de hauts lieux symboliques : mémoriaux, mausolées, tombeaux, palais, places, rochers... Mais il n'en est aucun qui ne discrimine plus ou moins ouvertement. L'Église catholique se dit universelle, mais elle est d'abord romaine, et jusques il y a trente ans, le pape et la curie demeuraient italiens. Ce qu'il y a d'irréductiblement (et regrettablement) ethnique dans le profil de ces *meeting points* d'un genre particulier confirme qu'il n'y a pas de sacré en soi et par soi, car ce dernier le serait partout et pour tous. L'écologiste radical entend sacraliser la planète Terre afin qu'elle devienne un jour la suprême fédératrice des tribus qui l'habitent, mais comment cette abstraction pourrait-elle prendre corps sans se donner tel ou tel lieu de culte, et dans quel espéranto ? Il y a *des* langues sacrées, il n'en est pas d'universelle. Le latin, qui ne l'était pas au départ dans la Rome antique, en est devenu une, mais pas pour les bouddhistes. L'hébreu est une langue sacrée, mais pas pour les catholiques. L'arabe, langue sacralisée par la fermeture d'un texte incréé — dicté par Dieu —, ne l'est pas du tout pour un Scandinave ou un Chinois han. La Voie sacrée, qui mène à Verdun, est pour les Allemands une route comme une autre. Et les vaches hindoues sont chez nous du bétail. De même n'y a-t-il pas, malgré les prix Nobel de la paix, de charismatiques d'appellation contrôlée, tous azimuts, dont la parole et la présence livreraient à tous, à part égale, le secret du bonheur et le sens de la vie. Fût-ce le dalaï-lama, incarnation du bouddhisme occidentalisé : vieux Jedi merveilleux en deçà de l'Himalaya, moine ligueur au-delà. Le rayonnement qui émane d'un transformateur d'énergie concentre et réfléchit, miroir concave, celui des millions d'adeptes qui s'aiment et se possèdent en lui : c'est un rendu pour un prêté. Fidel Castro, en voyage à Caracas ou à Buenos Aires, attire des foules que son aura plonge dans l'extase parce qu'elles célèbrent en lui leur vivante unité ; à New York, à la tribune de l'ONU, le tribun tomberait à plat, et débarquant à Paris, Londres ou Chicago, le *Comandante* ferait le vide autour de lui.

Que ce soit la Patrie, la Joconde ou l'Océan, *res nullius*, le bien de tous n'est à personne. Ce qui me rattache à ma communauté, aucun particulier ne peut (ou ne doit pouvoir) se l'approprier. Aussi le sacré fait-il exception au code de la propriété, et n'a pas d'équivalent monétaire. Une société qui fait de tout argent se trouve désemparée devant des valeurs et des conduites non monnayables. Si je veux sanctuariser une maison d'écrivain, rendre intouchable un legs d'artiste, pérenniser la mémoire d'un président, j'aurais même intérêt à en déposséder les ayants droit familiaux. Le passage d'une association de droit privé à une fondation de droit public garantit la longévité et l'intégrité d'un héritage personnel. Cela en fait un bien patrimonial, réfractaire à l'ordre marchand. Sauf cas de simonie, on n'achète ni ne vend une relique. Une société n'est pas seulement un système d'échanges, de femmes, de cadeaux, de biens et de mots. Il y a toujours en son sein quelque chose d'inéchangeable, d'inconvertible, qui l'immunise contre l'oubli — et la fatigue — d'être soi.

La Joconde n'a pas de cote. On ne peut faire commerce du corps humain, ni breveter le génome. Un monument aux morts communal ne se rase pas pour faire un terrain constructible. Le mètre carré du Panthéon échappe au barème de l'immobilier rive gauche. Crucifix et ciboires ne sont pas censés (pour le moment) se retrouver rue des Saints-Pères. Le curé de paroisse ne peut les coucher sur son testament, tant pis pour ses neveux. Qu'il ne puisse être aliéné, privatisé ou dénationalisé apparente un objet consacré, retiré de la circulation, au *patrimonium populi*, à un bien du peuple ou de famille, un trésor *public*. Si le patrimoine culturel d'un pays désigne ce qui lui appartient par héritage ou donation, ce qui lui a été transmis par les aïeux et sera légué aux petits-enfants, il n'est pas étonnant qu'il frôle la sacralisation (Malraux voulut même transformer les musées en églises pour donner au peuple une transcendance de substitution). C'est ainsi que l'objet artistique et l'objet liturgique peuvent se rejoindre dans l'exception du non-monnayable, embrassant tout cela qui *m'excède, me précède et me succède* ; tout cela, choses, personnes et lieux, qu'il me revient de protéger parce qu'elles me protègent.

Moi, et non mon voisin. Si le *Kotel*, à Jérusalem, venait demain à s'écrouler, les musulmans du monde entier n'en seraient certes pas navrés ; et si, à cent mètres de là, le dôme du Rocher était par malheur bombardé, les Juifs du monde entier ne fondraient pas en larmes. Sans doute y aurait-il même des feux de joie ici et là. Le trait est gros, mais l'ingrate réalité qu'il met sous la loupe est des plus inconvenante. Dialogue des cultures s'abstenir. Ce qui fait d'un lieu d'intimité collective un nœud identitaire, par quoi *se noue un nous*, fait *ipso facto* du bonheur des uns le malheur des autres : la pierre d'achoppement d'une coexistence pacifique. Ce qui unit sépare, et ce qui inclut exclut (Benoît XVI aux États-Unis : « Nous exclurons totalement les pédophiles du ministère sacré. »)

Sacraliser, avons-nous vu, c'est enclore pour rassembler, mais se rassembler, c'est se démarquer, sinon se barricader. La concorde intra-muros se retourne alors en discorde avec l'autre, d'où naissent des guerres de Cent Ans. Il n'en va pas que des « lieux saints » en Inde, en Arabie ou en Israël. Le maléfice est général. Les professeurs coptes, en Égypte, ne sont pas autorisés à enseigner la langue arabe, parce que sacrée (et le prof d'arabe l'est aussi de religion). Il ne fait pas bon se proclamer catholique quand on visite le mont Athos, ni sunnite à Kerbala, en Irak, ni chiite à al-Azhar, au Caire. Une échelle de sacralités est une échelle d'intolérances, et le mont Athos, « sommet de la spiritualité orthodoxe », est interdit depuis l'an 1060 à « toute femelle, à tout enfant eunuque, à tout visage lisse ». Il impose aux pèlerins un *numerus clausus*, avec visa d'entrée obligatoire. Remercions la Providence qu'en Israël/Palestine chrétiens et juifs ne partagent pas un seul lieu saint. Car là où il y a partage, entre juifs et musulmans, il y a des barbelés, de la haine, des armes, et des patrouilles pour empêcher le massacre — qui a déjà eu lieu (à Hébron, au caveau des Patriarches). Cette injonction du « ce qui est à nous ne peut être à eux » n'est pas l'apanage des sectateurs d'un Dieu unique et colérique. Les successeurs de Gandhi ont déclenché une tuerie en profanant le temple sikh d'Amritsar, et deux cent mille hindouistes, en 1992, ont pris d'assaut, sauvagement, la mosquée d'Ayodhya : plus de mille morts (chiffre officiel). Partout où pointe une sacralité forte, se mêle à l'encens une odeur de sang. « Tremblez, tyrans, et vous perfides... »

Cette humeur incivile ne fait pas l'affaire de l'Unesco, à qui revient la redoutable tâche de concilier guerriers intraitables et parrains indulgents. D'où son vœu, plus qu'honorable, de construire, à l'encontre ou par-dessus cette foire d'empoigne planétaire, une nouvelle sacralité laïque sur la base de *biens publics mondiaux*, créateurs d'un authentique espace public international. C'est la belle idée d'un *patrimoine commun de l'humanité*, tant matériel qu'immatériel (rites, spectacles, savoir-faire, paysages). Avec les mille merveilles du monde, la source de fraternité, libre d'accès, sans barrières (sinon pécuniaires, pour le touriste), ne serait plus source d'inimitié, nous aurions enfin l'entente sans la mésentente. On ne peut que saluer les efforts ainsi faits pour soustraire les biens culturels à l'Organisation mondiale du commerce. Et déplorer que nos ferveurs patrimoniales subissent la triste loi du concept en logique : plus large il embrasse, moins fort il étreint. C'est l'inconvénient du *less objection program*, qui tourne finalement à l'avantage des minorités. Leurs passions identitaires sont clochemerlesques, parfois révulsives, et c'est bien pourquoi elles y tiennent comme à la prunelle de leurs yeux, prêtes à tout. Il n'est pas sûr en revanche qu'un conseiller général des Pyrénées-Orientales se suicide pour la sauvegarde du Canigou, ou qu'un haut fonctionnaire de l'Unesco prenne le fusil pour défendre l'intégrité des chutes du Niagara ou de la falaise des Dogons : une atteinte à ces sites blasons ne serait pas vécue par eux comme une offense à leur personne, à leur tribu, famille et progéniture. Y aurait-il eu des croisés pour aller défendre hier les bouddhas de Bamiyan au péril de leur vie ? Malraux peut-être, en d'autres temps, avec Michel Melot et Jean-François Jarrige[1].

1. Respectivement anciens conservateur général des bibliothèques et conservateur général du patrimoine.

Impuissante brigade, hélas. Patrimoine mondial, sacralité faible ; de convention, non d'affection. Par temps de paix, les édicteurs de normes tiennent en respect les mâles accents des confins. Quand se lèvent *in situ* les orages ethniques, au Caucase ou dans les Balkans, au Proche-Orient ou dans l'Himalaya, le centre détourne les yeux. La recommandation de l'Unesco, la résolution de l'ONU, le pieux appel au dialogue, à l'arbitrage et au respect des traités font pot de terre devant ce sentiment dur comme le fer, qui va sans dire et encore mieux quand on ne le dit pas : ce que je tiens pour sacré, ma petite part d'immortalité, n'est pas de l'ordre du négociable. Aussi envoie-t-on régulièrement promener la légalité internationale : plans de partage, traités et conventions : bonsoir, messieurs les juristes ! J'y suis, j'y reste.

Prendre acte qu'il y a un os sous la peau de chaque culture — et, pour le *nous*, pas d'appartenance plénière sans un fond d'allégeance bornée (nous ne pensons pas, donc nous sommes) —, cela veut dire qu'au cœur de toute espérance, de toute fierté collective, il y a de quoi désespérer un esprit libre (je pense, donc je suis). Le contraire d'une bonne nouvelle, de celles que nous avons envie d'entendre. Tranquillisons-nous donc : tout est fait pour qu'elle reste inaudible.

IV

Exhausser

Booz, les yeux fermés, gisait sous la feuillée ;
Or, la porte du ciel s'étant entre-bâillée
Au-dessus de sa tête, un songe en descendit.
Et ce songe était tel, que Booz vit un chêne
Qui, sorti de son ventre, allait jusqu'au ciel bleu
[...].

Victor HUGO,
« Booz endormi », *La Légende des siècles*.

Troisième observation : *il n'y a pas de sacralité sans une absence cruciale, vers laquelle lever les yeux. Là où et quand ce point sublime s'efface, le sacré s'estompe.*

Un *nous* fait corps quand, rassemblé, il voit autre chose et plus que ce qu'il a sous les yeux. Il est donc de son intérêt de lever la tête, pour regarder plus loin, en arrière ou en avant.

D'où viennent, longtemps avant nos acropoles, les pierres levées, nos premiers lieux de mémoire ? Du ciel. Ce sont des météorites. Ainsi du *bétyle*, la pierre qui servit d'oreiller à Jacob, au lieu qu'il appela Béthel, la maison de Dieu (Genèse, XXVIII). Où Salomon, successeur du roi David, construit-il le premier Temple, à l'emplacement désigné par son père ? Sur le mont Moriah, là où Abraham aurait tenté de sacrifier son fils Isaac. Mais c'est aussi, selon le Zohar, l'endroit sacralisé par la chute d'une météorite, sous le règne de David, laquelle aurait été placée dans les fondations de l'édifice. Au centre du monde, la porte des cieux. Que cela pointe ou descende ; que l'éminence soit naturelle — butte, tertre, mont — ou construite

— stèle, cippe, pierre levée. Venue de haut, elle aussi, la Kaaba, la pierre noire, fut descendue sur La Mecque par l'ange Gabriel. À Palmyre, un relief de temple suggère que le groupe, en cas de nécessité, peut emporter son bétyle avec soi, monté sur un chameau et protégé par une tente. De même, les aborigènes Arunta emmènent-ils avec eux leur poteau sacré pour continuer à communiquer avec les hautes sphères et sacraliser le lieu où ils vont s'installer.

Un stéréotype que cette configuration : l'enceinte autour d'une colonne montante. L'orifice central, pour la hampe de bois, de pierre, de métal. Comme dans la cabane cultuelle des Indiens Kwakiutl, percée au milieu par le poteau de cèdre qui relie à la porte du monde d'en haut. Remplacez le poteau cérémoniel par la colonne sommée de son chapiteau, qui fait la jonction entre terre et ciel, et pointe le temple grec. Ajoutez à la hampe une traverse, et vous avez la croix. Ziggourats, pyramides, pagodes, campaniles, clochers, flèches, minarets, beffrois répètent ceci : ce autour de quoi nous nous réunissons le plus aisément, fidèles, adhérents, coéquipiers qui sommes en bas, c'est un centre qui tire vers le haut. Vous voulez du « lien social » ? Faites comme Booz : commencez par joindre l'humus aux étoiles. À défaut, dressez un poteau, une colonne ou une tour.

Nécessité que nos amis kazakhs ont parfaitement comprise, comme le montre le plan de leur nouvelle capitale, Astana, édifiée au milieu de la steppe. Au centre géométrique de cette ville postmoderne, juxtaposant gratte-ciel, mosquées, pagodes, coupoles et toutes sortes de styles, et au milieu de la vaste perspective raccordant d'un côté le palais présidentiel et de l'autre l'Arche du pétrole et du gaz, soit le pouvoir politique et la puissance économique, ils ont dressé une tour évasée, en métal et verre, de quatre-vingt-dix-sept mètres de haut (la capitale ayant été installée en 1997), nommée Bay-Tirek, et dominant tout le paysage. Elle symbolise, d'après un mythe peut-être d'origine persane, l'arbre primordial, un dragon à son pied, sur la cime duquel l'oiseau du bonheur a pondu l'œuf de vie. Cet œuf sacré est une sorte de cockpit à vue panoramique auquel mène un ascenseur. Là se trouve un saint des saints surélevé, qu'on doit gagner par un escalier en colimaçon. En son centre, l'autel de la nation : un trépied plaqué argent, support d'une épaisse feuille dorée portant l'empreinte en creux de la main du président, le père de la Patrie, M. Nazarbaev. Les visiteurs pèlerins font la queue, et vont à tour de rôle mettre la main dans celle du chef, moment où retentissent les premières mesures de l'hymne national, et ainsi de suite. Pourquoi cette curieuse dévotion ? « Comme nous savons que notre président nous veut du bien, quand on fait un vœu en mettant notre main dans la sienne, on est sûr qu'il nous arrivera quelque chose de bien. » La jeune République du Kazakhstan, la plus grande et la plus riche d'Asie centrale, est un État religieusement tolérant et laïque, partagé entre musulmans sunnites et chrétiens orthodoxes, avec une forte minorité luthérienne. Taux d'alphabétisation : 99,5 %. La grandeur des commencements — en l'occurrence, celui d'une construction nationale — a la vertu de mettre à nu les invariants archaïques des fondations collectives, lisibles en transparence à travers des architectures futuristes. L'arbre, le ciel, le héros fondateur.

Si le grand Khan, l'arbre et le bleu du ciel manquent (le *tangri* divinisé des Mongols), on peut toujours, modestement, dédicacer à un grand Autre son livre, son voyage ou sa vie. Se dédier à, c'est déjà se relever. Pas de meilleur moyen pour émerger de l'ordinaire que de se placer *sous* un aïeul, un maître, un enfant mort... ou la Vierge Marie. Tous les consacrés ne sont pas dans la vie religieuse, ni rattachés aux grands ordres, congrégations et communautés nouvelles. On peut se consacrer au jardin, au cheval, à la vérité et même à sa patrie. De Gaulle : « La France est au-dessus des Français. Je ne me suis pas occupé du bonheur des Français. On meurt pour la France : cela prouve qu'elle est autre chose et plus que les Français. » Or, personne n'a jamais vu ni touché de ses mains cette gente dame. C'est une personne imaginaire et invisible, et c'est bien pourquoi elle a pu, par temps de détresse, remplir de joie ou de larmes certains durs à cuire, en bonne santé mentale, et pas vraiment des enfants de chœur. En témoigne un texte de Pierre Guillain de Bénouville, publié dans les *Écrits de guerre* de Saint-Exupéry, racontant un déjeuner de l'été de 1944, à Alger. Sont assis autour de la table un communiste, un anticommuniste, des chefs de réseau venus de métropole et Saint-Ex, aviateur antigaulliste. Ils évoquent leurs amis résistants disparus, torturés, déportés. L'émotion les gagne peu à peu, et bientôt c'est la France elle-même qui leur apparaît blessée, saignante, humiliée : « [...] et nous devions, les uns après les autres, quitter la table pour, dans un coin, tenter de contenir nos sanglots : tant nous émouvait le nom de cet ensemble dont nous sentions si intensément ce jour-là que nous faisions partie[1]. » Ce nom propre qui réconciliait des hommes que tout opposait par ailleurs, et qui ne croyaient pas dans les anges, désignait quelque chose de plus qu'une mosaïque de catégories socioprofessionnelles, ethniques, sexuelles et religieuses tirant à hue et à dia (cinquante ans après, l'auteur du *Petit Prince* aurait peut-être choisi de changer de planète). C'était, cette France, une personne réelle et irréelle, souffrante et détourée, qui les reluquait en surplomb, bref une transcendance — au sens minimal de : ce qui se tient par-delà. Ils lui rendaient son regard, d'en bas, car ce qui est commun à toutes les parties d'un ensemble ne doit ni ne peut faire partie de cet ensemble. Pas de lien visible sans un Invisible par-dessus, pas d'*inter* sans *supra*. Pour qu'un *je* et un *tu* fassent un *nous*, nettement circonscrit, il leur faut un *Autre*, et qui, si possible, ne soit pas au beau milieu, en chair et en os.

Une communauté fraternelle, c'est l'arrachement synchrone de plusieurs *moi*. Vers un je-ne-sais-quoi, un point de référence qui n'est pas marié avec la théologie ou la métaphysique, ou qui peut en divorcer, même si les récits religieux ont le grand avantage de donner à une absence impersonnelle un nom, fût-il imprononçable, une histoire, un tempérament, voire une barbe, une main ou des mots familiers. L'aptitude à cerner

1. Antoine de SAINT-EXUPÉRY, *Écrits de guerre. 1939-1944*, nouvelle édition remaniée, Paris, Gallimard, coll. « Folio », préface de Raymond Aron, 1982, p. 392.

ce qui manque fait leur force. Le plus souvent, il suffit de conférer à un mince et lointain événement ou à un fantomatique ancêtre la surélévation du mythe récapitulatif. De ce trafic de mémoire, sortira alors un haut lieu emblématique d'un haut fait — l'an I de la geste. Sortie d'Égypte, Résurrection, fuite à Médine, *Thanksgiving Day*, prise du palais d'Hiver. Avec quoi *renouer* de loin en loin par des rites, récitations et festivités. Le groupe se délimite par cet aplomb, qui le surplombe et le plombe aussi — imam caché, père fondateur, héros civilisateur, Moïse, Énée, Arminius, Clovis, Washington. Voire une catastrophe — génocide, exode, persécution, dont le caractère incommensurable devra être préservé puisqu'une communauté à nulle autre pareille ne peut avoir qu'une origine hors du commun. Et donc portée aux nues. Ainsi des minorités « en lutte pour l'existence » : Juifs, Arméniens, Palestiniens, Irlandais, Serbes, Kosovars, etc. N'importe quel groupe humain aspirant à un avenir monte ses petites machines à remonter le temps — comme on remonte non pas un fleuve, mais une montre. Valéry comparait une personnalité à « une montre en mouvement, conservée dans son gousset ». Le lieu, c'est le gousset, et le mouvement, un « ressouvenir avant ». Pour tendre le ressort et ranimer une dynamique, rien de tel qu'une tranchée des baïonnettes à Verdun, mais il peut suffire d'une tripotée, à condition qu'elle soit rendue grandiose par le souvenir : la bataille du Kosovo pour les Serbes et la mort du prince Lazar (1389), ou le sacrifice à Gallipoli pour les soldats de l'Anzac (Orient, 1915, plus de dix mille morts pour rien), célébré par tous les *War Memorials* d'Australie et de Nouvelle-Zélande. Étant entendu que la « catastrophe » rive droite (la déroute des Grecs en Anatolie en 1922 ou la *Nakba*, l'expulsion des Palestiniens en 1948) sera le « miracle » de la rive gauche (la naissance de la Turquie moderne ou la création de l'État hébreu).

✧

Les stades, dit-on parfois, sont les cathédrales de la modernité. Par le volume et l'audace des constructions, c'est incontestable. Ils se ressemblent tous ? Les vaisseaux gothiques aussi. Ce sont des enceintes fermées, en forme d'anneau ou ovoïdes. Des foules s'y rassemblent volontairement, fidèles appelés fans, mais pas pour longtemps. Même si les spectateurs pratiquent le soutien sans participation, les cérémonies sportives obéissent, elles aussi, à des rituels fixés d'avance. Tout ce qu'il faut pour une bonne effervescence. Sauf le point d'incomplétude. Les cathédrales ont une flèche, les palais, une hampe, les stades n'ont rien qui dépasse. Pas de verticale, pas d'appel d'air, pas de dédicace. Le culte mondialisé du sport — chaque siècle son opium — ne manque pourtant pas d'atouts pour produire un sacré de substitution. On y chante à pleins poumons ; on y vibre à l'unisson ; on narcissise sa petite différence. Discipline physique, esprit d'équipe, sacrifice et dépassement de soi (les ascètes spirituels étaient aussi des athlètes à leur manière, mais amateurs). Le faire-frontière entre tribus est même l'essence du match entre équipes rivales. Aussi mondialisées et interchangeables que soient devenues ces dernières, les Euros, Mondiaux et autres jeux Olympiques offrent un exutoire aux derniers chauvinismes publiquement autorisés, entonnoirs d'agressivités nationalistes refoulées, et en Occident illicites. Quand la guerre est prohibée et que le gouvernement des hommes rétrécit en gouvernance, le conjonctif est en souffrance et le football a toutes ses chances. Mais l'hystérie collective, condition nécessaire, n'est pas suffisante. Le rituel sportif fait le plein, soit, mais c'est le vide qui lui manque, par défaut d'ancêtres et de recul. À l'ordinaire, les jeux du stade n'ont rien à raconter, que de plan et de plat. Sans passé ni futur, effaçant l'Histoire, ces spasmes collectifs, célébrations courtes et sans sillage, s'épuisent dans l'instant et ne font pas d'enfants. On ne peut pas nier, cela dit, que le spectacle d'ouverture des jeux Olympiques de Pékin, regardé par des milliards d'êtres humains, a su faire passer un frisson épique en racontant, par figures et métaphores, l'histoire longue d'une civilisation dans un superbe oratorio. Il y a toujours de la liesse, pour n'importe quel pays, à pouvoir passer, dans une enceinte comble, du *on* au *nous*, de la promiscuité à la complicité. Les occasions ne sont pas si nombreuses pour qu'on boude ce plaisir. Jamais les Français, du moins depuis la Libération, ne se sont sentis, par la vertu d'un ballon rond, autant membres d'un même tout, aussi masse en fusion, aussi « black-blanc-beur » que ce jour de juillet 1998 où leur équipe de football remporta la Coupe du monde. « On a gagné ! on a gagné ! » Certes, et après ? Il n'y a pas d'après quand il n'y a pas d'avant. Dix ans plus tard, qui s'en souvient ? Qu'en reste-t-il ?

Ce n'est pas la corruption, le dopage, la commercialisation à outrance (après tout, les sanctuaires aussi sont mercantiles) qui coupent les ailes de cette pseudo-religion du futur. Elle met en transes, mais ne peut s'envoler pour de bon par défaut de tremplin. L'horizontale seule veut dire : évanescent, inconsistant, pas fiable. Le transport sacré s'appelle, lui, *enthousiasme*, mot à ressort formé sur *theos*, un dieu.

✧

Il faut qu'une porte soit ouverte ou fermée. M. Bergson a fait système de cette antinomie : contre les religions closes et statiques, il dresse en parangon la religion ouverte et dynamique, la vraie, celle des mystiques et des saints. Vue simpliste, donc bien reçue (« ce qui est simple est faux, ce qui ne l'est pas est inutile »). Que le clos soit brouillé avec l'ouvert, que l'un soit mauvais et l'autre bon, et qu'il nous faille choisir entre le confiné, le moisi, le frileux et l'esprit d'ouverture, le grand large, l'oxygéné — cette idée reçue paraît une évidence.

L'histoire et la géographie ruinent la fausse bonne antithèse. En réalité, c'est dans les lieux clos que se brûle l'enclos du moi, et que l'échappée vers un ailleurs devient possible. C'est dans l'Arche de bois que se transportent les tables de la Loi, dans le tabernacle fermé à clé que rayonne l'hostie. Et bouclée dans son reliquaire d'or et de gemmes, la mèche du saint homme fait descendre le ciel sur terre. Délimitation et élévation s'appellent l'une l'autre. Sans enceinte, pas de verticale ; sans verticale, pas d'enceinte. L'Europe en témoigne, qui peine à trouver sa frontière parce que dédiée à rien d'autre qu'à son économie et ses finances. Elle n'a pas d'axe dedans/dehors parce qu'elle n'a pas d'axe bas/haut, et *vice versa*. Le jour où Bruxelles osera un mythe de convocation, par-delà le taux d'intérêt de sa Banque centrale et ses quotas de poissons, il sera possible que l'Euroland mette les larmes aux yeux de ses ressortissants. Qu'ils en éprouvent des sentiments de fierté et d'humiliation, et même, pourquoi pas, qu'ils aillent jusqu'à devoir à cette frigide entité sinon l'impôt du sang, du moins le sacrifice d'un dimanche à la campagne, le jour des élections.

La grotte, le caveau, la crypte, la voûte sont autant d'attrape-sacré. Le culte de Marie témoigne pour le fructueux des anfractuosités, où toujours se produisent les grandes clartés soudaines (et les statuettes de la Vierge reposent dans les églises au fond d'absides et d'absidioles). Que disent les récits d'apparition ? « À Lourdes comme dans la vallée de l'Avance, l'apparition émerge d'une cavité rocheuse. À Fatima, les petits bergers ont d'abord construit une enceinte de pierre. » Bernadette Soubirous : « Un être mystérieux l'attendait au creux du rocher de Massabielle. » L'Historial de Gaulle est une coupole inversée sous le pavé des Invalides. On sent mieux l'absence dans un sous-sol.

Pour expliquer la force ascensionnelle des catacombes, exaltante des caveaux, libératoire des *cella*, un homme de bon sens peut se dire : « Normal, c'est là où il n'y a rien à voir qu'on a le plus besoin d'halluciner. » Saint Jean de la Croix avait une passion pour la *noche oscura*. Bien vu.

Les mystiques sont souvent claustrophiles, à l'aise dans l'étroit et le dépouillé. Coffrez n'importe qui, pendant des années, au fond d'une jungle, caserne ou prison : il va prier. Avec des extases et des visions dont il devra faire son deuil une fois dehors — mais dont il ou elle se souviendra assez pour, le restant de ses jours, changer de vie, ou d'attitude devant la vie, quitte à nous fatiguer quelque peu avec ses actions de grâces.

Bon sens un peu court pour rendre compte non pas seulement du fait qu'il faut s'enfoncer pour s'élever, mais d'un trait commun à tout ce qui a fait corps depuis l'aube des temps : le chevillage d'un *en deçà* à un *par-delà*. Les artistes étant souvent plus perspicaces que les philosophes, le saugrenu n'avait pas échappé au très méticuleux observateur du réel qu'était Julien Gracq, géographe et historien. « Point de "monde", quel qu'il soit, sans un principe interne d'organisation, sans une sorte de "vouloir-être-ensemble" au moins sommeillant, sans un point de fuite, même infiniment éloigné, vers lequel convergent les lignes de sa perspective. Nous le sentons d'instinct plutôt que nous ne pouvons le démontrer[1]. »

Il existe peut-être non pas une démonstration, mais un mécanisme logique susceptible d'éclairer ce qui se sent d'instinct, tout en restant lui-même indémontrable, comme tout axiome : *aucun ensemble de relations n'est relatif à lui-même ou alors ce n'est plus un ensemble*. Un sys-

1. Julien Gracq, *En lisant en écrivant*, in *Œuvres complètes*, vol. II, Paris, Gallimard, coll. « Bibliothèque de la Pléiade », 1995, p. 661.

tème ne peut par conséquent se clore à l'aide des seuls éléments intérieurs au système. La fermeture d'un champ ne peut s'opérer sans un élément extérieur à ce même champ. Ce pourra être un héros de légende, un âge d'or, une Jérusalem céleste, une Constitution ou un Testament. Mais c'est cet élément inactuel et catalyseur qui sera sacralisé par ceux qui auront le bonheur de se retrouver dedans le cercle, avec les élus et les inclus. Qui organise sacralise. Qui confédère consacre le trou central : ce qu'on a perdu au départ et qu'on doit se redonner sans cesse, symboliquement, pour se reconstituer comme groupe. D'où le dicton en latin, *omnis potestas a Deo*, et toujours *ab alio*. Tout pouvoir vient d'ailleurs et se fonde sur autre chose que lui-même : le pharaon est fils d'Horus, l'empereur chinois est fils du Ciel, le prince devient roi de France quand il est oint du saint chrême, l'huile d'olive mêlée de baume dont l'ampoule qui la renferme vient du ciel, apportée par un pigeon. Et c'est encore l'*ailleurs* impalpable du souverain — le peuple — qui intronise le président élu de la République, fils de 1789 et des « grands principes ».

Ainsi « la mort de Dieu », au XIXe siècle, n'aura-t-elle été, au regard du sacré, qu'un accident de parcours et « la sortie de la religion », pour ce qui nous concerne, une fausse sortie. Des religions révélées, une société peut sortir en effet, mais avec le sacré, il n'y a pas d'après. Et l'on peut se demander si la fixation sur le phénomène religieux, au sens étroit et traditionnel du terme, n'est pas une façon de se cacher cette saumâtre invariance. Autant dire que nos chimères, billevesées et coquecigrues ont encore devant elles de longues et belles carrières. Les entreprises et associations à but lucratif peuvent s'en passer, mais le temps de vie des établissements économiques est assez court. L'essentiel appartient au temps long, et ce qui dure relève du mou, qui seul élève. Ce qu'un matérialisme trop court avait pris pour les parties molles des collectifs, l'univers immatériel des mythes et des images, s'avère être le dur de leur histoire. Car c'est toujours à une croyance logiquement inconsistante, infiniment contestable et parfois très ridicule, maintenue contre vents et marées, qu'une communauté doit sa survie ès qualités — par-delà ruptures techniques, désastres militaires et cracks financiers.

V
Survivre

Ils reviendront, ces dieux que tu pleures toujours !
Le temps va ramener l'ordre des anciens jours ;
La terre a tressailli d'un souffle prophétique...

Cependant la sibylle au visage latin
Est endormie encore sous l'arc de Constantin
— Et rien n'a dérangé le sévère portique.

Gérard DE NERVAL,
« Delfica », *Les Chimères*.

Patents et redoutables sont les dangers de la sacralisation, et pourtant, le *turn-over* des principes intangibles se poursuit comme par-devant. L'évolution de l'espèce n'en a pas fait litière, et notre post-modernité prend gaillardement la relève. C'est que la dépense rembourse, à terme. Bilan positif probable. Profitable à l'ethno-diversité, au maintien des singularités collectives comme à la transmission, dans chacune d'elles, des caractères acquis. En délimitant un espace, le sacré déverrouille le temps : cela nous aide à poursuivre l'aventure. Les autres espèces animales n'ont pas cette pensée de derrière. Elles ont un territoire, mais non des sanctuaires. Une hérédité, mais pas d'héritage. Elles peuvent s'échanger des informations, mais non leur faire traverser le temps. Dans la nôtre, les individus veulent se survivre en fabriquant du sauf et de l'intact. Si ce dépôt fait un pousse-au-crime, le crime profite au déposant. À commencer par les ayants droit, dirigeants et représentants. En parlant des « intérêts sacrés de la classe ouvrière », les dirigeants du Parti se sacralisaient eux-mêmes. Toute sacralité, au premier chef, sert le chef. Celui qui, usurpateur ou légalement élu, par son talent ou sa position, a pour tâche de consolider le friable. Qui se pose en médiateur entre le ciel et le la terre, le haut et le bas, conforte son monopole de représentation, mais ce faisant, il sert aussi l'intérêt du puzzle qu'il membre ou remembre. Le roi des Belges Albert II est en voie de désacralisation : cela n'augure rien de bon pour l'unité du royaume. Juan Carlos Ier a su élever sa charge symbolique : l'Espagne, malgré le démembrement des « autonomies », ne tombera pas en morceaux. L'entretien de leurs sacralités respectives coûte très cher aux collectivités humaines, en curiosité d'esprit, en ouverture à l'autre, en disponibilité. Mais il faut bien qu'elles y trouvent finalement leur compte, pour continuer à prendre le risque. Faut-il que cette folie profite pour que les chefs d'État les moins idiots des pays les plus avancés continuent de jurer sur un livre sacré et de se mettre au garde-à-vous, main sur le cœur et larmes aux yeux, devant un rectangle d'étamine multicolore.

Nous autres sacralités, nous savons désormais que nous sommes mortelles, certes. Celle du cadavre lui-même s'use au fil des décennies, les cimetières ferment, quand plus personne n'est là pour répondre des inhumés, et les fouilles archéologiques peuvent alors légalement commencer. Des langues jadis vivantes s'étiolent, l'Amazonie se dépeuple, le chiendent recouvre des autels où battaient tous les cœurs. Mais les chênes qu'on abat repoussent, et l'hébreu, langue morte et sacrée, est vivant de nouveau. Les absolus passent, non la demande d'absolu. Et quand le Père Éternel s'éclipse, suivi par la Patrie et le Progrès, on voit les droits de l'homme prendre la posture du Commandeur.

Il est désormais permis de fumer sur la place Rouge, et l'on ne voit pas bien quel sociologue français écrirait aujourd'hui, comme au siècle dernier, le fondateur agnostique et gauche républicaine de sa discipline : « La Patrie, la Révolution, Jeanne d'Arc sont, pour nous, des choses sacrées auxquelles nous ne permettrons pas que l'on touche. » Mais personne ne s'étonnerait s'il disait à son tour : « La liberté d'expression, l'abolition de la peine de mort, Jean Moulin... » Décharges et recharges. Pannes et réparations. Le sacral ne meurt pas : il mute. Ses métamorphoses, qui ne vont pas sans de réels remaniements et déplacements, assurent une rotation dans le sacrilège. Passage, en France, après 1789, du corps sacré du roi au corps sacré de la nation, l'impardonnable ne consistant plus à égratigner le bras du monarque (Damien), mais à porter les armes contre sa patrie (Dumouriez). Un tabou tombe, un autre se lève; toujours un anniversaire à célébrer; et ceux qui ne vont plus à la synagogue vont prier à Auschwitz. Il court, le furet, d'un coin de la ville à l'autre. Nos églises se visitent, et les touristes à Chartres ont pris le dessus sur les fidèles, mais nos musées deviennent des cathédrales laïques et les pèlerins y font la queue. Les courbes de fréquentation se croisent. Le Grand Palais s'est rempli à mesure que le Sacré-Cœur s'est vidé. Aujourd'hui, sur le petit cap de l'Asie, les lieux de culte sont des lieux canoniquement consacrés, mais socialement désacralisés, comme le sont les religieux eux-mêmes. Injurier le pape, se moquer du curé, barioler un crucifix, mettre des seins et du rouge à lèvres au Christ ne sont pas seulement autorisés, mais, pour qui cherche la reconnaissance, hautement recommandés. Rien là de sacrilège, et, en France du moins, le blasphème contre le nom de Dieu n'est plus un délit. Mais qui parlera du génocide nazi comme d'un parmi d'autres, du rôle du monde arabe dans l'esclavagisme ou de l'homosexualité comme d'un péché aura affaire aux tribunaux. Les propos blasphématoires ont fort bien survécu à la sécularisation. Pour l'heure, la Démocratie avec majuscule et article défini est notre intouchable pierre de touche. Il serait puéril de s'imaginer qu'elle le restera *ad vitam æternam*.

En Russie, le lieu clos consacrant reste *intra-muros*, dans l'enceinte du Kremlin, mais la fin du communisme l'a fait déménager : il est transféré du bureau de Lénine à la petite église de la Dormition. Sécularisés et agnostiques, ayant perdu leur identité biblique, beaucoup de Juifs déjudaïsés ont remplacé le Dieu de l'alliance par la Shoah. Sacralité de substitution, mais efficace, qui a su rattacher au judaïsme les Juifs les plus détachés du socle biblique. Le culte des sans-culte a désormais ses lieux de commémoration, ses prières spéciales, sa journée annuelle et ses officiants, les rescapés dépositaires de la mémoire et porte-parole des survivants. Inutile d'aller jusqu'au Japon, où le repli des « religions de la tradition », comme le bouddhisme et le shintô, liées au monde familial et rural, a provoqué l'essor, chez les jeunes citadins, de nouvelles vénérations à la fois universalistes et individualistes, sectes multitudinaires et richissimes, tandis que sur le terrain abandonné par les cultes canoniques prospèrent sanctuaires locaux dédiés aux ancêtres, autels domestiques, rites de dévotion, amulettes et horoscopes.

D'où également, avec des strates hiératiques successives et superposées, d'inévitables collisions de tabous. Ainsi, aux États-Unis, a-t-on vu, en 1990, un débat véhément entre les défenseurs du drapeau étoilé (le président en tête) et ceux de la liberté d'expression (la Cour suprême). Finalement, la Chambre des représentants a rejeté un projet d'amendement qui aurait interdit la profanation du drapeau américain (qu'il arrivait qu'on piétinât ou brûlât sur certains campus). Les transgresseurs étaient arrêtés par la police. Un défenseur du premier amendement demanda s'il était également sacrilège de se moucher dans un mouchoir aux couleurs du *stars and stripes* ou de jeter ses ordures dans un sac plastique orné des mêmes motifs. Il eut gain de cause. La Constitution des États-Unis, par 244 voix contre 177, fut alors déclarée plus sacrée encore que le drapeau national.

Notre République s'est dotée, avec la laïcité, d'une sacralité supplétive. Perdant son catholicisme, elle a embrassé le progressisme en troquant le grand-oncle clérical contre son adversaire, l'anticlérical, le prêtre contre l'instit. Mais se mordrait les doigts celui qui croirait que cette précieuse liberté de conscience, si chèrement acquise, l'autorise à une critique tous azimuts, un questionnement ininterrompu. Nous sommes payés pour savoir qu'au pays de Voltaire et du tout-persiflage il y a des problèmes à ne pas creuser, et des recherches à surveiller. Plusieurs lois sont venues sans façon le rappeler à la communauté savante des historiens : holocauste, esclavage, Arménie. Elles ne s'autorisent pas de *valeurs morales* qu'un individu est libre ou non d'épouser, mais d'un *sacré collectif* sans le nom, lequel prévoit par conséquent des dispositifs juridiques de répression (la valeur s'est faite norme).

Contrecoup d'un changement climatique : la mort de Dieu, ou le printemps des sacralités. Leur dissémination fait notre « politiquement correct ». Nous vivons la fin d'une période de glaciation du sacré, dont il appert qu'il est chose trop sérieuse pour être laissée aux seules institutions religieuses. C'est à un vaste dégel que nous assistons, un engorgement annonciateur d'égorgements. Dans les petits cantons de notre planète (Europe et Québec) où l'expression « sortie de religion » fait sens, démographiquement marginaux et en perte de vitesse, elle recouvre la sortie d'un sacré consensuel, localisé — la part du feu —, au bénéfice d'un sacral sauvage, volatil, impromptu, épidémique. Démocratisé. Chacun sait qu'il devient ardu, en France, de conduire jusqu'au bout un discours critique qui ne déclenche les foudres et/ou une plainte en correctionnelle, pour cause d'insulte envers les femmes, le Prophète, les Noirs, les cathos, les Juifs, les homos, les Bretons, les Ch'tis et les handicapés. Privatisation de l'interdit, à la mesure d'une sécurité publique elle aussi privatisée, avec ses gardes et ses armées privées. Les Églises et les États passent la main, la société civile prend le relais, et que le plus fort gagne. Corollaire des déplacements et enchevêtrements de populations, liés à l'inégalité économique comme à la révolution des transports, la coexistence de *nous* dressés les uns contre les autres là où régnait, du moins comme idéal du *nous*, le « pays tout entier » éparpille les champs de mines et force les mauvais esprits à zigzaguer entre les corps de guet prépositionnés (avocats, journalistes, philosophes) aux abords de chaque camp retranché.

Le plus curieux est qu'au moment même où l'immémorial fait retour, une pudibonderie latente (héritée à la fois des censures chrétienne et laïque) bannit le mot *sacré* du vocabulaire légitime. Appeler par son nom la cause de nos législations répressives est incorrect, alors même qu'il hante notre paysage de références d'une façon on ne peut plus cadastrale et traditionnelle. Un exemple au plus haut degré : l'enceinte du camp d'extermination d'Auschwitz-Birkenau. Que les abords du lieu doivent être préservés, qu'il serait sacrilège de voir s'installer devant le portail une boutique de souvenirs ou un MacDo sur la rampe d'arrivée des convois, cela, pour nous, va de soi. On se souvient du scandale provoqué en 1986 par la présence expiatoire d'un couvent de carmélites polonaises et d'une grande croix en bois dans une ancienne caserne jouxtant le périmètre d'enceinte du camp. Les communautés juives, alors, protestèrent contre ce qui leur paraissait être une outrageuse tentative d'effacement identitaire (la croix n'étant pas à leurs yeux arbre de vie, mais bois d'ignominie). Elles obtinrent gain de cause : le couvent fut déplacé. Aujourd'hui, l'indignation viendrait de l'Europe entière. Le 27 janvier est la seule journée de commémoration commune, et Auschwitz, le seul endroit où se retrouvent, pour une minute de silence, tous les chefs d'État du continent, le russe et l'allemand inclus, comme cela s'est vu en 2005, pour le soixantième anniversaire de la libération des camps. Or ce lieu fédérateur entre tous, but de pèlerinages scolaires et non confessionnels, siège de manifestations sans précédent d'unanimité, n'a pas droit, pruderie lexicale, à son nom propre de *sanctuaire*. On s'en tient au *mémorial*, pudiquement.

Regardons-y à deux fois quand un esprit fort nous assure qu'il ne faut surtout plus sacraliser telle chose. Cela signifie que le profanateur entend bien, dans la foulée, en sacraliser une autre. Le député qui proclame qu'il n'est plus temps de sacraliser la loi de 1905 sur la laïcité — en clair, qu'il est temps de s'en débarrasser — déposera probablement à la prochaine session un projet de loi tendant à sacraliser l'embryon — en clair, à délégitimer la contraception. La nature sacro-sainte du lien conjugal et familial, assimilée par les autorités ecclésiastiques à l'ordre de la Création divine, et à ce titre hors d'atteinte, concurrence de plus en plus celle du lien légal et républicain. Tel est bien le glissement de l'époque : de l'Histoire à la nature, du politique au biologique. Ce ne sont plus le prolétariat, le Grand Soir, le progrès, ce sont le fœtus, le génome humain qui deviennent intouchables. Prométhée a la gueule de bois. Retour à la déesse-mère. Un cycle recommence.

Si le jeu comme structure est ce qui ne sert à rien, et ne vise pas à une modification utile du réel, il est plus que surprenant de voir rapprocher jeu et sacré (Roger Caillois), *Homo ludens* et *Homo religiosus* (Huizinga). Aux yeux de ces auteurs, temples, stades et sanctuaires, théâtres d'activités superflues, auraient en commun de représenter « des mondes temporaires au sein du monde habituel et qui servent à l'accomplissement d'un acte qui trouve sa fin en lui-même ». Il ne semble pas que l'opération consistant à *maximiser l'unitif pour préempter le dispersif* constitue un luxe pour un être vivant, comme ce l'est de jouer aux courses ou au baccara. Cela relèverait plutôt d'un sage investissement, à l'ancienne. Non seulement ça stabilise le capital, mais ça l'accroît, en diminuant les autres. Rien de moins gratuit qu'un haut lieu en activité. Yad Vashem, le sanctuaire laïque d'Israël, où convergent les jeunes recrues en uniforme et se trempent les nouveaux arrivants qui font leur *alya*, forge la cohésion interne du pays. Et la visite protocolaire que se doivent d'y faire, en débarquant, présidents et dignitaires européens, bouleversés par les images insoutenables de la Shoah, n'est pas sans utilité diplomatique. Pour amadouer, par exemple, un négociateur sur ses gardes, que la honte aura rendu plus flexible, ouvert aux concessions. Nous avons intérêt à garder les sites et les rites qui nous gardent. Ils ne seraient d'ailleurs pas si bien protégés s'ils n'étaient protecteurs. Pour rester en Terre sainte avec les adorateurs de la Divine Absence, les moins idolâtres des hommes, les orthodoxes qui se balancent devant le Mur occidental ne donnent pas l'impression de jouer aux cartes. On les jugerait pétrolâtres si l'on ne se rappelait le mot du Premier ministre Menahem Begin : « Nos anciennes pierres nous parlent de nos rois et de nos prophètes. Ces pierres étaient nôtres bien avant que les Britanniques forment une nation. » Ce mur de soutènement n'était pas un lieu de prière au temps d'Hérode. Symbolique, il l'est devenu après la destruction, et sacré, depuis seulement quelques siècles. Glisser aujourd'hui des bouts de papier entre ces pierres, « cœur et âme de notre vie », ce n'est pas du passéisme, mais du vitalisme. *How goes the Wall, so goes Israel.*

Résumons-nous : pourquoi tant d'insistance ? De métamorphoses ? De pieds de nez ? Parce qu'un gage de continuité et une tradition de respect tiennent aussi de l'assurance-vie pour le corps. Connues sont les ruses de l'Histoire, qui tirent d'un mal un bien (et le contraire aussi). Et pourquoi pas des *ruses du vivant*, dont *sacré* serait le noble pseudo, comme un masque tragique au théâtre ? Les traits caractéristiques que nous avons notés mettent la puce à l'oreille. Le sacré fonctionne à l'enceinte ? Tout système vivant est une structure close et possède une enveloppe. Le liquide amniotique est la peau du fœtus ; l'atmosphère l'est de la terre ; l'écorce, d'un arbre ; la membrane, de la cellule ; et la frontière, d'une communauté. Enlevez l'écorce de l'arbre, la sève ne peut plus monter le long de l'aubier : il mourra. La chimie du vivant ne peut commencer à s'élaborer que dans des vésicules closes, et, sans membranes extérieures, aucun *nous* ne pourrait se former, se conserver et encore moins se perpétuer. Le sacré intègre et produit de l'indivis ? Ainsi fait toute singularité vivante. Une planche de bois est dissécable, *partes extra partes*, un organisme ne fait qu'un : le couper en deux, c'est le tuer. Union est synonyme de vie ; le symbole réunit, c'est son sens littéral ; le diable désunit, d'où son nom. Il décompose pour faire mourir. Dans un cadavre, la juxtaposition inerte des cellules de l'organisme amorce la décomposition des chairs. S'appellera symbolique tout ce qui aide, sans le dire, à retarder une décomposition.

À la question : « Mais qu'est-ce qu'il y a de sacré pour toi? », une jeune Française, juive agnostique, répond :

« Ma mère. Si on y touche, je deviens sauvage. Capable de tout.

— Pourquoi?

— Parce que c'est ma vie. Sans elle, je ne saurais plus qui je suis. J'aurais trop peur. Je serais perdue. »

Précaires comme nous sommes, incapables de survivre par nos propres moyens à la naissance, agressés dès la sortie du gynécée, perdus, cherchant nos marques au petit hasard, nous n'avons pas de passion plus serviable et mieux fondée que la peur. Elle se justifie encore plus de nos jours qu'au temps médiéval des danses macabres et des *campo-santo*, où une très forte mortalité n'empêchait pas la mort de s'ouvrir sur une seconde vie, la bonne, la véritable. Nous n'avons plus aujourd'hui cette cour céleste de cassation : ce qui est manqué l'est à jamais, le procès perdu en première instance est irrattrapable. Ce qui vaut pour l'individu vaut encore plus pour le collectif, que tout porte techniquement à se délocaliser en diaspora et donc à se fragiliser : avions, autoroutes, Internet, taux de change — en sus des forces fatales de l'entropie physique. De quoi mon lieu sacré me protège-t-il? De la peur. Dans un espace consacré, au moins est-on en lieu sûr. La parole est libre dans les cimetières au bord d'une tombe, et le droit d'asile dans l'extraterritorial — temples, églises, ambassades — est aussi vieux que les cités. Tant qu'il y aura crainte et tremblement, pilori, anathème et lynchage, donc tant qu'il y aura de l'humanité, il y aura des cavernes où se tenir chaud. Tous à la crypte ! En sûreté ! Pour les nourritures affectives, le post-moderne est troglodyte. Ainsi le veut, en chacun de nous, « le dur désir de durer ».

Pas étonnant que les combattants aient plus que d'autres le sens du sacré (l'alliance du moine et du soldat n'était pas un hasard) : quand on risque sa peau, on a besoin de garde-corps. Outre l'abnégation au profit de l'ensemble et la nécessité de faire bloc pour survivre au choc, on ne peut pas se promener aux lisières de la mort sans regarder plus haut que soi. Les temps de guerre et de cataclysme voient refleurir, chez les civils, la demande de transcendance. Si, des communistes aux monarchistes, les résistants n'avaient sacralisé la France, croit-on qu'ils auraient, pour sa Libération, joué le tout pour le tout ? Quant aux arbres de la Liberté et aux autels de la Patrie dressés par notre Révolution, aux cultes révolutionnaires des jacobins et des montagnards, l'historien Aulard a pu y voir avant tout « un expédient de défense nationale ».

Au Mont-Liban, quand on a fini de construire la maison, on la « sanctifie » pour assurer sa pérennité : il arrive, pour ce faire, qu'on égorge un mouton au pied du mur d'enceinte. En Bolivie, chez les Aymaras, on enfouit sous la porte d'entrée un fœtus de lama : un peu de sang sur le seuil rendra la bâtisse fiable. Archaïsme, superstition, folklore ? Sans doute. Reste qu'une fiole de sacralité, à défaut de rendre immortel, donne à tout un chacun un élixir de longue vie. Comme un remède anti-flux. Là où le joyau architectural est prévu pour durer dix ans et le site électronique, cinq semaines, le refus de *circuler* est de bonne stratégie. Les poètes connaissent. Il y a une façon de se soustraire au parler quotidien, de faire le difficile, de durcir les approches qui assure à leurs bouteilles à la mer une bonne et longue traversée du temps. Héraclite, Mallarmé, René Char... Aphorisme, ellipse, hermétisme — ou l'art de hausser le péage, de sacraliser des mots simples en barrant l'accès. L'opaque voyage plus loin que le transparent.

L'intelligence en nous peut — et doit — s'insurger contre toutes les barrières métalliques et les barbelés — réels ou figurés — qui, séparant les femmes des hommes, les laïcs des clercs, les purs des impurs, nous et eux, font d'un territoire banal une terre « sainte ». De surcroît, une sacralité étant ce envers quoi nous ne sommes pas libres, ce qui nous ligote, il est logique, principe de plaisir oblige, qu'un projet d'émancipation complète des individus veuille défaire pareils liens, « aliénants et surannés ». *Nous* n'est pas le pluriel de *moi*, lequel ne peut se démultiplier sans se défigurer. Et tout le drame est là. Un moi peut s'inventer ; un *nous* ne s'improvise pas. Le collectif a des marges de liberté plus réduites que la personne, et qui ne sont pas, hélas, à sa discrétion.

Les dieux meurent et les idéologies se chassent l'une l'autre ; incurable est la pulsion de vie, qui les remplace au fur et à mesure, en usant de tous les stratagèmes possibles. Chacun peut, cela arrive, perdre le sens du stratégique, qui a deux corollaires : le secret et la patience. Et deux ennemis : l'exhibitionnisme et les gens pressés. Mais seule une collectivité qui mettrait sac à terre pourrait afficher sur les murs : « Il est interdit d'interdire et inutile de poursuivre, car désormais toutes les opinions se valent et rien n'est sacrilège. » Un intellectuel est libre de mettre les pouces dignement, quand s'effondrent ses raisons de vivre, mais le suicide d'une communauté est infiniment plus problématique. On n'en connaît pas qui ait procédé à un nettoyage analytique de ses mythes fondateurs, pour se confronter à son passé tel quel, sans valeur ajoutée. Le *nous* produit du mythe comme il respire, et pour respirer. Son instinct lui souffle qu'il vaut mieux rester uni par une fable que démembré par un procès-verbal. L'avenir des illusions dans notre vie sociale est aussi assuré que celui du lingot d'or chez les rentiers. Pas de chômage technique pour les illuminés.

Tout être normalement constitué tendant à persister dans son être, faisons confiance à l'instinct de conservation pour renouveler, de loin en loin, notre lot de plaisanteries à ne pas faire, de portes à ne pas franchir, de caricatures à garder dans un tiroir, de questions à ne pas poser et d'histoires à raconter en lieu sûr, passé minuit. Mais aussi, et en dédommagement, de minutes de silence, de saintes femmes, de fêtes nationales, de sanctions pour outrage à ceci ou cela et d'un Che sur autocollant. Intermittent est l'esprit de chevalerie, ou de sacerdoce, mais non démissionnaire. Morale de cette longue et bégayante histoire : on a souvent besoin d'un plus grand que soi.

LIVRE II

Crépuscule d'une religion : les droits de l'homme

S'il n'est pas de fraternité durable et consistante sans quelque valeur sacralisée, n'en concluons pas que n'importe quelle exaltation peut faire l'affaire. Le nous *des nations démocratiques, tout sécularisé qu'il se veuille, a trouvé son principe unificateur dans la consécration des droits de l'homme. Cette apothéose a engendré dans une communauté occidentale plus ou moins ressoudée une nouvelle religion civile. Devenue, en France, d'État, elle fait à présent consensus. Mais elle a atteint son niveau d'incompétence, avec désormais trop d'effets pervers, et sanguinaires, pour garder son statut d'horizon indépassable. Le coucher de soleil est devant nous.*

VI
Légitimité

Si les dieux, chacun à leur heure, sortent du temple et deviennent profanes, nous voyons par contre des choses humaines, mais sociales, la patrie, la propriété, le travail, la personne humaine, y rentrer l'une après l'autre.

Henri HUBERT et Marcel MAUSS,
Mélanges d'histoire des religions.

Elvonnie dépense ds 11 magasin

il dépense 15 € de + dans la moitié de ce qui lui restait ds sa poche

=

$x + 15 = 2x$

$2x + 15 = 0$

« *Nous,* les Occidentaux, nous estimons que le moment est venu pour... » À l'issue d'un sommet, à Washington, le représentant de l'Otan a enflé la voix ; l'heure est grave, le torse se bombe. Une ombre passe, celle d'un auguste aréopage. Sur quoi repose ce *nous* qui en impose ? Réponse : « sur une communauté de valeurs ». N'est-ce pas le nom chaste d'une communauté d'intérêts ? Oui, mais l'intérêt seul ne fait pas un *nous* nimbé de majesté. Celui-ci a pour couronne de gloire *les droits de l'homme*. À l'instigation de ce cinquième de l'humanité qui régissait les destinées des quatre autres jusqu'à ces dernières années — le mot de passe des États de droit est devenu le mot d'ordre des organisations internationales, de Genève à New York en passant par Vienne, en marge duquel l'islam s'obstine à parler son propre langage, le seul populairement compréhensible dans l'espace culturel musulman. Quiconque veut entrer dans l'orchestre doit se mettre au diapason de la langue de communication forgée par les maîtres du jeu, et ratifiée, bon gré mal gré, par tous les continents. Le nôtre, surtout dans ses cantons les plus déchristianisés, s'est pourvu par ce biais de la religion civile qui lui faisait défaut. Rien là qui puisse étonner. Jean-Jacques Rousseau nous avait prévenus de cet intempestif impératif, à la fin du *Contrat social* : « Jamais État ne fut fondé que la religion ne lui servît de base. » Le même devin qui a fondé le corps politique sur une convention passée entre les hommes, s'assemblant de leur propre chef, sans impliquer le ciel dans l'affaire, a montré, dans le fondamental et paradoxal chapitre VII de son maître ouvrage, comment aucune communauté politique ne saurait se perpétuer sans religion. Il se défiait du christianisme, source d'intolérance et de déloyauté civique, mais en appelait à une profession de foi civile qui fasse aimer au citoyen ses devoirs envers autrui. Et Tocqueville peu après, retour d'Amérique, nous apprit que plus le lien politique se relâchait, plus le lien moral devait se resserrer. Il tenait que l'égalité des conditions exige une véritable *rentrée en religion*, pour compenser à la fois l'appétit de jouissances matérielles et l'asphyxie des consciences sous l'étouffoir de l'opinion.

Religion fâche les esprits libres, comme une incorrection. La démocratie ne passe-t-elle pas pour une tentative de désacralisation du lien social ? N'est-il pas entendu que les sociétés sécularisées, après la coupure de 1789, n'ont plus besoin de transcendance ? Ce serait là passer par pertes et profits les cultes philanthropiques de la Révolution, le cri de Michelet, « la France est une religion », la grande quête des fondateurs de la République, les catéchismes socialistes, l'arrière-pensée de Jaurès. Et oublier l'apostrophe de Ledru-Rollin : « En cette époque où ta foi antique s'est éteinte et où la lumière nouvelle ne t'est point encore donnée, chaque soir, dans ta demeure isolée, répète religieusement l'immortel symbole : Liberté, Égalité, Fraternité. » Nos députés de gauche se souviennent-ils que l'inventeur du mot socialisme, Pierre Leroux, a publié un petit traité, *D'une religion nationale ou du culte* (1846), pour soutenir que « la société laïque, en combattant le clergé et en anéantissant le Christ, s'est engagée tacitement à remplacer le christianisme et le clergé » ? Il entendait « prouver qu'il est possible de concevoir une religion sans théocratie » — et le « socialisme scientifique » a prouvé depuis que la chose était possible. Et Leroux ajoutait : « C'est qu'il faut ou une religion nationale ou des sectes. Pas de milieu possible » — bon commentaire de notre situation. Les autels successivement élevés à l'Être suprême, à la Patrie, à la République, au Progrès se sont écroulés, mais ils se sont vite trouvé un ersatz, avec un revenant : les droits *sacrés* de l'homme (Condorcet). Ainsi se trouve canalisé le potentiel flottant d'énergie militante et sacrificielle libérée par le reflux des pratiques religieuses et des attentes révolutionnaires. N'avaient-ils pas été, ces droits, déclarés « en présence et sous les auspices de l'Être suprême », inscrits dès que l'encre en a séché sur les Tables oblongues en marbre noir du Sinaï, « nouvelle arche sainte » abritée par un « tabernacle auguste » posée sur « l'autel de la patrie » ? Cette scénographie les prédestinait au rôle de poutre faîtière d'un édifice social (les déclarants de 1789 ne s'en doutaient peut-être pas, mais certains membres du haut clergé, mieux instruits de ces mystères, eurent des pressentiments). Et l'admirable déclaration de 1948, stipulant que tous les êtres humains « doivent agir les uns envers les autres dans un esprit de fraternité », est venue encore accentuer la tonalité religieuse. L'homme à l'américaine (« doué par le Créateur de droits inaliénables ») y a, dans le titre, effacé le citoyen à la française, qui tenait les siens de la simple Raison. Les peuples, à deux reprises, y « proclament leur foi », conformément au *kérygme* chrétien (de *kérux*, le héraut).

Avec ces déclarations d'intentions, nous serions, paraît-il, en possession d'une nouvelle hiérarchie des valeurs, d'une nouvelle conception de la vie internationale, d'un nouveau monde moral (et non d'une *idéologie*, injure réservée à l'idée de mon adversaire). Ne faudrait-il pas évoquer une prolongation plutôt qu'une nouvelle ère ? Le rafistolage d'une espérance délabrée ? « Le temps est un enfant qui joue aux dés », mais si chaque coup est imprévisible, les dés qu'il a en main restent les mêmes, et la gamme des possibles, limitée. Ce n'est pas disqualifier notre nouvelle étoile polaire que de la réinsérer dans la longue traînée de ces lumières qui semblent sur le moment éternelles et qui n'ont pas pour commun dénominateur le *Dieu* créateur provident et omniscient, invention locale et tardive, ni le *divin*, secours plus répandu mais non indispensable, ni même le *surnaturel*, présent dès le paléolithique, mais le *sacré*. Cette Voie lactée n'a rien de déshonorant. Les « droits humains » alimentent une religion inconsciente d'elle-même, comme il arrive aux révolutions athées, d'autant plus religieuses dans l'âme qu'elles se refusent au mot.

De quel autre nom qualifier l'expression la plus usitée dans les colonnes des journaux et les discours publics, la base des bases de données et le cheval de bataille de tout Européen, de tout Français qui se respecte ? Sous quelle rubrique inscrire ce qui scintille autour de la formule sacramentelle : *The fundamental principles that underpin the corpus of human rights, democracy, the rule of law, equity, participation, non-discrimination at both national and international levels*, que tous les pays sont fermement invités à reconnaître, parce que *all human rights are universal, interdependent and interrelated* et que *the democracy is a universal value based on the freely expressed will of people to determine their own political, economic, social and cultural systems* — l'anglais étant l'idiome de la nouvelle vulgate, comme du transport aérien et de la planète financière. Ce sont, dira-t-on, les traits distinctifs de la modernité. Non. Celle-ci est un ordre de faits, un processus objectif, alors qu'on nous présente ici un devoir-être, une ardente obligation. Un *horizon moral* ? Il s'agit d'une pyramide de juridictions et d'institutions conjuguées au présent. Une *doctrine* ? Elle n'a plus à fournir ses preuves ni à donner d'explications. Une *utopie* ? Pas de doux dingues ici. On est président, ministre, procureur, conseiller, secrétaire d'État, et non une secte d'inadaptés sociaux. Une *éthique* ? Depuis quand une philosophie morale se flanque-t-elle de célébrations officielles, d'ambassadeurs et de bombes à fragmentation ? Une *spiritualité* ? Un spirituel ne veut pas régenter la planète, sa vie intérieure lui suffit. Une *mystique* ? Restons *cool*. Personne ne nous dit : « Pour elle, un Français doit mourir. » *Idéologie politique* serait plus tentant, et l'on pourrait parler, il est vrai, d'*occidentalisme* ou d'*humanitarisme*, synonymes acceptables. Mais une idéologie est une matière à option, et nous avons ici une véritable orthodoxie, servant d'orthopédie pour les membres inférieurs de l'espèce. On se *convertissait*, par exemple, à la lutte des classes, généralement après de fortes lectures. On *baigne* dans le culte ambiant, sans apprentissage ni prise de tête ; il suffit de naître à l'ouest de l'Oural ou au nord de la Méditerranée et d'ouvrir sa télé. Avec cette norme et ce standard, qu'aucun acteur public n'oserait remettre en question, le post-moderne retrouve la banalité du Bien, comme une arrière-saison de chrétienté. Impensable est l'inconditionné, à partir de quoi chacun pense. Un contemporain de Philippe Auguste pouvait se dire docète, patarin ou vaudois, choisir l'empereur plutôt que le pape, ou l'inverse — mais à partir d'un socle intouchable : Dieu a créé le monde et nous a envoyé son Fils pour expier nos péchés. On peut discuter du bien-fondé des droits LGTB (lesbienne, gay, trans et bi) et jusqu'où allonger le catalogue, mais le mauvais coucheur qui s'autoriserait en public un « voilà un mensonge auto-protecteur dont on peut fort bien se passer » ferait bien de partir le lendemain en Ardèche avec ses chèvres. En évitant de croiser le gendarme.

Droit-de-l'hommisme ? C'est devenu un sobriquet. La plupart de nos *ismes* — ainsi de *christianisme* et de *marxisme* — furent à leur naissance des injures avant d'être des labels. La disgrâce qui frappe à présent la moindre cohérence doctrinale a accentué le trait et conduit désormais chacun à affubler son adversaire de ce suffixe en bonnet d'âne, souverain*isme*, lance l'un, droit-de-l'homm*isme*, réplique l'autre. Pour un praticien des sciences religieuses, habitué au bouddhisme, platonisme ou positivisme, *droit-de-l'hommisme* est une cristallisation symbolique après beaucoup d'autres, méritant la même considération, ni plus ni moins, que ses devancières. Il pourra en proposer une radioscopie critique sans déprécier le tuf de dévouements et d'héroïsmes qui supporte l'idée ni méconnaître que, dans tous les régimes d'oppression, et jusqu'en Europe même, les militants des droits de l'homme sont le sel de la terre, dont nous devons tous assurer la défense. La qualité des personnes est une chose, les systèmes d'autorité qu'ils nourrissent à leur insu, et qui s'en nourrissent en retour, en sont une autre. La vive sympathie qu'on peut éprouver pour les communards n'exige pas d'en avoir autant pour le communisme, et ce n'était pas insulter les héros de Stalingrad que de se refuser au stalinisme. Sur un registre mieux accrédité, le respect admiratif qu'inspirent les trappistes assassinés de Tiberine n'oblige pas à adhérer aux dogmes catholiques de l'Immaculée Conception et de la Tri-unité de Dieu. Si le martyre était une preuve, l'existence de Dieu ne ferait plus de doutes pour personne. Cependant, les *ismes* prêtant à confusion, j'utiliserai dorénavant le terme neutre de religion, sans lui donner évidemment la note railleuse ou dépréciative qu'un contemporain amnésique, ou peu au fait de l'histoire longue et des étymologies, a coutume de lui donner.

✧

À l'époque de Jean-Jacques comme à celle du « petit père » Combes[1], la bataille d'hommes et l'emprise du catholicisme sur la société étaient encore trop vives pour que le « culte reconnu de la majorité des Français » accepte d'être coiffé par, ou de coexister avec, un culte œcuménique de moindre envergure et de fraîche date. La religion civile à laquelle tous deux aspiraient, à un siècle de distance (même si Combes n'utilise pas le terme), ne pouvait encore se déployer tant que flottait autour des églises une odeur de poudre, tant que les croyances dominantes s'y opposaient. Trop de concurrence empêchait la coexistence. Quand à peine un citoyen sur dix se rend chaque semaine dans un lieu de culte, la référence à un sacré sans Dieu ne viole plus les consciences, et la chrysalide peut alors devenir papillon, un texte d'orientation, psalmodie et neuvaine. Il fallait donner du temps au temps, et ces transcroissances ne vont jamais sans douleurs. C'est une gésine. L'Europe démocratique a enfanté son *nous* contemporain dans de terribles souffrances, qui ont nom Coventry[2], Auschwitz et mur de Berlin. Et nous voyons grandir cette configuration à la fois idéale et légale, exaltante et contraignante, qu'est un nouveau « système solidaire de

1. Émile Combes (1835-1921), ministre de l'Instruction publique, des Beaux-Arts et du Culte (1895-1896). Président du Conseil de 1902 à 1905, il appliqua fermement aux congrégations la loi de 1901 sur les associations et établit le contrôle de l'État sur l'enseignement privé. Son nom reste associé à la loi de 1905 sur la séparation des Églises et de l'État.

2. Ville d'Angleterre, à proximité de Birmingham, qui fut le théâtre d'un des pires raids aériens de la Seconde Guerre mondiale.

croyances et de pratiques relatives à des choses sacrées et unissant en une même communauté morale tous ceux qui y adhèrent ». Définition canonique, rappelons-le, qui englobe les religions révélées, séculières et civiles. Son auteur, Émile Durkheim, sociologue et prophète agnostique, y voyait au début du siècle dernier la façon qu'ont les sociétés de s'adorer elles-mêmes, et ce n'est pas la nôtre qui le démentira sur ce point.

L'espéranto dans lequel l'époque exprime ses vœux de félicité et d'équité, l'organisation des États islamiques mise à part, a pris dans la République française, « qui ne reconnaît, ne salarie ni ne subventionne aucun culte », l'ampleur d'une religion d'État. Le mot n'y est pas, il serait sacrilège ; la chose y est, mais pas sous son nom ; le Conseil constitutionnel peut fermer les yeux. La laïcité, auguste paravent, restant bien en vue, le génie national peut se donner satisfaction, lui qui est à un pays ce qu'est son caractère à un individu : son destin. Le nôtre nous oblige à parler pour tous les hommes. Écrasante responsabilité. Avant-hier fille aînée de l'Église, hier de la Raison, dépositaire à ce titre de l'étalon en platine du système métrique, la grand-mère des arts, des armes et des lois peut réclamer l'étalon de la respectabilité contemporaine en vertu d'un droit d'aînesse. La Raison, une folie, nous dit-on ; le Progrès, un péril ; la Nation, un délire ; la République, en dépôt aux Antiquités nationales ; l'Europe, en *stand-by*, obèse et dégonflée. La majuscule de révérence subissant un passage à vide, c'était le moment de faire jouer notre avantage comparatif en étendant à la planète le vœu de Barnave, l'un des déclarants de 1789 : que la déclaration devienne « un catéchisme national ». Moins indigène ou plus immodeste que la Déclaration d'indépendance américaine du 4 juillet 1776, la Déclaration des droits de l'homme et du citoyen du 26 août 1789 s'abritait déjà sous le Grand Être, déité aphone et blême, qui, tel un souverain britannique, règne mais ne gouverne pas. Elle a inspiré la version mondialisée de 1948, adoptée à Paris, et qui doit d'être *universelle* et non platement *internationale* à l'éminent René Cassin, l'un de ses parrains, aux côtés d'Eleanor Roosevelt, du Libanais Charles Malik et du Chinois Peng-chun Chang. Si le préambule de notre Constitution n'en fait pas mention, c'est qu'avec la déclaration princeps de 1789, la messe à nos yeux était dite. Avec la *Carta Magna* de 1215 et l'*Habeas Corpus* de 1679, la perfide Albion pourrait exciper d'un droit de primogéniture plus convaincant. Mais cette île où l'on raisonne bien résonne mal dans les cœurs (le *God Save the King* ne se chante pas en dehors du Commonwealth, *La Marseillaise* a fait le tour du monde, comme *L'Internationale*). Le Britannique a le sens de l'humour et l'orgueil de ses intérêts. Le Français a la passion de la phrase, et la gloriole des rôles. Manque au *british* le don des majuscules, il n'a que celui des larmes, qui aide à serrer les dents. Aussi la patrie des esprits forts n'a-t-elle pas le sentiment de déroger quand elle prend la tête du peloton sur la voie de la rédemption, avec la foulée dédaigneuse du coureur de fond, après l'avoir barrée durant un demi-siècle aux esclaves de ses colonies, et à sa moitié féminine, durant un siècle et demi.

Ce qui console le boute-en-train de décrocher

dans sa course aux brevets, aux porte-avions et aux Nobel, c'est son entraînement aux grandiloquences, plus les facilités d'une *reprise*. Même si la religion catholique s'imposait à tous avant l'édit de Nantes, et si elle n'a joui d'un monopole explicite qu'entre 1685 (révocation de l'édit qui avait autorisé les cultes protestant et juif) et 1787 (édit de Tolérance de Louis XVI) et ensuite, sous la Restauration, entre 1815 et 1830 — même si cette soif de légitimité s'accompagnait d'un farouche quant-à-soi gallican, notre inconscient collectif devine d'instinct ce que coûte, mais aussi rapporte, la magistrature de l'universel. Il y a du mérite à reprendre le flambeau, dans une période de narcissisme désabusé où ni la religion ni l'État n'ont le vent en poupe, et les religions d'État moins encore. La Suède luthérienne vient de renoncer à la sienne, et, en Grèce, la mention de la religion sur la carte d'identité n'est plus obligatoire. En Grande-Bretagne, la Couronne continue de nommer le primat de l'Église anglicane, même si celle-ci semble vouloir couler de ses propres ailes. Mais c'est la patrie des droits de l'homme, où il est devenu malséant d'évoquer l'intérêt national, qui a demandé aux instances européennes d'adapter une décision-cadre sanctionnant la banalisation grossière ainsi que « la complicité de banalisation grossière » de tout événement ayant eu lieu dans le monde qualifiable de « crime contre l'humanité ». Arbitre de la conscience universelle, son Parlement a condamné la traite négrière d'antan dans l'océan Indien, le génocide arménien (dont aucun Français ne fut auteur ni victime), et reconnaîtra bientôt le génocide ukrainien de 1932-1933. Sans craindre que le Parlement turc puisse demain faire de même pour le génocide vendéen et le communiste chinois pour la répression des indépendantistes corses.

✧

Prosélyte ou nationale, toute foi naît d'un dépouillement et meurt dans la pourpre. Le souverain pontife est un chef d'État, et voir le successeur de Pierre s'avancer avec une croix d'or sur la poitrine, entre une rangée de gardes et d'huissiers sous les lustres de la Maison-Blanche et de l'Élysée, en laisse plus d'un rêveur. Il n'est pas moins troublant de voir la cause des persécutés et des humiliés enkystée dans un dédale de sigles, d'institutions pompeuses et d'apparatchiks exemptés d'impôts. L'actuel médiateur du salut se distingue de son aîné catholique par une plus souple décentralisation, conforme au génie protestant porté par le vent d'Amérique, mais lui ressemble par le volumineux et l'enchevêtré. Une religiosité flexible peut plier sans casser et animer des organismes tentaculaires. Clunisiens, cisterciens de la commune et de la stricte observance, sylvestrins, camaldules, olivétains, vallombresains, tous dans le sillage de saint Benoît, modulent la règle unique des bénédictins. L'annuaire onusien des droits de l'homme n'est pas moins épais et dédalesque que l'*Annuario Pontificio* édité par la Cité du Vatican (deux mille soixante-dix pages sur papier bible). Aussi déroutant par le nombre de ses hauts-conseils et conseils, comités consultatifs, secrétariats permanents, forums mondiaux, hauts-commissariats et ligues, fédérations, confédérations et ministères, sans parler des ONG de toutes nationalités (nordiques en majorité) que l'annuaire pontifical par ses instituts, congrégations, sociétés, fraternités, ordres, missions répartis dans le monde entier, sans parler des commissions, offices, préfectures, conseils, tribunaux, chambres, instituts de la curie romaine. De même qu'un mormon polygame, un pope monogame et un prêtre tenu à la chasteté ne forment qu'une seule et grande famille, et que la multiplication des obédiences nationales a plutôt favorisé qu'empêché l'expansion chrétienne à travers le monde, de même notre culte suréminent s'accommode-t-il au mieux des accents déconcertants que lui donnent les quarante-sept membres du Conseil homonyme de Genève, dans leur cacophonie. Il ne manque pas de sel, « l'examen périodique universel » (EPU), qui doit passer tous les quatre ans au crible les atteintes aux droits de l'homme des cent quatre-vingt-douze États membres de l'ONU. Savoureux cérémonial, où l'on voit la Chine ou le Pakistan interroger le Royaume-Uni sur l'emprisonnement des enfants et la Suisse sur sa xénophobie. Tant il y a de demeures dans la Maison du Père... Tout un essaim de squatters venus de l'Est et du Sud ne veulent parler que de droits économiques et sociaux, qui sont autant d'entraves à la liberté du marché. Les locataires de l'Ouest et du Nord ne jurent que par les droits civils et politiques, qui sont autant d'entraves à la souveraineté des États. Chaque camp n'accepte de signer que le pacte onusien qui ne nuit pas à ses intérêts. Le nôtre est hétéroclite. Les États-Unis (qui occupent l'étage noble) amènent avec eux la peine de mort, le port d'armes pour tous et l'invasion illégale de nations étrangères. La Grande-Bretagne, les tribunaux islamiques et une législation anti-blasphème (dont la Cour européenne des droits de l'homme a admis la conformité avec la Convention de 1950) ; l'Italie, la condamnation à un an de prison ferme d'un juge pour avoir refusé de siéger au tribunal sous un crucifix, le fichage et la chasse aux Roms ; la France, ses centres de rétention administrative, ses coups de main en Afrique, ses prisons suicidaires. La maison commune n'est pas à une dérogation près, tradition folklorique ou point d'honneur héréditaire.

Le droit d'aînesse ne confère à notre pays qu'une primauté d'amour-propre. Dans la pratique, le management pastoral et le suivi des conversions sont à la charge des États-Unis, qui opèrent, eux, sous protection divine. *God Bless America*, la nouvelle Sion ; l'Homme bénisse la France, la nouvelle Athènes. Ils ont les moyens, nous avons la fin. Par quoi la religion de l'Occident contemporain (ROC) a une facture proprement « vieux monde », car, aux États-Unis, la suprême référence de l'Européen athée est un attribut subalterne de la Création divine, un dérivé de la *Manifest Destiny*, dont nous sommes depuis 1789 exonérés. Reste qu'ils font le boulot — et nous le blabla, dirait un mauvais esprit. De fait, leurs fondations, leurs consultants et leurs experts se chargent de globaliser la foi nouvelle (et leur propre sphère d'influence par la même occasion). Financement des partis politiques, des « révolutions » et des ONG locales, distributions de bourses, privatisation des industries et réduction des dépenses publiques, instauration du droit anglo-saxon (en lieu et place du Code Napoléon), dégraissage de l'État, bases militaires... joignent le stratégique à l'édifiant. Dans cette affaire, eût-on dit jadis, Paris gagne une posture, et Washington, le FMI aidant, des positions. Le *soft power* est ainsi distribué. À Tbilissi, Géorgie, l'avenue principale s'appelle George-Bush, non François-Mitterrand ou Jacques-Chirac, mais au regard de l'enjeu, qui est la mise en déroute du Mal par la « bonne gouvernance », cette ronchonnerie vieux jeu vaudrait un carton rouge.

✧

Si l'on se permet de comparer la seconde à la première évangélisation — « Je n'ai jamais éprouvé de plaisir intellectuel que sur le plan analogique », disait André Breton —, on ne peut s'empêcher de penser qu'il y a, dans ce passage de relais de Paris à Washington, du conseilleur au payeur, comme une loi de la transmission. Nazareth était une bourgade, Constantinople une métropole. Mais c'est cette dernière qui va porter le message de Nazareth dans tout l'œkoumène, en le remaniant à ses usages et profits. La petite Palestine colonisée n'aurait jamais eu les moyens de le faire entendre dans l'empire, et Paul de Tarse lui-même, l'apôtre des nations, dut exciper d'un *civis romanus sum* pour faufiler la Bonne Nouvelle jusqu'au *limes*. Qu'il soit permis de s'enchanter des retours de rime qui donnent à la prose des jours une allure de rengaine, tant la nouvelle romance qui berce l'égoïsme des nantis résonne à celle que saluait Jaurès pour avoir si bien bercé la misère humaine.

L'Antiquité tardive a vu la « superstition » chrétienne s'inverser en « vraie religion du vrai Dieu », et une secte juive hostile au pouvoir devenir la religion du pouvoir. Subversion dans la subversion : l'interdiction de porter les armes se transforme en devoir de guerre sainte, le renoncement aux richesses en moyen d'accumulation. Jésus de Nazareth se serait-il retrouvé en Constantin le Grand ? La modernité tardive transforme un acquis révolutionnaire en sainte alliance, une volonté de donner force à la justice en moyen d'ajouter la justice à la force. Locke et l'abbé Grégoire ne reconnaîtraient pas les leurs dans les théologiens du phosphore émancipateur ? Mais qu'eussent pensé Marx et Engels de Joseph Staline, Wagner ou Nietzsche d'Adolf Hitler ? C'est le sort du prophète désarmé, en rébellion contre son roi, de voir son petit-fils couronné, oubliant ses prémisses et promesses. La corruption des idéaux d'une révolution (américaine, française, russe, cubaine ou autre) est une alchimie répétitive, et ce grand œuvre à l'envers qui transforme l'or en plomb et une vérité en faux-semblant fait cependant crier, à chaque reprise, aux nostalgiques du métal précieux : dévoiement ! trahison ! instrumentalisation ! Ces puristes ne se demandent pas s'il est possible de s'incarner sans se dégrader. La pointe avancée de l'humanité, ou qui s'estime telle, a rendu frauduleux ce qu'elle a produit de mieux ? Il n'était pas dit non plus que Jésus-Christ devienne l'agent électoral des gouverneurs du Texas, ni que les tranchants énoncés de 1789 tournent à la langue de coton de 2010.

On ne peut que déchoir quand on attrape un moral de vainqueur. Tout couronnement est un retournement, et les archanges eux-mêmes ne règnent pas innocemment.

La foi évangélique a grandi dans les sentines avant de gagner à elle les palais, au bout de trois siècles. À Paris, la Mecque des droits de la personne, ceux-ci sont passés en moins d'un siècle de la rive gauche à la rive droite, du « Procope » au « Fouquet's » pour la raison que les soixante-huitards se retrouvent à soixante ans sénateurs ou officiers de la Légion d'honneur. Les intransigeants les accusent d'avoir cédé aux sortilèges, caméras, bedaines, vitres fumées... En clair : l'adolescence vitupère l'âge adulte. Le principe rejette l'effectuation. Le bocal en veut au grand large. Un réaliste inclinerait plutôt à féliciter le *traditore* d'accepter de faire *tradutore*, tant il ne faut pas avoir froid aux yeux pour secouer l'édredon du *wishful thinking* et affronter les intempéries. La plupart des moralistes gardent la chambre jusqu'à leur mort. Le principe de réalité exige de renoncer au douillet en sortant de chez soi, il y faut quelque héroïsme. Si l'Évangile était resté « à gauche », sur son Aventin syriaque, eût-il fait autre chose qu'une secte de *drop-out* se regardant le nombril, zozos tournant vinaigre, Hara-Krishna déambulant sur les plages de la grande bleue ? On a compris que la protestation belle âme n'était pas exactement notre propos.

✧

Afin d'atténuer ce que pourrait avoir d'outrecuidant une sacralité dotée d'un pedigree aussi bref (deux siècles), et pour se rassurer elles-mêmes, nos autorités référencent volontiers un simple rebond de l'éthique chrétienne. Sans hiatus ni virage, l'accomplissement séculier quoique tardif d'un acquis civilisationnel... C'est un trompe-l'œil. Malgré la présence de nombreux chrétiens dans les institutions humanitaires, qui laïcisent la charité, malgré la remise en selle d'un vocabulaire évangélique, disons préindustriel — *déshérités* pour travailleurs, *exclus* pour exploités, *lutte contre la pauvreté* pour développement... —, malgré l'atmosphère « divine surprise » d'une revanche tardive, mais longtemps attendue, des élans du cœur sur le « cynisme matérialiste », il n'y a pas, *stricto sensu*, d'alignement doctrinal entre les sacralités d'hier et d'aujourd'hui. Sauf à gommer les siècles et nos archives.

La liquidation des humanités n'est pas pour rien dans le triomphe de l'humanitaire. Comme on ne fait plus de latin à l'école, et qu'il reste un peu de monde le dimanche à l'église, nos officiels célèbrent « les racines chrétiennes des droits de l'homme ». L'historien en reste pantois. Pie VI n'avait-il pas qualifié les dix-sept articles de la « Déclaration française » de « contraires à la religion et à la société » ? Pie IX n'estimait-il pas que l'humanité irait à sa ruine si elle épousait la cause des droits de l'homme? Pie X, en 1910, ne trouvait-il pas blasphématoire tout rapprochement entre l'Église et les droits de l'homme? Le christianisme a d'immenses mérites, mais pas celui d'avoir placé les droits de l'homme par-dessus nos devoirs envers Dieu, priorité absolue. Si un homme créé à l'image de Dieu a sa dignité, les quatre Évangiles ne soufflent mot du droit, et les Pères de l'Église l'ignorent résolument. Les questions juridiques furent constamment, y compris par saint Thomas et jusqu'aux théologiens espagnols du XVIe siècle (controverse de Valladolid), rétrocédées à César, au Prince ou à la coutume. La notion des droits de l'homme aurait-elle mis, sinon, dix-sept siècles pour s'inscrire en toutes lettres dans nos contrées (le vocable, au singulier, apparaît chez Hobbes et, au pluriel, chez Locke) ? Justice et droit se discutent chez Aristote, l'*humanitas* est cicéronienne, l'unité du genre humain, stoïcienne, et *philanthropie*, un mot grec que les cyniques ont mis vaillamment en pratique. Le « je suis un homme et rien de ce qui est humain ne m'est étranger » est d'un poète latin, non chrétien. Pardonnons à nos officiels leurs raccourcis. Et félicitons-nous que Jean-Paul II ait pu dire devant l'ONU que « la Déclaration universelle des droits de l'homme doit rester pour l'Organisation des Nations unies la valeur fondamentale à laquelle la conscience de ses membres est confrontée et dont elle tire son inspiration constante. Si on en venait à oublier ou à négliger les vérités et les principes contenus dans ce document en perdant l'évidence originelle dont ils resplendissaient au moment de sa naissance douloureuse, alors la noble finalité de l'Organisation des Nations unies, c'est-à-dire le commun des hommes et des nations, pourrait se retrouver de nouveau face à la menace d'une nouvelle ruine ». Avertissement repris par Benoît XVI, en 2008, à la même tribune, quand il fit de l'Église catholique le plus constant et sûr rempart des vérités contenues dans nos chartes, préambules et déclarations. Nos derniers souverains pontifes font comme si les anathèmes précis, argumentés et concordants fulminés pendant près de deux siècles par le Saint-Père, comme si les encycliques *Syllabus* (1864) et *Pascendi* (1901) n'avaient jamais existé. Et ils font bien, l'infaillibilité *ex cathedra* dût-elle en souffrir. Un chevalier de la foi qui n'enfourcherait pas l'ex-monture du diable verserait dans le fossé, avec les nostalgiques de la messe en latin. En perte d'influence et d'effectifs, du moins sur le petit cap de l'Asie, l'Église romaine ne peut y sauvegarder son « pouvoir de proposition et d'espérance » — en clair : récupérer un ascendant — qu'en épousant ce qu'elle dénonçait, au temps de sa splendeur, comme sacrilège et proprement satanique. Les anciennes formulations de foi du magistère sont devenues *incroyables* pour un catholique d'aujourd'hui parce qu'elles sont *impensables* dans le milieu où il se meut. Que l'hérésie du XIXe se retrouve, après Vatican II, en figure imposée suggère que c'est un état de culture profane qui définit en matière religieuse l'opinion droite, et non l'inverse. D'où vient que lorsque Benoît XVI dénonce les « espérances fallacieuses », dont l'échec serait inscrit dans l'Histoire, il mentionne scientisme, marxisme, positivisme, individualisme mais non le « droit-de-l'hommisme », comme l'eussent fait ses prédécesseurs.

L'accolade confusionnelle prévient les conflits de devoirs, et nos autorités nationales font preuve de doigté en emboîtant les deux références, comme si elles n'avaient jamais été en délicatesse. Il y a, côté tradition, des habitudes, un décorum, un patrimoine, des éminences, un électorat à rassurer, et, côté novation, un soutien médiatique, des crédits européens, un élan juvénile, bref une dynamique sur quoi surfer, fût-elle parfois fofolle ou tragi-comique (Arche de Noé). Le fiasco des cultes de l'Être suprême et de la déesse Raison, sous la Révolution, montre qu'un baptisé de vieille date ne se débaptise pas par décret. Seul un programmateur fou, un Le Corbusier de la vie publique, s'aviserait aujourd'hui de vouloir raser Reims et Vézelay, Noël et la Toussaint, les funérailles à Notre-Dame et le Secours catholique. Le jour férié se rabote : c'est bon pour la TVA. Le socle chrétien, lui, qu'on le veuille ou non, est en granit.

Le côtoiement, ou plutôt la superposition des cultes ne saurait cacher une sourde compétition, sur un marché du salut dangereusement dérégulé. La loi républicaine (1901 et 1907) mettait sur un pied d'égalité associations déclarées et associations cultuelles, les deux à but non lucratif. Mais les secondes n'ont pas droit aux subventions étatiques, distorsion de concurrence, et ne peuvent vivre que de la générosité publique. Or la part bénie d'une société, celle qu'elle réserve aux dons et sacrifices, est élastique, mais non illimitée. Il y a en France six millions de foyers de « bénévoles donateurs associatifs », à un moment où l'opinion, lassée d'investir dans l'au-delà, attend plus des témoins, des pratiquants donnant l'exemple, en particulier des milliers de militants qui œuvrent ici et maintenant pour un monde plus juste et plus digne. Ce gisement, jadis ponctionné par le clergé romain et ses innombrables institutions hospitalières et charitables, est devenu l'apanage un peu des sectes, et beaucoup de nos quatre mille huit cents associations humanitaires (+ 50 % en six ans). Le christianisme a perdu, sinon le denier du culte, du moins son monopole séculaire de l'altruisme, dont les revenants-bons avaient alimenté non seulement diocèses et paroisses, mais, avec les images pieuses et les reliques, sanctuaires et pèlerinages, ordres et missions étrangères. Le *charity business* voit gonfler ses parts de marché et mange la laine sur le dos de la charité tout court. La panoplie droits-de-l'hommienne, *via* les multinationales de l'aide et les ONG locales, diminue le taux de chômage, alors que les églises l'augmentent. En France, la ROC pesait, en 2006, 2,6 milliards d'euros et quarante mille cinq cents emplois équivalents temps plein. Près de 60 % de ses ressources proviennent de financements privés (dons et recettes d'activité), 41 % de financements publics (Europe, État et collectivités locales). L'ECHO (European Commission Humanitarian Office), qui verse chaque année sept cents millions d'euros à des humanitaires dévoués, mais parfois inexpérimentés, ne verse rien aux « experts en humanité » que sont les membres du clergé, avec vingt siècles de métier par-devers eux. Cela peut inspirer certain dépit dans les diocèses.

✧

Les cultes païens furent interdits par un sénatus-consulte en l'an 392, et les traditions bimillénaires du monde antique expédiées *ad patres* par l'empereur Théodose, qui fit du christianisme la seule religion licite dans tout l'Empire. Les cultes polythéistes ont, bon an mal an, survécu à leur mise à mort. La conversion des campagnes au monothéisme (une fois le milieu sénatorial et les lettrés de l'ancienne Rome réduits au silence) s'est effectuée, entre le IVe et le VIIe siècle, par une réaffectation des sanctuaires et une requalification des fêtes païennes en chrétiennes, l'équinoxe de printemps devenant Pâques, celle d'hiver, Noël (avant le IIIe siècle, les chrétiens ne fêtaient pas Noël le 25 décembre, mais le 6 janvier, jour supposé du baptême, comme le font encore les Églises orthodoxes) et notre Carnaval succédant aux Saturnales. Le Christ n'a pas tué Zeus du jour au lendemain. Les religions se suivent en s'incrustant en sous-main l'une dans l'autre. La nouvelle monte sur l'ancienne, qui s'agrippe à ses basques pour retarder le couperet. Quand les deux se superposent, dans la période du chevauchement, se détache le profil médiatique optimal, qui peut croiser le credo d'avant avec celui d'après : ainsi l'abbé Pierre, Mère Teresa, Sœur Emmanuelle, dont les hommes avec et sans Dieu peuvent également se réclamer. C'est un recasement à la bernard-l'hermite auquel on peut aujourd'hui assister, avec la redistribution des jours fériés, pour le deuil et la gloire, qui déplace doucement les lignes. Le Premier mai ne fait plus sens, mais le 10 commémore l'esclavage. Le 11 novembre a un sursaut, mais s'effacera bientôt devant le 27 janvier, la journée internationale dédiée, depuis 2005, à la mémoire des victimes de la Shoah. Le 2 novembre passant inaperçu, reste le 16 juillet, journée nationale de commémoration des persécutions racistes et antisémites (décret du 3 février 1993). Le 14-Juillet est en voie de réaffectation, avec les casques bleus et le drapeau onusien en tête de défilé. Apparaissent de nouveaux espaces liturgiques, comme le parvis du Trocadéro — et l'ancienne place de la Concorde se reconvertit au nouveau cérémonial (la prise de la Bastille, carnage pardonné, devenant la Journée des droits de l'homme). Il y a les bienheureux, Prix Nobel de la Paix, et les canonisés, qu'on porte au Panthéon. Chacun aura bientôt son jour, sans compter les grand-messes à l'Élysée et à l'Hôtel de Ville.

Manquent l'ange de Reims et les cantates. C'est la rançon des chorus sans chorale, à spiritualité évasive et chiches en merveilleux. Plutôt la cantine que le cantique (les anciens cultes combinaient). Notre religion civile est kitsch, riche en instantanés et pauvre en visions. Ses arts préférés, pub et télé, font piètre mine à côté de nos retables et hauts-reliefs. La ROC attend encore son Whitman, son Claudel, son Saint-John Perse, l'épique, le grand souffle. À défaut de grand art, les instances autorisées s'en tiennent à l'air du temps, qui déconseille l'austère et l'immodéré (Carême, Ramadan, *Via Dolorosa*). Il y a ceux qui saignent, et ceux qui signent (chèque, pétition ou article, selon sa place dans la société), dans l'intérêt et au nom des premiers. L'investissement est déséquilibré, mais il y a réversibilité des mérites, comme dans la communion des saints chrétienne, entre les souffrants du Sud, les militants de l'Est et les triomphants à l'Ouest. Les facilités de communication redistribuent instantanément l'aura sacrificielle et sanctificatrice des persécutés de là-bas sur les porte-parole d'ici. Cette eucharistie à distance permet aux autorités locales de maintenir la tension, sans trop céder à la routine. Car les bénévoles de l'humanitaire ont maintenant leur RTT, les volontaires, leur CDD, et les ONG multinationales, des budgets supérieurs à celui d'Haïti. Il a fallu trois siècles aux premiers chrétiens pour grimper des catacombes au Capitole ; trois décennies à nos dignitaires agnostiques pour se hisser des *boat-people* aux *yacht-people*. Le siècle marchait, il court. L'aventurier se fait rentier. Après la vocation, la profession. Plus un culte fait d'adeptes, plus la flamme vacille. C'est la pente où le vent imbécile du succès pousse n'importe quel credo, qui ne retrouve son magnétisme que dans l'adversité. Avec le tapis rouge, les chauffeurs et les subventions, les agents de police se mettent au garde-à-vous, mais les âmes décrochent. La fadeur gagne, avec l'ennui. Il y a une contrepartie à cet engrisaillement : la sécurité publique. La religion meurtrière conduit ses adeptes jusqu'à l'idiotie (créationnisme) et l'odieux (*human bomb*). Avec notre succédané, qui n'est ni dogmatique ni radical, du moins à domicile, on est certain que les attentats suicides ne viendront pas de son côté. Seuls les méchants, femmes et enfants compris, seront pulvérisés, par terre, par mer et par air.

✧

Le malaise qu'inspirent au lecteur ces considérations qu'il juge certainement déplacées sur ce qu'il tient pour l'honneur de notre temps, on le comprend d'autant mieux que c'est le nôtre. Ajouter aux dix-sept articles de la Déclaration de 89 un dix-huitième, le droit de l'homme au malaise, ne serait au reste pas mal venu — tant on en prend un peu trop à nos aises, avec les souffrances humaines. Ce que nous appelons ROC est à l'édifice de l'État de droit ce que l'Église comme corps mystique est à l'église comme bâtiment, avec des bancs, un clocher et un tronc. Il s'entend que l'égalité des sexes, l'abolition de la peine de mort et la liberté de conscience sont des acquis non négociables, et il n'y a pas à revenir sur un modèle performant d'organisation des pouvoirs, percée grandiose, dont il y a tout lieu d'être fier — plus que d'être français. On interroge la métamorphose d'une conquête historique en une incantation anhistorique, sans ignorer que les pratiquants de la ROC sont pour la plupart réfractaires au bénédicité, et de la *religion* n'ont cure. Sans doute la confondent-ils avec les sacrements (qui n'existent pas dans la plupart des religions), la messe en latin et l'interdiction du préservatif. Quand une croyance vit de sa belle vie, les croyants ne savent pas qu'ils croient : ils font ce qui se fait. Ce fut le cas avec la religion impériale romaine, ce mixte de préjugés et d'institué, qui s'exemptait d'écritures saintes, de théologie et même de considérations philosophiques. Il n'était pas demandé aux adeptes de la *pietas* antique d'être des saints ou des mystiques, de commenter un texte sacré en se torturant les méninges, d'éponger leur âme au confessionnal ou de battre leur coulpe en public, mais simplement de se montrer d'honorables citoyens, en épousant la cause de l'*Urbs*, quand et là où il le fallait.

Notre religion *light*, cathodique et grand public, lacrymale et festoyante, sans mystères ni ordination, sans hiérarchie apparente ni magistère, est aux couleurs du présent : *flashy*, impulsive, volatile. La religion proprement dite n'existe pas, sauf à prendre le catholicisme pour étalon. On parlera alors de para-, quasi- ou pseudo-religion. Ne nous fions pas au dégingandé. Souvenons-nous que chaque religion émergente, illégitime, fait figure de pastiche auprès de la précédente, convaincue d'avoir déposé la marque *in saecula saeculorum*. Le christianisme fut pendant trois siècles dénigré comme superstition par les autorités romaines, tenantes du titre. Du sens concret, *scrupule*, le *religio* de notre civilisation mère, qui a duré mille ans, a fait dériver une observance institutionnelle, sans rien d'intime ni d'individuel, intimement liée à l'action civique, valant comme insigne d'appartenance au monde civilisé. Métaphysiquement court, juridiquement structuré, avec une vaste gamme de tons (du nunuche au vétilleux), et bricolant sa jurisprudence à tâtons, à partir de bribes et de morceaux d'actualité, notre culte à nous, sans extases ni miracles, s'apparente à la clé de voûte de la romanité tant républicaine qu'impériale. Le prêtre y faisait magistrat, comme le fidèle, citoyen. Ainsi se retrouve le sobre sens d'un mot latin, inconnu dans toutes les autres cultures, *religio*, appartenant au vocabulaire politico-juridique, capté et réaménagé à son profit par un mouvement chrétien encore incertain de lui-même et assoiffé de légitimité. Larcin lexical (auteur : Tertullien, à la fin du IIe siècle) qui lui permit de se couler peu après dans l'ordre établi pour en capter prestige, titulatures et rentrées fiscales. La science et l'art du droit ayant la Rome antique pour berceau, c'est une satisfaction pour l'esprit de voir l'Occident, tel le saumon au moment du frai, remonter le fleuve des siècles vers sa source romaine, comme pour boucler un cycle : celui du religieux comme certificat de bonne vie et mœurs.

Ces cultes brevetés, faits non pour les cœurs, mais pour les yeux et les oreilles, faciles à vivre, où l'être privé n'a pas à s'impliquer, sont à la fois englobants et accommodants. Englobants, ils colorent l'ensemble de la vie publique en réclamant de tous le respect des formes et formules. Ainsi nos entreprises et firmes multinationales, pour sauver leur réputation et répondre à l'attente, se doivent-elles de promouvoir et protéger les droits de l'homme *urbi et orbi* (comme Shell au Nigeria, Nike en Chine et Total en Birmanie). Seul un naïf ou un retardataire s'imaginent encore qu'elles ont le profit pour finalité. HEC, la grande école de commerce française, dispense des cours de *social business* et de lutte contre la pauvreté. La Poste encourage ses employés au « congé solidaire », et nos saint-cyriens qui apprennent à tuer ne peuvent plus ignorer l'article 3 de la Déclaration universelle — « Tout individu a droit à la vie, à la liberté et à la sûreté de sa personne. » Accommodants, les cultes officiels laissent aux individus la liberté de croire, par-devers eux, en tout ce qu'ils veulent. Ne se situant pas sur le même terrain, la loi du forum n'est pas jalouse du for intime. La religion romaine a pu naturaliser nombre de cultes étrangers, et les religions de salut orientales (Cybèle, Mithra, Isis ou Sérapis) défrayaient la Rome impériale par leur exubérance, comme autant de composantes exotiques du culte confédéral. La mode était alors à l'Égypte, comme la nôtre au Tibet (les prêtres d'Isis avaient le crâne rasé, tels nos lamas hollywoodiens). Le loyalisme centripète faisait bon ménage avec maintes dévotions centrifuges, et notre République laïque fait les yeux doux aux *sanghas* bouddhistes éparpillés dans le bocage normand ou les vignobles bordelais, ainsi qu'aux communautés néoévangéliques dans les foyers d'immigrés et nos banlieues. Les religions civiles, susceptibles mais bonnes filles, savent composer avec l'inévitable. La Turquie en a fait une de la laïcité, intouchable ciment. Sous l'égide de Kemal Atatürk, elle a remplacé la souveraineté fondée sur Dieu par la souveraineté de la nation, en intégrant statutairement l'islam dans l'État-nation. De même, parfaitement compatible avec tous ces vivants patrimoines de pensée et de prière que sont et demeurent catholicisme, protestantisme, judaïsme et bouddhisme, la première religion de France, diffuse mais omniprésente, la seule qui s'enseigne dans les écoles publiques (lettres, histoire, éducation civique), n'interdit pas, bien au contraire, le dialogue, la tolérance et le respect des confessions ancestrales. Le principe de subsidiarité, qui fait les bonnes administrations, permet à chacun de nous d'être juif, catho ou bouddhiste, orthodoxe ou rien du tout, *et* par ailleurs d'adhérer sans barguigner au nouveau culte d'État.

VII

Nouveautés

> Loin de me réjouir quand je vois s'en aller quelque vieille erreur, je songe à l'erreur nouvelle qui viendra la remplacer, et je me demande avec inquiétude si elle ne sera pas plus incommode ou plus dangereuse que l'autre.
>
> Anatole FRANCE,
> *Le Jardin d'Épicure.*

Reprise n'est pas clonage. Il y a sur scène des *addenda*, des acteurs, des spots autrement placés, et dans la salle, un nouveau public avec d'autres attentes. Sans doute la ROC brode-t-elle sur un canevas connu : l'offre religieuse en général. Un bouche-trou ? Et pourquoi pas ? Le monde est à l'évidence plein de trous noirs, et les religions sont là, depuis la nuit des temps, pour les combler. Jean-Pierre Vernant, helléniste libre-penseur et matérialiste, a fort bien explicité ce qui rend indispensable la fonction espérance. Entre nos actes et leurs résultats, entre le moment où je tire à l'arc et celui où le cerf que je vise peut s'échapper, entre mon offrande et son juste retour, il y a un écart vertigineux, qui appelle spontanément l'exorcisme, la prière et la divination pour faire baisser l'angoisse. De même, entre ma personne et le cosmos, entre la perception que j'ai du jour où je vis et un avenir imprévisible, je pressens ou constate tant de hiatus ou d'aléas que j'ai besoin d'un principe d'organisation et d'interprétation pour conjurer le hasard et donner dans mon esprit une cohérence à ce qui n'en a sans doute pas en soi : ainsi le chaos me sera-t-il supportable. Le monde actuel, multipolaire, brouillé, sauvage, offre un spectacle à tout le moins décourageant. Il est rassurant de pouvoir y déceler l'inexorable avancée d'une bonne cause, à travers de sanglantes mais provisoires péripéties. « Et si la nuit est longue, c'est que le jour est là. » Le finalisme a cette vertu : il fait de la fin espérée de l'histoire la cause effective de son déroulement. Le Jugement dernier allait rendre à chaque juste son dû, et remettre le pécheur à sa dernière place. La Science, ensuite, allait rendre le mal impossible et l'homme transparent à lui-même. L'avènement du communisme effacerait les frontières entre les peuples. La ROC nous fait miroiter, au bout du chemin de nos peines, la cité où l'homme sera une fin pour l'homme, avec des enthousiasmes sans colère, des foules sans folie et des contacts sans contagion. Le millénium version scout.

✧

Au modèle messianique standard, la variante du jour apporte trois contributions majeures : l'absence d'église, au sens banal du mot ; l'élimination des ordres contemplatifs par les ordres actifs ; et un remodelage en profondeur de la mission. Quelques mots sur chacune.

Sans que les charismes y soient strictement segmentés, on peut s'avancer à dire que, dans la ROC, la liturgie est à la charge des gouvernants, la dogmatique (exégèse et casuistique) incombe aux juristes, la didactique à l'Éducation nationale, la catéchèse et l'apologétique au journalisme. Ce dernier transfert répond à la contraction du temps social, qui altère la section rythmique. À l'enseigne de *l'intemporel*, nos Bossuets apostrophaient les rois ; à l'enseigne de *l'Histoire*, nos Michelets enflammaient les députés ; sous le signe de *l'actu*, les rédac chef donnent des sueurs aux ministres. À chaque époque son médium, son style et son sanctuaire. Dieu avait la cathédrale, le savoir, l'amphi ; l'info a le plateau. Ce n'est pas polémique : c'est mécanique. La médiasphère commande le bon vecteur. La ROC ne connaît qu'un conducteur, mais plusieurs fois par jour : le flash, *ex nihilo*, et sitôt passé replongeant dans la nuit.

Tocqueville, effrayé mais instruit par l'aspect caoutchouté et sans chichis du moralisme protestant, était d'avis qu'une religion démocratique n'avait pas besoin d'église. Notre nouvelle société d'encouragement au Bien (l'ancienne, fondée en 1862, et reconnue d'utilité publique en 1884, ne faisant plus usage) a pour particularité de n'en avoir pas de visible, portant plutôt *blue-jean* et *jogging* que col romain ou kippa. Les clergés avec titres et uniforme, têtes de turc obligeantes, lui sont d'ailleurs sujets d'infinies plaisanteries. Que l'association professionnelle *Reporters sans frontières* assume et fort bien le rôle du paladin toujours sur la brèche — au Proche-Orient — témoigne de la fonction névralgique de l'info — non des correspondants et agenciers, auxquels il arrive d'errer, mais des éditorialistes, directeurs et chroniqueurs. La Toile éparpille le pouvoir d'informer, et le nano-journalisme numérique rend l'encadrement de l'opinion plus volatil, moins pyramidal. D'où la formation par mixage, comme l'hirondelle fait son nid avec des bribes venues d'un peu partout, d'un clergé très « société civile », fruit du mariage en deuxièmes noces de la presse avec l'argent (un divorce avait été prononcé à la Libération).

Ce n'est pas un corps constitué, avec une place bien définie dans le protocole. Les professionnels du droit — avocats, juristes, magistrats, professeurs — travaillent la doctrine, en réguliers et à huis clos. Ceux et celles (il y a des femmes pasteurs) qui se chargent, *ad extra*, de réprimander l'impie travaillent au *feeling*, d'après l'actualité, au doigt mouillé, avec pas ou fort peu de formation juridique. C'est un ensemble flou, mais aux normes : surfeur, virevoltant, réactif. Moins demandeur et plus indiscipliné qu'une *obédience*. *Groupe d'intérêt* serait réducteur, *lobby* déplaisant, *minorité agissante*, flatteur. Le directoire qui veille à la bonne tenue de ses ouailles peut se définir simplement comme un *milieu*, au sens fort. Il est centralisé dans la capitale (le parisianisme est ce qui reste quand on a tout oublié du jacobinisme), mais arrose l'Hexagone. On s'interpelle par son prénom ; on dépouille tous les journaux, et saute du grand écran au petit ; les fins de mois ne font pas souci ; on est bipartisan, ambidextre, en va-et-vient, véloce et mimétique. S'y recroisent banquiers et intellos, publicitaires et chefs d'entreprise, cinéma et politique, mode et pub, design et architecture. La star de la télé fait couple avec le ministre, la chanteuse avec le chef d'État (qui distribue le CD au Conseil), et l'actrice avec le philosophe. Chic bande de copains, l'interlope de la haute, où l'on peut voir le tiers ordre de la ROC, viager et transdisciplinaire. La célébrité remplaçant la particule, cette éminence grise et collégiale se voit redoutée des plus redoutables. Son contrôle des circuits de diffusion la promeut en « témoin éthique du monde » — traduisons par témoin de notre monde étique. Actionnaire, bon client ou ascensoriste fiable, le système d'information lui sert de haut-parleur. L'aristocratie de la démocratie d'opinion peut hisser à la une n'importe quoi, y compris rien, descendre n'importe qui (« pas clair, ce type »), et, ce faisant, modifier l'agenda du Conseil des ministres (« on doit faire quelque chose »). Ferme et musicale hégémonie. Le laïque Ferdinand Buisson définissait les clercs comme « cette fonction de la société qui se tient spécialement pour élue et mise à part, et qui pense avoir reçu la mission de gouverner le reste des humains » (*Dictionnaire de pédagogie*). Sous cet angle, le *show-biz* est notre clergé, investi avec notre aveu ; là réside le pouvoir spirituel d'aujourd'hui, au sens encadrement des esprits et fourniture de repères. Si le traité de Lisbonne recommande aux membres de l'Union européenne (article 16 C) de maintenir « un dialogue ouvert, transparent et régulier avec les Églises et leurs organisations », cette politesse en France n'intervient qu'une fois l'an, pour la galerie. Mais le dialogue est permanent, *via* coups de fil, voyages en commun et déjeuners, avec les véritables gardiens du temple, aux propriétés corses inviolables et aux pétitions barométriques. La Ville fait loi à la Cour.

L'école gratuite, laïque et obligatoire avait été le contre-catéchisme de la République militante. L'image-son gratuite, domiciliaire et quotidienne est devenue la contre-école de la démocratie triomphante. Le gratuit coûte cher, réseaux et journaux ont besoin de pub et de capitaux. En cent ans, le pays s'est enrichi ; son centre de gravité spirituel est monté de plusieurs crans. L'ex-hussard noir, aux frontières du campagnard et du petit-bourgeois, a plongé vers le bas : il ne fait plus peur. Il n'est plus dans la confidence. C'est devenu un corps étranger. Le communicant, lui, est au cœur des choses, et dans tous les coups. Son moi est à Neuilly, son surmoi à Manhattan ; ses émoluments comme ses fréquentations ne le portent pas à « sentir » le populo, beauf, plouc, racaille, péquenot. Clientèle n'est pas peuple. Peuple, en France, c'est deux choses à la fois : la nation et la plèbe. Les deux sont ringardes et dangereuses ; il faut dire cible ou parts de marché. Il n'est pas anormal que ceux qui font profession d'apparaître et de s'exprimer, par l'écran, l'écrit, la scène, le micro ou la caricature, attachent cent fois plus d'importance aux atteintes à la liberté d'expression qu'au doublement, en six mois, du prix du riz ou des pâtes sur les marchés de Phnom Penh ou de Cotonou ; qu'ils ne prêtent nulle attention, dans leurs verdicts, aux progrès de l'espérance moyenne de vie, au taux de mortalité infantile ou de consommation d'eau par habitant ; ni aux quelque 854 millions d'individus à moins de 1 900 calories/jour (« Déclaration du Millénaire », ONU, 2000), aux paysans sans terre et aux journaliers de l'Amazonie, non plus qu'aux frères dominicains qui luttent à leurs côtés contre les tueurs à gages. Les emballements de ce cercle d'or sélectionnent les thèmes de la conversation nationale et dessinent pour nous les contours du réel. L'image qui voile, les échos qui effacent la rumeur du monde, c'est la divine surprise. Elle eût comblé d'aise les réactionnaires d'antan, comme de Maistre et Bonald, nés trop tôt dans un monde trop jeune. Elle coupe court à ce qui les rebutait le plus, « la domination des infériorités sur les supériorités ». Une démocratie bien tenue peut tourner la « vile multitude » de deux façons : l'appel aux capacités, compétences et experts (court-circuit nommé *technocratie*, avec missions, rapports et commissions) et le recours aux manipulateurs de symboles (raccourci nommé *médiocratie*, avec kiosques en quadrichromie et clichés accrocheurs). Les mécontents de la vie insinuent que, dans ce trompe-l'œil, l'étiquette « démocratie » couvre le match revanche du talon rouge sur le bonnet rouge. Injuste aigreur, mais le fait est qu'à force de gros plans, le plan d'ensemble disparaît, et que l'horizon de tous se referme, par une sorte de zoom avant, sur le visage de quelques divas. Le peuple manque. C'est qu'il suppose une mémoire, donc une éducation. La République bourgeoise était populaire malgré elle, par obligation scolaire; notre démocratie plébiscitaire serait plutôt une ploutocratie populiste, par obligation de financement.

Notre pasteur médiatiquement agréé se veut le rejeton électronique du siècle des Lumières, et il enrôle Voltaire dans son livret de famille. L'opinion continue de voir en lui le digne héritier de ce clergé mi-humaniste mi-déiste que le châtelain de Ferney souhaitait parrainer, le *parti philosophique*, traqué par toutes les maréchaussées d'Europe. « Sachez que Dieu bénit notre église naissante », écrit-il dans une lettre à son ami Damilaville, tout en observant que « les frères sont tièdes et point rassemblés » et en déplorant que Dieu ait abandonné ce pauvre fou de Rousseau, qui se contente de bagatelles et d'impromptus de société (6 juillet 1764). L'Église romaine étant alors au plus bas de son prestige, la vacance appelait un vicariat, alors rempli par nos académies, salons, cabinets de lecture et ceux qu'on appellera, avec Bonaparte, les « idéologues ». De même à présent, l'universitaire touchant le fond, le trou d'air mandarinal a-t-il suscité l'ascension du philosophe journaliste ou du philosophe pour journalistes (sans rapport aucun avec le philosophe pour philosophes, qui a rédigé sa thèse, ou le philosophe pour élèves, qui besogne au lycée et n'a pas la parole en dehors). Ses valises légères en font le surdoué de la vidéosphère, c'est-à-dire son ludion. Son propos n'est pas de comprendre le monde, ni de le transformer, mais de se mettre au milieu, pour s'autocélébrer. Ainsi peut-il joindre aux prestiges de la désobéissance civique la reconnaissance des pouvoirs économique et politique. C'est un révolté honoraire, un ennemi public qui reçoit le matin l'hommage du président de la République et l'après-midi celui du chef de l'opposition. Le droit à la critique des religions d'hier, que revendique à juste titre ce gêneur consensuel, lui permet de déclarer ignoble toute critique de la religion en vigueur, la sienne (un « écrasons l'infâme » peut en cacher un autre).

La première « religion de l'humanité », conçue et lancée par Auguste Comte (mort en 1857), n'a pas été un succès. Ni national ni mondial. Comme l'atteste la devise *ordem e progresso* inscrite sur le drapeau du Brésil, seule cette grande République fut ouvertement preneuse. Un heureux concours de circonstances ayant permis à l'apostolat comtiste, après la mort du Maître, de pénétrer l'armée brésilienne, *via* l'armée savante de l'artillerie, cette première conversion (1899), opérée à la faveur d'un coup d'État républicain, ne fut suivie d'aucune autre. On aura pourtant rarement vu une politique de civilisation plus aboutie, plus subtile, plus prospective que celle-là : nos demi-savants qui le prennent de haut avec le fondateur du positivisme, sans y avoir mis le nez, ignorent la stupéfiante actualité de ce système. Alors, pourquoi l'échec ? Précisément parce que c'était un système, dense, plein et rond comme un programme électoral, et qu'en ces matières, le programmé a toujours fait chou blanc. Les religions qui ont réussi sont celles que personne n'a voulues, ni même prévues : christianisme, bouddhisme, confucianisme. L'islam lui-même s'est fait tout seul, après la mort du Prophète. Comte avait mis la barre trop haut : il rayait d'un trait de plume le calendrier chrétien, rebaptisait les mois, fixait une liste de saints, exigeait des temples à fronton, une hiérarchie, des titulatures. Ces scrupules lui furent fatals : il n'y a plus d'Église positiviste, sauf à Rio et Porto Alegre. Ces *curiosa* ne hantent plus à Paris que quelques têtes bien faites, en Sorbonne. La religion de l'humanité, comme l'Histoire, se répète deux fois, mais c'est la première qui a terminé en comédie.

Supériorité du profil bas : la ROC n'a jamais présenté sa candidature au poste qu'elle occupe, sans doute à son corps défendant. Elle s'attendait si peu à son propre succès qu'elle se refuse à le voir en face et est la première à protester contre son apothéose, d'autant plus qu'elle se veut irréligieuse. Comte fut égaré par le paradigme catholique, au point de vouloir remplacer le pape. C'est le modèle protestant qui vaut à l'heure américaine, et le protestantisme a le triomphe modeste. Il évangélise par infusion, discrètement, en douceur, sans le forcing culpabilisant qu'exerce un clergé paré de soie, de pourpre et de broderie. Le pasteur ne fait pas sorcier. Il lit la Bible en veston et se met un rabat le dimanche matin. Dans un monde que le doctrinal scandalise et que l'institutionnel fait fuir, un col ouvert, un vocabulaire de cinq cents mots et l'indicatif au lieu de l'impératif rayonnent bien plus qu'une encyclique en latin. Qu'ils ne soient ni chastes ni pauvres ni obéissants fait des membres anodins d'une « autorité morale indépendante » des complices naturels. Le clerc à l'ancienne est allé au séminaire et manipule des mystères qui nous échappent : il y a de la morgue dans son humilité. Le clerc loustic se met les doigts dans le nez, c'est notre *alter ego*. Juvénile Sacré Collège (autre originalité : le considérable rajeunissement du *presbytre*, en grec, de *l'ancien*, d'où vient notre prêtre), d'autant plus furtif que festif. Le franc-maçon Voltaire, qui prenait la scène de théâtre pour une chaire d'église, se plaignait, à propos des spectacles, de ce que « dans la multitude de nos citoyens il n'y a pas quatre mille hommes qui les fréquentent avec quelque assiduité » (20 juin 1733). Nous n'allons plus au théâtre, mais, de nos jours, neuf Français sur dix (89,4 %) regardent la télévision chaque jour, huit sur dix écoutent quotidiennement la radio (82,5 %) et seulement trois sur dix (35,7 %) surfent chaque jour sur Internet[1]. Nous sommes mille fois plus vulnérables à tout ce qu'il entre de prédication dans un éditorial et de commentaire dans la hiérarchisation des nouvelles que les nobles à carrosse qui se rendaient le soir au théâtre pour applaudir *L'Orphelin de la Chine* et *Adélaïde Du Guesclin*. L'endoctrinement sans doctrine appelé « communication », joint à la souplesse des réceptions à domicile, permet d'intégrer sans condamner et de réguler sans commander (ce qui est à voir, à croire, à redouter et à espérer). L'opium du *people*, c'est celui qui réjouit l'employé et la ménagère en tournant le bouton. Nous disons *médiatique*, avec un faux dédain, pour ne pas dire *populaire*. Aussi « coupée des masses » qu'elle soit, la police des symboles de grande circulation transforme sa qualité en quantité. La presse *people* est florissante, ses vedettes sont en tête des sondages, et ses tubes en haut du *hit-parade*. En nous donnant mieux que des règles de conduite, des lentilles de contact, que nous ne voyons plus parce qu'elles nous permettent de voir, les façonneurs de « l'événement » n'infléchissent pas le cours du monde réel, mais ses reflets dans nos têtes, qui ne sont pas sans influence sur nos votes, nos dons, nos allergies et nos engouements. Ainsi se lisse peu à peu notre image du monde extérieur (qui a vu une différence à cet égard entre le « Vingt-Heures » de TF1 et celui de France 2 recevra un chèque de 1 000 euros).

1. Étude « Media In life 2008 », de Médiamétrie (terrain de janvier-février 2008).

« La politique n'est pas la religion, et la religion n'est pas la politique. » Le siècle dernier avait entériné chez nous, sous le terme de laïcité, ce *gentlemen's agreement*, application tardive mais réussie de Marc, XII, 17. La devise ne vaut plus quand le spirituel perd ses signes distinctifs. L'Église chez elle, l'État chez lui ? Certes, mais quand l'État adopte pour esprit l'état d'esprit d'un clergé qui ne dit pas son nom, le principe de séparation devient un leurre parce qu'il a un siècle de retard sur la nouvelle emprise. Pas de loi de 1905, pas de concordat possible entre un pouvoir d'État sans autorité et une autorité qui a la chance de ne pas être un pouvoir. Et c'est un même personnel, amphibie, qui se répartit ici et là. Si le droit canonique stipule qu'un clerc ne peut plus exercer son ministère en exerçant une charge publique (c. 285, § 3), ni prendre une part active dans les partis politiques (c. 287, § 2), nul interdit ne saurait empêcher les allers-retours entre cabinets et plateaux, la cour et la ville. On ne se quitte plus, c'est la symbiose, même si chaque milieu professionnel garde ses servitudes. L'élu a les siennes, le coopté aussi. Le politique doit rendre des comptes à ses mandants tous les cinq ans ; le médiatique doit rendre des comptes à ses actionnaires tous les trois mois.

✧

Les faux frais du contemplatif et du cloîtré sont évités par la ROC, qui confère la primauté aux ordres actifs, à savoir aux organisations humanitaires. « L'humanitaire, dit Rony Brauman, en boutade, c'est les droits de l'homme, plus les antibiotiques. » Les cultes d'antan, sans molécules chimiques, s'occupaient d'abord de soigner les âmes, la résurrection des corps se chargeant de la guenille. Le nôtre va droit au corps, à condition qu'il entre dans notre champ de vision, bien contrôlé. Tous les morts ne sont pas égaux devant nos caméras.

Le déclic qui a enclenché la pensée du Bien sur le Bien en action, en faisant du *french doctor* un phénomène de société, eut pour origine la Seconde Guerre mondiale, et notamment le péché irrémissible de la Croix-Rouge en 1942 — quand elle n'a pas vu ou voulu voir ce qui se passait à Auschwitz et Birkenau. « Dans mon milieu, les intellectuels avaient accepté l'humanitaire beaucoup plus vite que les politiques, et encore, une fraction des intellectuels, celle qui avait été bouleversée par la Shoah. Car toute cette démarche est complètement liée à la Shoah », explique Bernard Kouchner, pour qui « l'humanitaire a changé le monde ». Quand le souvenir de l'étoile jaune a rencontré le droit international, un nouvel humanitaire est né. « Le Biafra, en 1968, ce fut en quelque sorte un hasard, et le fait que je sois médecin a beaucoup compté. Mais c'était enraciné dans *la mémoire d'Auschwitz*[1]. » Or Auschwitz a été rendu possible par le secret qui l'entourait et l'apathie de la conscience mondiale. D'où la « loi du tapage », l'occupation préventive des médias, avec l'obsession, parfois fâcheuse pour le discernement, de voir se répéter

1. Bernard KOUCHNER, « L'humanitaire a changé le monde », *Les Temps modernes*, n° 627, avril-mai-juin 2004, pp. 12-13.

un peu partout la destruction des Juifs d'Europe, pour cause à la fois d'indifférence et de sous-information. Officialisée dans les années 1970 sur les deux rives de l'Atlantique, en trait d'union euroaméricain, l'ombre immense de l'Holocauste (cruciale pour les Juifs religieusement déjudaïsés) a été intégrée à la ROC comme mythe négatif fondateur. Et le lien, par son entremise, s'est rétabli entre nos religions ancestrales de la souffrance (Job sur son fumier, le Sacrifié sur la Croix) et une modernité jusqu'alors vouée aux supermarchés, au sexe et aux futuroscopes. Sans cette tragédie, l'accompagnement humanitaire ne serait jamais devenu fanfare quasiment militaire. Le christianisme avait été l'enfant de Titus et du *codex*. Détruisant le Temple de Jérusalem, base instituée du judaïsme, en l'an 70 de notre ère, Titus nettoyait le terrain pour l'expansion d'une foi chrétienne portative, format in-douze. Le droit d'ingérence est l'enfant de Hitler et de la télé. Auschwitz a ringardisé Condorcet, Kant, Comte et Pasteur, et l'électron a apporté la grande colère des faits dans tous les foyers, entre deux pages de publicité.

La concordance entre la politisation de la miséricorde et la sacralisation de la Shoah (puisque « l'Holocauste transcende l'Histoire », comme l'affirme Elie Wiesel) n'a laissé intacts, et fort heureusement, aucun des deux héritages du temps. Le terrible souvenir dont les promoteurs de l'ingérence correcte sont imprégnés a donné au vieux secourisme genevois une gravité, un sens du tragique, une épaisseur humaine remarquables. En échange, la nouvelle action humanitaire a désenclavé la sacralité juive, en lui donnant une projection tous azimuts et une positivité pratique qui gomment les connotations religieuses ou fatalistes de châtiment et universalisent sa portée. La transfiguration d'une épouvante par une volonté a su, naguère, mettre la mort au service de la vie.

Belle reconversion, qui aura été un bol d'air pour notre espace éthique. Nos poumons besogneux respirent plus large. En 1700, était requis du sujet de Sa Majesté un billet de confession ; du jacobin de 1792, un certificat de civisme ; du citoyen de 1910, une attestation de service militaire. En 2000, et c'est tant mieux, le terroir ne suffit plus à l'honorabilité, si une obole n'a pas été versée pour Kigali, Rangoon ou Johannesburg. On a décloisonné : de la petite patrie à la grande, la nation ; de là à l'Europe fédérale, enfin vers la Terre-matrie. En passant du patois au français, puis au *globish*, c'est-à-dire en nous débarrassant du barde et du félibre, nous avons écopé d'une culture générale plus large et moins profonde, mais nous sommes en mesure de « penser à rouvrir les portes » (Pierre Daix, ancien de Mauthausen), qui n'ont que trop tendance à se refermer toutes seules. Cela dit, n'oublions pas qu'en 2100, ce grand consommateur d'eau, d'essence et d'électricité pour qui nous prenons fait et cause sous le nom d'homme, extrait de la chaîne des vivants, sans obligation envers les autres espèces, soustrait à l'écosphère dont il n'est qu'un maillon, fera l'effet à nos descendants d'un primate prétentieux qui s'y croyait déjà, maître et possesseur de la nature, et non simple partie prenante. Barricadé sur son îlot d'inconscience satisfaite, l'anthropolâtre sentira le renfermé autant qu'à nos propres narines le soldat Chauvin en sabots, dont le cœur s'arrêtait de battre au-delà de la ligne bleue des Vosges. Ne présumons pas trop de notre humain, trop humain universel : les sciences qui seront demain au premier rang ne lui feront pas de cadeau.

✧

« Paganisme, christianisme, muflisme. Telles sont les trois grandes évolutions de l'humanité. Il est désagréable de se trouver dans la dernière. » Flaubert, d'ordinaire si pénétrant (« le sentiment humanitaire commence à naître sur les ruines des patries », annonçait-il en 1853), péchait par pessimisme. Il écrivait cela en 1871. Avant Stanley Livingstone et Savorgnan de Brazza, avant le grand élan de générosité coloniale qui allait lancer aux quatre coins du monde nos Pères blancs et nos hussards noirs pour lutter contre l'esclavage et l'analphabétisme. L'heure des missions n'avait pas encore sonné sur l'horloge de l'Histoire. À « la plus grande France » de 1900, soucieuse de faire pièce aux impérialismes britannique et allemand, succède, un siècle plus tard, le plus grand Occident, qui n'a pas de trop, face aux rancœurs et défis islamistes, de toutes ses forces armées et morales pour aller là où il décrète seul l'urgence et où ses intérêts ne sont pas affectés. Les missions évangéliques américaines distribuent en Asie centrale, en Afrique, en Amérique latine, des bibles et des *T-shirts* à l'effigie de Jésus, tandis que les ONG européennes, séparant plus nettement la santé du salut, y installent antennes et dispensaires. En contraignant fréquemment les ONG locales à un rôle de sous-traitant ou de faire-valoir, soumises sur place à des épreuves de *capacity building*, afin de satisfaire aux *desiderata* des bailleurs de fonds internationaux (régulièrement en porte-à-faux avec les besoins locaux).

Le « allons soigner toutes les nations » fait d'évidence écho au « allez enseigner toutes les nations ». Avec le culte des martyrs, la position du missionnaire (population en dessous, civilisateur par-dessus) porte la marque de l'Occident chrétien. La plus grande démocratie du monde, l'Inde, n'en fait pas un article d'exportation sur ses pourtours. Elle prend son État de droit pour un état de fait, non pour un *sine qua non*. Le monde orthodoxe veille au sort des orthodoxes, comme le monde juif à celui des Juifs, comme la Chine aux Chinois d'outre-mer. Nous sommes les seuls à porter haut et fort « le combat toujours inachevé » pour rendre en tous lieux l'autre semblable à nous. Notre idéal : faire des recoins d'ombre de lumineuses succursales — terres d'Islam, empire du Milieu, Russie des steppes, Amérique des pampas et des *caudillos*, Afrique. Y aurait-il du génotype dans les pratiques culturelles ? Autant le païen resta étranger à l'esprit et à la pratique de la mission, autant le chrétien mit dès ses débuts au programme la *reductio ad unum* d'une espèce bigarrée à l'excès : soit par le baptême, façon Clovis, soit par le bûcher, façon Moctezuma (« force-les à entrer », recommandait saint Luc). *L'Internationale sera le genre humain* : le communisme à son tour fut fabriqué au moule. La ROC prend la relève, la voie était frayée. Le message de l'islam est lui aussi universel, et les disciples du Prophète veulent conquérir les cœurs. Si les djihadistes comptent sur l'intimidation, la plupart, piétistes ou non, misent sur le caritatif, comme nous. Mais leurs ONG humanitaires donnent la priorité aux sinistrés et réfugiés musulmans, même si elles font un peu de prosélytisme en Europe et beaucoup en Afrique. Nous, et c'est à notre honneur, une fois sur le terrain, nous ne discriminons pas.

Nos chargés de mission s'indignent qu'on puisse voir en eux les descendants des ordres militarohospitaliers, chevaliers Teutoniques ou Templiers partis jadis planter au loin la chrétienté (comme eux l'égalité des sexes et le multipartisme). La croix rouge dans le dos et non sur le poitrail, nos amis ne vont pas en armes, veillent à ne pas se confondre avec les soldats de même nationalité, mais ils ne peuvent éviter que le regard des autochtones tende de plus en plus à les amalgamer, le stéthoscope s'étant avéré plus d'une fois maillon intermédiaire entre le missel et le missile. Il est patent que le militaire suit de près le missionnaire, quand les deux n'arrivent pas ensemble sur le terrain, avec la même logistique. Ce fut le cas bien sûr aux Indes occidentales, et plus tard en Afrique, en Indochine, où les canonnières venaient au secours des missionnaires (la France républicaine protégeant les missions religieuses), en Chine, où, les Boxers ayant massacré des milliers de chrétiens et cernant les concessions étrangères de Pékin, l'Europe dépêcha prestement un corps expéditionnaire pour ramener l'ordre. Aujourd'hui encore, sur certains théâtres, l'Occidental tue autant, et souvent plus, de civils par ses bombardements qu'il n'en sauve par ses antibiotiques (Somalie, Afghanistan, Gaza). Outre qu'ils sont quelquefois proches du sacerdoce et payent, à leur tour, un lourd tribut de martyrs et d'otages (infirmières, médecins, développeurs enlevés ou tués) — qui n'est pas sans rappeler les innombrables sacrifiés et suppliciés de la Société des Missions étrangères, de la Compagnie de Jésus, des Capucins (« le sang des martyrs, disait Tertullien, est la semence des chrétiens ») —, la comparaison du XXIe siècle et du XIXe n'aurait rien d'infamant pour le premier. Après tout, le combat antiesclavagiste, au XIXe siècle, du Basutoland (actuel Lesotho) au Cap, a eu pour fer de lance les missionnaires protestants (« Société de la morale chrétienne » et « Société des missions évangéliques »). Lesquels ont semé une graine subversive et progressiste, la conversion au christianisme faisant accéder à la modernité de futures classes moyennes, comme à Singapour, en Inde et jusqu'en Chine.

Parce que les antipodes sont à quelques heures d'avion, notre réveil missionnaire n'a plus, ou quasiment, à ausculter et écouter les cultures étrangères. L'équivalent d'un Matteo Ricci, le jésuite devenu chinois, ou d'un Bernardino de Sahagún, le traducteur du nahuatl, la langue de l'Empire aztèque, ou même d'un « officier des affaires indigènes », est devenu hautement improbable. Nos premiers ethnologues, lexicographes, hygiénistes, géographes furent des religieux chrétiens. Robe blanche, casque en liège et croquenots aux pieds, le missionnaire d'antan, capucin, lazariste ou jésuite, s'immergeait dans la société indigène, apprenait les langues locales, enquêtait sur les mœurs et se souciait de comprendre, pour être compris d'eux, Hurons et Algonquins, Annamites et Malgaches. C'est par lui que s'est noué le premier croisement des cultures. Nos volontaires en rotation passent deux mois là où le Père blanc passait vingt ans, quand les conditions le permettaient (au XVIe siècle, l'espérance de vie d'un missionnaire en Inde était de six mois). Certains, coupant les ponts derrière eux, se taillaient un chemin intérieur vers l'autre, au point de devenir autres, au bout de trente ans. L'instituteur de la mission laïque prenait un ticket de bateau long séjour, l'envoyé de la *Propaganda Fide* un aller simple (au XVIIIe siècle, on allait en Chine à pied en passant par la Perse) ; le représentant des Nations unies ou d'une grande ONG, un aller-retour par avion. Difficile quand on reste en contact permanent avec son siège parisien, les infos et les préjugés des siens, quand on va en 4 × 4 climatisé, avec ordinateur portable et valise satellitaire, quand on loge dans le beau quartier de la ville, avec un traitement dix ou cent fois supérieur à celui des « partenaires locaux », de s'acculturer, ou même de rencontrer et d'écouter l'autre.

À la fois tributaires et victimes du satellite, du GPS et de l'Airbus, l'humanitaire de crise et l'aide d'urgence tels que nous les entendons ne peuvent échapper aux plis et contraintes d'un tourisme devenu la première industrie mondiale. La longueur et la difficulté d'un voyage entrant pour beaucoup dans l'attention que nous prêtons aux lieux inconnus, ce qui est trop facilement accessible, ce qui s'offre en un clin d'œil au sauveteur perd l'attrait de ses clairs-obscurs et nous ôte l'envie de nous munir du télescope que Marcel Proust recommandait à ses lecteurs « pour apercevoir des choses, très petites en effet parce qu'elles sont à grande distance, mais qui sont chacune un monde ».

VIII
Commodités

[...] aucune société n'est foncièrement bonne ; mais aucune n'est absolument mauvaise ; toutes offrent certains avantages à leurs membres, compte tenu d'une iniquité dont l'importance paraît approximativement constante.

Claude LÉVI-STRAUSS,
Tristes Tropiques.

Toute consécration a un coût social, mais aucune n'a que des inconvénients. La ROC ne donnerait pas une telle impression de naturel si elle ne « collait » aussi bien aux normes techniques de notre médiasphère (immédiateté, visibilité, réactivité) ainsi qu'au tréfonds affectif d'une société à commande féminine (où l'angle droit le cède aux lignes courbes). Outre qu'elle s'incorpore d'instinct à notre façon de sentir, de bouger et de s'informer, elle offre aux membres actifs d'insignes commodités d'usage.

Une collectivité aussi a besoin de chocolat, et l'antidépresseur est venu à son heure pour relever le moral d'une société — française en particulier — minée en sourdine par la découverte de ses forfaits ou de ses mains sales et de ses compromissions louches : la collaboration avec le nazisme et l'antisémitisme, puis les crimes de guerre et contre l'humanité liés aux guerres coloniales. La décolonisation, culpabilisante, donnait le mauvais rôle à l'Occident, à qui les « damnés de la terre » infligeaient humiliations morales et défaites militaires. Mais peu après, au début des années 1970, Soljenitsyne et les *boat-people* dévoilaient le caractère criminogène du communisme, pour intervertir les axes du Bien et du Mal. La charge de la preuve changeait de camp, le vilain devenait le sauveteur. Avec la redécouverte des droits de l'homme comme remède au totalitarisme, le bonheur des riches ne faisait plus le malheur des pauvres. Mieux : le salut de ces derniers étant suspendu à la grandeur d'âme des premiers, l'ancien garde-chiourme devenait le champion des forçats. Qui ne préfère la bonne à la mauvaise conscience ? Il ne faut jamais sous-estimer — relire Pascal et La Rochefoucauld — la revanche jubilatoire des amours-propres dans le choix de nos abnégations. D'autres nations humiliées et bafouées dans leur estime de soi trouvent dans le nationalisme le levier d'un réarmement moral, ainsi de la Russie et de la Chine. Pour reprendre la main, nous avons fait le chemin inverse, qu'on peut juger préférable. Chaque pays fait comme il peut, avec les moyens du bord, ce qu'il a dans son sous-sol et sa mémoire.

✧

Tout *news addict* qu'il soit, le culte n'a pas à répondre de ses faits et méfaits. Que les droits de l'homme ne soient pas une politique, comme Marcel Gauchet l'a bien souligné (à une époque où l'évidence n'allait pas de soi), c'est ce qui fait leur force et les rend infalsifiables, et à ce titre doublement précieux : indispensables et indiscutables. Les Béatitudes non plus n'en étaient pas une, en sorte que l'aval donné par l'Église à l'esclavage — que saint Paul ne remet pas pratiquement en cause —, plus tard à l'usage de la torture (*quaestio*) — recommandée par Innocent IV dans la bulle *Ad Extirpenda* de 1252 —, à la dévastation du Palatinat et au Code noir des Antilles — qui avait pour but de christianiser les esclaves —, n'a jamais fait tort au texte d'orientation. Nos Tables de la Loi eussent-elles fait un programme concret, voire un projet de société, comme le libéralisme ou le socialisme, il y a belle lurette qu'elles auraient été confiées aux pouvoirs judiciaires et juridictionnels, Conseil constitutionnel et Conseil d'État. Efficacement et sobrement. Elles sont devenues l'alpha et l'oméga de la vie publique en vertu du privilège qu'elles ont d'irradier les esprits sans avoir à informer le réel jour après jour à travers un système praticable de lois et de règlements. Sans doute faut-il abstraire les hommes de leurs conditions immédiates d'existence pour pouvoir affirmer l'égalité en droit de ce qui est inégal en fait. S'ils n'étaient pas abstraits, les droits de l'homme seraient inopérants. Soit. Mais la ROC fait de cette abstraction un fumigène : notre idéal régulateur est devenu le fief de la bonne conscience et de la mauvaise foi.

Le Sacré Collège n'aura donc pas à faire repentance. En alignant les noms propres de l'Antéchrist, de Gengis Khan à Ben Laden, en passant par Staline, Hitler, Pol Pot et Pinochet, il tient sa preuve *a contrario*. Face à la réalité insupportable de ce que produit le non-respect de nos droits fondamentaux, le rappel du peu d'effet produit par une déclaration ne fera jamais un argument frappant. Juste après 1789, viennent la Terreur, la Vendée et les carnages napoléoniens ; après 1948, le maccartisme, Budapest, le coup de

Prague, l'Indochine, la Corée. Et c'est quand les droits humains sont devenus la *lingua franca* de la communauté internationale qu'ont eu lieu les pires génocides africains (Rwanda, Darfour, Congo, etc.). Qu'étaient nos guerres en dentelles face aux hécatombes de l'après-1789 et de l'après-1948 ? La France de 1936 qui se coiffait du bonnet phrygien ouvrait peu après les camps d'Argelès-sur-Mer et de Barcarès[1] pour y entasser les républicains espagnols au milieu des poux avant de voter les pleins pouvoirs au Maréchal et de les livrer aux nazis. Rien n'est acquis à l'homme ni à ses droits ni à ses préambules. L'idéalité de la norme met la ROC à l'abri des obligations de résultat qui pèsent sur d'autres formules miracles. La caution d'une transcendance ne vaut que d'être toujours laissée en consigne par son déposant.

« La détresse religieuse est, pour une part, l'expression de la détresse réelle et, pour une autre, la protestation contre la détresse réelle. La religion est le soupir de la créature opprimée, l'âme d'un monde sans cœur, comme elle est l'esprit de conditions sociales d'où l'esprit est exclu. » Marx a écrit ces lignes en 1844[2]. Qui aurait aujourd'hui le front de faire comme si l'Arménie, Dachau, le

1. Ces camps d'internement réunirent, de 1939 à 1942, des hommes, des femmes et des enfants, Basques espagnols (cinq mille), ressortissants d'Europe centrale, Latino-américains, coloniaux des colonies françaises ou espagnoles, Arméniens, au motif d'être des « étrangers en surnombre dans l'économie nationale », des « individus susceptibles de nuire à la sécurité nationale ».

2. Karl MARX, *Critique de la philosophie du droit de Hegel*, Paris, Annales franco-allemandes, 1844.

Goulag, Kigali, Srebrenica n'avaient pas eu lieu ? Franco, Pinochet, Amin Dada, la junte birmane ? Hiroshima, la Kolyma, les génocides des Grands Lacs et Guantanamo ? Au regard des chambres à gaz, de la torture généralisée et du champignon atomique, qu'étaient les calamités qui donnaient de l'ombrage à Louis-Philippe et à la jeune reine Victoria, comme le nègre de case et le travail des enfants, lesquelles justifiaient pourtant l'ambivalence du philosophe matérialiste envers le fait religieux ? Une société d'où l'esprit est exclu ? Il en restait sans doute plus chez Gobseck ou le Cousin Pons qu'à la Société générale, ou à « la Maison du chat-qui-pelote » que chez Champion. Cette vallée de larmes à laquelle le cierge servait d'« auréole » n'aura été qu'un reposoir en vestibule à nos carnages. Il nous fallait dès lors une protestation élargie à toute la terre, un soupir dix fois mieux sonorisé, à la hauteur du dantesque. L'auteur du *Manifeste du parti communiste* ne s'est fourvoyé que sur un point : les « eaux glacées du calcul égoïste ». Le capitalisme financier dégouline d'eau tiède et sucrée, il exsude la compassion par tous ses pores, non sans délocaliser la main-d'œuvre, entre un *boom* et un *crack*. Mais comment deviner en 1850 que le Frankenstein des manufactures aurait un jour le visage d'une dame d'œuvres ?

Le « plus jamais Calas » a produit la Déclaration française de 1789 ; le « plus jamais Dreyfus », la naissance de la Ligue des droits de l'homme ; les révélations du procès de Nuremberg, la Déclaration universelle de 1948 ; Staline et le rideau de fer, la Convention européenne des droits de l'homme de 1950. Et voici que l'épidémie des fondamentalismes remet l'ultime recours à la une. L'observation des temps forts du juridisme éthique montre bien où est sa vertu : non dans sa force de proposition, mais dans sa fonction éminemment protestataire de refus et de barrage à l'insupportable. Là est sa légitimité profonde. Là aussi sa sophistique — imparable en termes d'opinion. Ce à quoi nos croisés répliquent est si odieux que refuser de s'aligner sur eux revient à absoudre l'indéfendable. Au moindre doute exprimé sur le rapport coût/bénéfice des ingérences militaires, blocus et sanctions proposés par nos catéchistes — remèdes bien souvent empoisonnés —, la mauvaise tête se retrouvera dans le *Journal du dimanche* aux côtés de Goebbels (charbonnier est maître chez soi) ou de Pol Pot (pas d'homme nouveau sans casser des œufs). Et, dans *Libération*, aux côtés du nazi Carl Schmitt et de la nouvelle droite. Les bons et mauvais points sont distribués d'avance. Un blanc chevalier de l'actu contre les traîne-savates de la *realpolitik* a son *happy end* en poche.

✧

L'accusation indignée, l'index tendu, le rouge de colère, bref, la sortie mensuelle du professionnel, assortie d'une photo de bibi dans un champ de décombres suite à une visite éclair, n'ont que des avantages : économie de preuves et d'arguments, soutien spontané et unanime du public, culpabilisation du spectateur ou du lecteur (pris en flagrant délit d'inattention et d'indifférence), désamorçage anticipé des contradicteurs, réduits à d'odieux distinguos et à de filandreuses précisions — et mise en valeur de Zorro, qui montre, lui au moins, une capacité de révolte intacte. Le meilleur du haut-le-cœur est la concision : « dire vite et beaucoup avec peu » (Pierre d'Huy[1]). Une minute trente : le cri fait *scoop*, peut passer en boucle, on reste dans le rythme. La morale exige la brève, l'audiovisuel aussi. L'exercice est si payant qu'il est devenu l'antienne des politiques : « Ce qui se passe à [nom de lieu] est un scandale absolu, point final. » Nous voilà non seulement rassurés — enfin quelqu'un qui ne biaise ni ne bêle — , mais aussi en dette envers un prestataire de coups de sang qui ne lésine pas, lui, sur le parler vrai. Le rôle sied aux trublions décoratifs et décorés. Ces indomptables prennent le Mal par les cornes, sans s'attarder aux circonstances, parce que expliquer, comme ils disent, ce serait déjà justifier. Qui s'indigne doit rester propre.

✧

En société de communication, dite avec optimisme d'information, un procédé qui donne le mauvais rôle au ministre, fût-il un peu mieux informé, et le bon au journaliste, le fût-il moins bien, est une aubaine. On sait quel abîme sépare désormais les distinctions officielles des réputations personnelles, un directeur de rédaction ayant plus de gâteries à offrir qu'un préfet ou un président. La cravate de la Légion d'honneur honore moins un *homo democraticus* qu'une cou-

1. Pierre d'Huy, « L'indignation », *Médium*, n° 14, janvier-février-mars 2008.

verture de magazine ou un bloc-notes hebdomadaire. La foire aux vanités a depuis longtemps déserté le *Journal officiel*, où voir son nom dans la liste alphabétique des nouveaux promus ne réjouit que la belle-mère et les enfants. La controverse sur le dictateur en visite à Paris illustre fort bien cette inversion des préséances. Dans le face-à-face du pur et de l'impur, sur un plateau télé ou au Parlement européen de Strasbourg, le questionneur peut témoigner de son zèle quand le questionné ne peut cacher sa tiédeur.

« Je vous pose la question, Monsieur le Président, Ministre, Secrétaire d'État, Conseiller, etc., les droits de l'homme sont-ils respectés en... [une petite centaine de noms de pays suivent] ?

— Pas vraiment. Pas encore. Pas tout à fait. Attendez un peu.

— Et pourtant vous serrez la main de cet homme couvert de sang. Vous l'accueillez à l'Élysée. Vous allez à Tripoli, Caracas, Moscou, Nouakchott, Tunis, Damas, Tachkent, Pékin. C'est du joli. Vous aviez pourtant promis de bien vous tenir pendant la campagne. Nous sommes grugés. Comment vous croire désormais ?

— Oui, mais mon épouse ira, balbutie le suspect. D'ailleurs j'ai une liste de prisonniers dans ma poche. J'ai convoqué l'ambassadeur. Je recevrai le dissident avant de partir ; non, après. Et puis, si je n'y vais pas, d'autres le feront. C'est un huitième, un quart de l'humanité. Enfin, c'est très difficile, vous savez. »

Cette saynète, un classique, rejoue le duo cher à Koestler[1] du yogi et du commissaire, mais à

1. Arthur KOESTLER, *Le Zéro et l'infini*, LGF, Livre de Poche, 1974.

front renversé : le yogi tient le manche, et le ministre aux manettes fait commissaire bolchevique. L'officieux ne veut rien savoir, il jette sa foi à la tête de l'officiel, sans détours. Député ou chroniqueur, il met le banc du gouvernement, sinon au ban de l'humanité, du moins dans ses petits souliers. *Standing ovation* pour « qui dérange »; cinq points en moins pour « qui assure ».

✧

Qui décide que « les droits de l'homme seront la composante centrale de notre politique étrangère » peut surseoir à l'*aggiornamento* de ce qui lui tient lieu, paresseusement, de boussole. La ROC donne un deuxième souffle à ce courant de pensée entremêlant l'utopie juridique du XVIIIe siècle et la sentimentalité humanitaire du XIXe, laquelle, de Lamartine à Jaurès et de Blum à Mitterrand (qui, heureusement, disait une chose et en faisait une autre), apaise l'inconfort des hommes et femmes de bonne volonté : la paix par la loi. Constatant l'impuissance des gouvernements à refouler la violence hors de l'Histoire, l'idée des généreux d'hier était d'assujettir les États existants à un « enchaînement d'obligations collectives ». On saisirait les égoïsmes nationaux dans les mailles d'un système juridique commun, et cela jusqu'à la formation d'une gouvernance mondiale (idéal où se retrouvent grands financiers et grandes consciences). Se seront entretemps dégagés des intérêts communs entre les nations, suscitant une interdépendance croissante, paralysant toute velléité belliqueuse et substituant aux nationalismes émotifs et à l'irrationalité des foules, une irrésistible aspiration à la souveraineté de la Raison. Celle-ci, qui est la faculté de regrouper le divers sous l'Un, s'est jointe au vieux courant chrétien, traditionnellement transfrontière, hostile aux nationalités rétives, pour déboucher sur les États-Unis d'Europe, étape provisoire sur la voie de « l'unité humaine supérieure », soit l'État de tous les États. Ainsi, à l'« antagonisme des patries », aux « préjugés chauvins et aux haines aveugles », aux « violences d'orgueil et de convoitise », succédera la « patrie universelle », qui n'est pas la « suppression des patries », mais leur anoblissement. Teilhardien avant la lettre — un teilhardisme où Dieu s'appelle le droit —, Jaurès revient sans cesse sur le magnifique mouvement ascendant « de la nature à l'esprit, de la force à la justice, de la compétition à l'amitié, de la guerre à la fédération », où le supérieur suppose l'inférieur, s'y appuie sans le supprimer ; où « toute la puissance de l'idée s'approprie toute la force organique de l'instinct ». C'était à l'Internationale socialiste de rassembler en un corps glorieux les membres morcelés, « organes de l'humanité nouvelle fondée sur le droit et façonnée par l'idée ». Toutes ces expressions sont de Jaurès, 1910. Contresignées par Léon Blum, en 1941, dans son *À l'échelle humaine*, elles étaient encore affinées par l'auteur de *L'Abeille et l'architecte* vers 1970. La *paix* humaine suppose l'*unité* (des prolétariats, des peuples, des nations), qui suppose la *loi* (l'arbitrage). La politique magique connut son apogée sous le règne de Philippe Berthelot et d'Alexis Leger (Saint-John Perse), dans l'entre-deux-guerres, bref moment d'éternité dont l'acmé fut le pacte Briand-Kellogg de 1928, qui déclarait rien moins que la guerre hors-la-loi[1]. Conférences de Genève, Lausanne, Locarno, Stresa : il y avait sur ces rivages giralduciens un je-ne-sais-quoi d'asexué, de feutré et de lénifiant, que les vents océaniques devaient bientôt balayer. Avant de faire une doctrine, la gauche évangélique, pour qui tout recours à la force relève du péché, était et reste une sensibilité, voire un imaginaire, plus qu'un programme. La diplomatie des lacs demeure sa nostalgie secrète, tant l'air pur, les azalées et la citronnelle s'accordent à la primauté du droit sur la force. Propice à l'effusion des cœurs, le palace vieil-européen, charme discret, luxe sans tapage, clapotis sans grain, offrait le sédatif idoine. L'eau douce porte au bien, et le lac à l'élévation. Staline, à Yalta, ville d'eaux protégée des vents du nord de la Crimée, réussit presque à faire prendre à Roosevelt la mer Noire pour le lac de Genève. Ni Churchill sur place, ni de Gaulle de loin ne furent dupes. Ce n'étaient pas des âmes pures mais fortes, et ils savaient faire le partage du souhaitable et du possible. Il est toujours dur d'admettre que le fait que l'Inde et le Pakistan aient une frontière commune ne puisse utilement donner lieu à une enquête d'opinion. Il n'y a pas de démocratie en salle des cartes, pas plus qu'en salle de classe. La géographie est une

1. Les quinze pays signataires « condamnent le recours à la guerre pour le règlement des différends internationaux et y renoncent en tant qu'instrument de politique nationale dans leurs relations mutuelles ». Ce traité a servi de base juridique au procès de Nuremberg pour la définition du « crime contre la paix ».

science sans principes, tout en contingences et brutalités. Les vertueux en ont l'intuition : ils n'aiment pas dessiner des cartes, et leurs remontrances font fi des planisphères.

De quelle inconvenante réalité la ROC protège-t-elle ses adeptes ? D'un fait aussi constant que navrant : les relations internationales ne sont pas de nature démocratique, car les États ont la funeste manie de se rendre justice eux-mêmes, ce qui est interdit aux citoyens de ces mêmes États. En interne, la règle de droit peut neutraliser les inégalités de forces, de revenus et d'influence. À l'international, pour masquées ou atténuées qu'elles puissent être, elles s'imposent *in fine*. Une puissance démocratique supérieurement équipée a-t-elle jamais respecté le droit des gens pour mater les plus faibles qu'elle tenait sous sa coupe ? L'Angleterre en Inde ? Les États-Unis en Amérique latine ? La France en Afrique du Nord ? Israël en Palestine ? États de droit au-dedans, États voyous au-dehors. Le philosophe Hegel a raisonné ce point. Mais tous nos concitoyens n'ont pas lu les *Leçons sur la philosophie de l'histoire*, et prendre acte de cette incohérence reste douloureux. Il y a des palliatifs pour cette souffrance morale. La ROC est le premier d'entre eux. L'antalgique soulage, sans guérir.

Pourquoi les forbans du grand large sont-ils beaucoup mieux traités que les modestes casseurs de nos banlieues ? Pourquoi nos gendarmes, qui menottent les seconds, se mettent-ils, à Roissy, au garde-à-vous devant les premiers ? Pourquoi le Japon n'a-t-il pas indemnisé les « femmes de réconfort » coréennes ? Pourquoi la Cour pénale internationale, compétente pour juger « les crimes les plus graves qui touchent l'ensemble de la communauté internationale » et les mensonges qui « violent la conscience universelle », ne fera-t-elle pas comparaître M. Bush fils, coupable d'un « crime d'agression, sans légitime défense », explicitement censuré par la charte des Nations unies, ayant causé plusieurs centaines de milliers de morts en Irak ? Elle pourrait en principe le faire, dès lors que les États-Unis n'auront eux-mêmes entamé aucune procédure, ce que leur patriotisme leur interdit bien évidemment. Elle laissera impuni notre fauteur de guerre parce que cette puissance n'est pas partie au traité, et que la saisine dépend en ultime recours du Conseil de sécurité de l'ONU. Les États-Unis sont le principal contributeur financier de l'Organisation qu'ils hébergent, et ce sont eux, comme il est logique (*there is nothing such as a free meal*), qui contrôlent ce Conseil.

Cette dissymétrie des droits et devoirs entre forts et faibles, qui refuse de l'affronter commence par brasser du vent et finit par embrasser le plus fort (non-intervention en Espagne en 1936, parce que la puissante Angleterre le déconseille ; soutien aux guerres coloniales d'après-guerre ; reproche à de Gaulle de sortir de l'OTAN, les États-Unis n'ayant pas donné leur accord...). C'est ainsi qu'un idéaliste termine en supplétif dans de contre-productives expéditions coloniales aujourd'hui imposées par « la solidarité atlantique » au nom de la défense des droits de l'homme. Devise de la diplomatie des lacs : pas de vagues, et ne jamais faire cavalier seul. Aristide Briand rêvait de rendre à son pays le sublime chevaleresque de la *Gesta Dei per*

Francos ; le boy-scout contemporain répugne au chevaleresque autant qu'à l'équitation : le cheval est de droite (ou l'était, la tradition a évolué).

On devine sans peine que cette médaille aura son revers — toute mystique devenue politique appelle une comptabilité en partie double.

IX

Duplicités

ORGON

Mon frère, ce discours sent le libertinage [...] :
Vous vous attirerez quelque méchante affaire.

CLÉANTE

Voilà de vos pareils le discours ordinaire :
Ils veulent que chacun soit aveugle comme eux.
C'est être libertin que d'avoir de bons yeux ;
Et qui n'adore pas de vaines simagrées,
N'a ni respect ni foi pour les choses sacrées.
Allez, tous vos discours ne me font point de peur ;
Je sais comme je parle, et le ciel voit mon cœur.

MOLIÈRE,
Tartuffe, acte I, scène VI.

On serait tenté d'inscrire au passif de la ROC le double jeu de ses hauts dignitaires. En fait, notre rigorisme mondialisé est tempéré par un pharisaïsme heureusement partagé, entre zélateurs au Nord et catéchumènes au Sud. Il y a un accord général et tacite pour faire comme si. La machine ne tournerait pas sans le lubrifiant hypocrisie. La ROC carbure à la tartuferie, sans quoi elle tomberait en panne.

À la périphérie, il arrive qu'un malentendu concerté permette aux gouvernants sous observation de satisfaire à leurs obligations nouvelles, et aux légats venus du Centre (ONU, OSCE, UE, HCR, etc.) de leur donner *quitus*. Les mêmes mots ne recouvrent pas ici les mêmes choses. Nous disons « élections ». Nous entendons par là un inventaire des différences d'opinion. Dans maints pays à structure tribale ou clanique, une élection se doit d'être l'expression d'une communion populaire, d'une adhésion à la grande tente — ou la grande yourte. En Asie centrale, un président à 53 % ne mériterait pas de l'être. En Europe occidentale, un président élu à 90 % est un président postiche. De même, la « corruption », défaillance morale ici ; là, solidarité tribale à fonction redistributrice. Les résolutions internationales peuvent aussi donner lieu à toutes sortes d'acquiescements polis, par la grâce du quiproquo. « La génuflexion oblique du dévot pressé » résout maintes difficultés d'application.

Le pharisaïsme est le propre de tous les intérêts qui s'enveloppent de principes, dès qu'il devient impossible de faire ce qu'on dit et de dire ce qu'on fait. Il y a du *jeu* entre les normes et les conduites — un obscène hiatus entre les mots et les choses propice à l'art oratoire et à d'opulentes mises en scène. Il faut s'imaginer le pharisien non pas fuyant et embarrassé mais volubile et prédicant. L'acteur déclame et proclame ; le spectateur acclame et en réclame. D'où les innombrables festivités, inaugurations, forums, carnavals et remises de décorations auxquels la ROC donne matière. C'est un professionnel des planches, debout place de la Concorde, qui a été chargé par notre chef de l'État, le 14-Juillet 2008, devant une tribune de hiérarques plus ou moins méritants, de réciter le psaume national. Les enfants de la balle aiment à se mettre en règle avec la foi publique, leur *T-shirt* exhibant le slogan du jour. Nos princes élus, chanteurs ratés, les traitent en frères. Diderot a relevé le paradoxe de la profession : ne rien sentir pour le bien dire ; chaud au-dehors, froid en dedans. Quand il est médiatisé du matin au soir, le chef tourne au cabot, et *l'esse est percipi* — être, c'est être perçu —, devise de l'idéalisme absolu, devient celle du réalisme intégral. Sur les comptes de campagne d'un candidat présidentiel, ne pouvait-on lire : 34000 euros, frais de maquillage ? Quand le fond de l'air est au fond de teint, ne pas se grimer devient suspect. Le gouvernant, pour faire vrai, doit croire et faire croire en même temps, et se faire voir en train de croire. Concilier sincérité et visibilité. Le temple et la scène. Cette fusion a déjà donné lieu à une pièce : *Tartuffe*. Ce n'était pas une farce, mais un avertissement.

Le régime de Vichy en a interdit la représentation pour immoralité. À bon escient : ce faux jeton dit le vrai. Fâcheux, précieuses, cocus, avares, pédants, médecins n'en avaient pas voulu à Molière. « Ils ont même fait semblant de se divertir, avec tout le monde, des portraits que l'on a fait d'eux », note l'auteur dans la préface. Avec l'hôte du riche bourgeois Orgon et de sa mère, Mme Pernelle, fini de rire. Molière s'attaquait à la face noire du consensus, la *grimace,* « vice qui est dans l'État d'une conséquence bien plus dangereuse que tous les autres ». On cria de tous côtés haro sur le baudet pour vouloir ainsi « décrier un métier dont tant d'honnêtes gens se mêlent ». Molière aborda l'archi-sujet « avec toutes les précautions que demandait la délicatesse de la matière », avec placet au roi et avertissement au lecteur, mais quand on touche au sacré du moment, on finit par être privé de sépulture. La représentation fut interdite. « Je suis un vrai dévot qui dénonce les faux », essaya-t-il pour se défendre. « Non, vous vous attaquez à l'honneur du nom chrétien, vous êtes un athée déguisé. » Chaque siècle a son point névralgique, à fort coefficient émotif. On ne *plaisante pas* sur les droits de l'homme, pas plus que sur le bon Dieu au temps de Saint Louis ou, au Grand Siècle, sur la personne du roi (au Maroc, cela conduit encore en prison). Sauf à passer au pilori.

Ne discutons pas si l'imposteur était ou non sa propre dupe, Dieu seul peut en juger. Ni si une mine de politesse ne vaut pas mieux qu'un *ex-abrupto* un peu vantard, à la Alceste. Remarquons simplement que la contrainte du discours vertueux a quelque chose de surhumain. Réduire au minimum sa part de comédie : définition de l'intelligence. Or l'esprit public veut qu'on la maintienne à un bon niveau. Sauvegarder les apparences, n'est-ce pas la civilisation même ? Un loup qui prend le masque de l'agneau n'est déjà plus tout à fait un loup. Il ne faut donc pas trop médire des Tartuffes, personnages hautement civilisés qui n'ont que le tort de présumer un peu trop de leurs forces. Il en faut beaucoup pour ne pas tomber le masque après un acte ou deux. Dans l'Amérique puritaine, terre promise du *sex scandal*, le père-la-vertu, sénateur ou gouverneur, est par ailleurs abonné à un réseau de prostitution. Double vie. Dans l'islam de la *charia*, l'alcool est interdit : le cheikh ferme les portes du salon pour lamper son whisky. Double standard. Dans l'Europe des droits de l'homme, le chef d'État brandit de la main gauche, devant les journalistes, la liste des détenus qu'il va de suite remettre au maréchal président, et signe de la main droite, dix minutes après, seul à seul, le contrat d'armement avec l'infâme. Double discours. De là un renouveau des arts de l'apparence, qui va bientôt conduire le Conservatoire d'art dramatique à envoyer ses élèves dans les palais nationaux, pour prononcer comme il faut l'adverbe « véritablement ». Les pionniers de l'humanitaire, élèves de Raymond Aron et partisans d'un libéralisme musclé, ont jadis tiré grand crédit de leur apolitisme. Les voici députés, ministres, ambassadeurs. Ce n'est pas une inconséquence, c'est le jeu. Il faut serrer beaucoup de haires avec leurs disciplines, lorgner beaucoup de seins que l'on ne saurait voir pour acquérir de nos jours ce que Machiavel appelait « non la véritable gloire mais la méprisable popularité ». N'ayant pas de public, François Ier et Mazarin pouvaient s'en passer, d'où des initiatives internationales aussi judicieuses que scandaleuses. En société cosmétique, n'importe quel ministre est à la roue : il lui faut être populaire pour accéder aux affaires et encourir l'impopularité pour les bien traiter. S'il travaille ses dossiers à tête reposée dans son bureau, il augmentera ses chances d'agir en connaissance de cause, mais manquera d'apparaître. On ne le voit pas assez. Mauvaise note. S'il monte et descend chaque jour une passerelle d'avion, il fera le bonheur des médias, et gardera la cote, au risque de faire des moulinets. Des trois métiers que Freud jugeait impossibles, soigner, éduquer et gouverner, le pire, sans conteste, est devenu le dernier.

Comment distinguer entre ce qui se mime et ce qui s'exprime ? Les historiens de nos guerres de religion se posent la question. Le duc de Guise faisait-il semblant quand il se posait en champion de la cause catholique ? Tous ces réformés, ces ligueurs, ces papistes, voulaient-ils le salut de leur âme ou le trône de France ? Soldats du Christ ou du clan ? Il faut se donner du temps pour en décider, l'hypocrisie ne tient pas la rampe. Et comme, à l'article de la mort, on n'a plus trop intérêt à dissimuler, les dernières paroles sont jugées plus crédibles (c'est encore le cas dans le droit anglais). Comme il est dans la nature des choses qu'on dise une messe pour gagner Paris, au lieu de perdre Paris pour dire la messe comme on l'entend, la plupart penchent pour la religion-alibi. Les seiziémistes s'accordent à trancher « le dilemme herméneutique de la vraie motivation » en observant si les « actions non verbales » des protagonistes sont conformes ou non à leurs proclamations. La magnitude des maux qu'on est prêt à souffrir pour ses convictions fournit un indice utile. Pour mieux distinguer, cinq siècles après, quand certain affichage peut satisfaire notre commune aspiration à être célèbre, honoré, entouré, invité, photographié, etc. Le critère, c'est si l'homme ou la femme de bien se fait ou non du mal à lui-même, à sa carrière, à ses intérêts partisans ou privés, à sa base amicale, logistique ou électorale. S'en prendre aux siens, rompre avec ses proches, c'est le plus difficile. Dissident, c'est chic ; renégat, c'est moche. Le malheur veut qu'en tout dissident pour de vrai apparaisse d'abord un traître. Comme Victor Serge, traître à sa famille d'origine russe et communiste (à un moment où elle régnait sur les plus beaux esprits et les classes ouvrières), ou, à un moindre degré, André Gide, en 1937, André Malraux, en 1945, Edgar Morin, en 1956 — comme Bernanos, en 1936, ou Mauriac, en 1953 —, à leur lectorat et soutien traditionnels, quand la bourgeoisie catholique régnait sur la bonne société française. Quand l'homme ou la femme « qui dit non » doit disparaître de la scène ou partir en exil, avec crachats dans la rue et lettres d'injures par centaines, l'authenticité ne se discute pas. Quand il ou elle se retrouve dès le lendemain sur tous les kiosques et les plateaux, avec dix points de plus de popularité, mieux vaut suspendre son jugement.

Applications pratiques. Si un candidat « Pêche, chasse et tradition » s'indignait de l'incivisme d'une amicale de chasseurs en Sologne ; si *L'Humanité* s'adressait à Moscou pour qu'il soit mis fin aux exactions en Tchétchénie ; si un maoïste réputé avait naguère publiquement demandé à Pékin la fermeture des camps de rééducation par le travail qui ont vu passer des dizaines de millions de déviants ; si un notable musulman venait à protester à haute et intelligible voix auprès du « Serviteur des deux Saintes Mosquées », le roi d'Arabie, contre la sinistre situation faite dans son pays aux femmes, aux voleurs et aux chrétiens ; si tel atlantiste célèbre avait signé une lettre publique au leader du monde libre pour s'étonner de son refus de reconnaître les juridictions internationales, du supplice de la baignoire officiellement autorisé et de l'espionnage légal des bibliothèques publiques ; si tel intellectuel sioniste, intraitable sur la Russie et le Darfour, prenait la tête d'une pétition à propos des dix mille détenus palestiniens en Israël, la plupart sans jugement, des colonies illégales, des assassinats ciblés et des représailles collectives sur les populations civiles... Ces divers cris d'alerte feraient dresser l'oreille des destinataires, car provenant d'amis sûrs et loyaux, plus sûrement qu'une lettre ouverte de *gentlemen farmers* au parti anticapitaliste, du recteur d'al-Azar au Premier ministre d'Israël ou de M. Besancenot au Département d'État. Avouons-le : l'accident n'est pas quotidien. Notre chemin de fer est ainsi disposé que chacun reste sur ses rails (l'auteur de ces lignes autant que les autres). Je m'indigne quand il en va de mon intérêt, ou de mes chromosomes. Sinon, je passe mon tour. Évitons le ridicule de nous gendarmer là-contre. À la guerre comme à la guerre. Pourquoi se tirer une balle dans le pied ? Aussi voit-on, depuis trois mille ans, chacun à son affaire, droit devant, sans un regard de côté : le « pro-palestinien » dénonce un nettoyage ethnique impuni ; le « pro-américain » vitupère l'antiaméricanisme forcément primaire ; le « pro-israélien », l'antisionisme masque archiconnu de l'antisémitisme ; et l'« anti-impérialiste » rêve d'attirer notre attention, plutôt distraite, sur les coups d'État organisés ici et là par la CIA. *Interest as usual.*

Peut-être y a-t-il une main invisible derrière le jeu des passions politiques. Peut-être les plus sectaires sont-ils à leur insu les hommes d'affaires de la Justice. Un parti pris aiguise l'attention sur telle ou telle zone négligée, une lecture à la loupe éclaire un coin d'ombre, décode ce qui, pour de moins impliqués, resterait opaque. Le fameux « d'où tu parles » a le tort de rabattre la réalité objective d'un forfait sur les intérêts subjectifs du procureur, comme on l'a vu, outre mesure, dans la guerre froide. L'Est avait tout intérêt à stigmatiser l'apartheid en Afrique du Sud et le Ku Klux Klan au Mississippi : le conservateur détournait la tête. Et l'Ouest, à faire résonner le long ululement des bagnards sibériens, à lever le voile du grand mensonge. Le progressiste se bouchait les oreilles. Qui a vu *Mère Courage*, de Bertolt Brecht, sait que des gens fort antipathiques peuvent énoncer des vérités premières, et de très sympathiques, de vilains bobards. Les nazis qui ont découvert le charnier de Katyn[1] ont dit le vrai sur la monstrueuse hécatombe des officiers polonais, et les Alliés ont menti comme des arracheurs de dents. C'est bien Staline qui a donné l'ordre, contresigné par le Bureau politique. Ce sont des réactionnaires racistes, durant la guerre froide, qui ont, depuis Washington, courageusement et tenacement exhumé le dossier sous les protestations des défenseurs des opprimés. Et ce sont les communistes vietnamiens qui ont les premiers dénoncé et dévoilé le génocide khmer rouge, mais après avoir envahi le Cambodge (les États-Unis prenant alors le parti de Pol Pot). Ils y avaient tout intérêt, en effet. *So what ?* Que *Save the Darfour* soit une « opération de diversion américaine » — montée par une alliance entre néoconservateurs et ultrasionistes, croisade anti-musulmane stigmatisant l'Arabe génocidaire et montrant au passage que ce qu'ont à subir les Palestiniens est vraiment peu de chose en comparaison — n'épuise pas le sujet. Ces bons communicants devraient plutôt être remerciés d'avoir secoué une certaine apathie, et même si leurs gesticulations pouvaient être dites contre-productives, le programme alimentaire mondial de l'ONU distribue à présent des rations journalières à un million de réfugiés (mille cinq cents calories par jour, le minimum vital étant de deux mille

1. Dans la nuit du 12 au 13 avril 1943, la radio allemande annonce la découverte, dans la forêt de Katyn, près de Smolensk, d'un charnier contenant les corps de plusieurs milliers d'officiers polonais.

deux cents). Ce qui s'est passé depuis 1997 en République démocratique du Congo, ex-Zaïre, n'est-il pas bien pire — cinq millions de morts au total selon l'IRC (International Rescue Committee), Rwanda compris ? Certes, mais là, aucun parti à en tirer. Des Nègres s'entretuent ? Pas d'intérêt. Nos veilleurs ont simplifié à outrance une situation fort complexe ? À l'évidence. Ils ont gonflé les chiffres ? Oui. Tous les lobbies forcent le bilan, d'autant que, dans l'esprit public, un génocide est lié au nombre de morts (quand le critère est l'intention de détruire un peuple ou une catégorie de la population, femmes et enfants compris). Et le moindre examen sérieux est aussitôt réputé « compte d'épicier » et « sordide arithmétique de la souffrance ». Ce ne sont pas cinq cent mille morts, mais moitié moins, et dont les trois quarts, selon l'IRC, seraient dus à des causes indirectes, malaria, diarrhées, malnutrition[1]. Les opposants à la guerre d'Irak évoquent un million de morts civils, quand ce serait plutôt, entre 2003 et 2006, six cent cinquante mille ; de son côté, la guerre en Bosnie aurait plutôt coûté cent mille morts que deux cent mille. Pierre jugera ces précisions parfaitement indécentes, de bonne guerre pour discréditer Paul, mais écœu-

1. La British Advertising Standards Authority a épinglé, en août 2007, Save Darfour pour avoir lancé des chiffres inexacts. Le CRED (Center for Research on the Epidimiology of Disasters) avance le chiffre de cent vingt-cinq mille victimes de février 2003 à juin 2005, dont trente-trois mille à cause des violences. L'OMS dit deux cent mille. Le secrétaire général adjoint de l'ONU pour les affaires humanitaires, trois cent mille victimes directes ou indirectes. Et le gouvernement soudanais, en bonne logique, dix mille.

rantes s'il s'agit de ses protégés à lui, Pierre. C'est notre lot à tous. On rêve parfois d'un Sirius qui, extrayant la paille de l'œil des uns et la poutre de celui des autres, recomposerait à l'instant *t*, par juxtaposition, le puzzle complet des horreurs infligées aux six milliards d'êtres humains, en respectant les proportions. Il serait aussitôt accusé par Pierre et Paul de relativisme moral, et ferait figure de Ponce Pilate. Un tel arbitre sidéral et panoptique est une vue de l'esprit. Nous avons tous nos taies sur l'œil, de par l'angle de vue que nous assignent notre histoire familiale, notre milieu de pensée, nos voisins de quartier, notre credo ou notre incrédulité, notre journal préféré. De même qu'il y a des ruses de l'Histoire, on peut espérer que l'intérêt soit la ruse de la morale universelle, mais en ce cas, mieux vaudrait flanquer ouvertement l'hypothèse de son complément et inverse : la morale universelle comme détour de l'intérêt particulier.

Veillons seulement à ce que l'hommage rendu par le vice à la vertu ne finisse pas par porter tort à nos vertus. Que la charité chrétienne n'ait pas résolu « la question sociale » ne la rend pas insignifiante. La laïcité fut une des clés qui a permis à l'Europe d'affirmer son pouvoir sur l'Orient, pour briser la résistance nationale des colonisés accotés à leurs traditions religieuses. Mais de ce que les paras français arrachaient leur voile aux femmes algériennes pour les « libérer », en 1958, il ne découle pas que le port du voile soit un bien, et la laïcité un mal; de ce que les colonisateurs aient fait suer le burnous, exploité et massacré au prétexte de *civiliser* les « peuples arriérés » (et en supprimant de fait les féodalités locales, en ouvrant des écoles et des routes), il ne se déduit pas que ceux qui décapitent leurs otages soient à présent de vaillants damnés de la terre, ni qu'on doive, de notre côté, cracher sur le musée du Louvre, les réfrigérateurs et les gardiens de la paix ; de ce que les droits de l'homme soient utilisés pour légitimer nos « deux-poids-deux-mesures », et habiller des patriotes en terroristes, ce serait moins une raison de les jeter à la poubelle que de les mettre à l'abri. On ne coupe pas la tête à un accidenté de la route parce qu'il est défiguré. On nettoie la gueule cassée, et l'on se tourne vers la chirurgie reconstructive. Quoi de plus beau qu'un visage à gros grain, avec sa mélancolie et ses pattes d'oie, son âge et ses blessures, sans larmes de glycérine ni sourire plastifié ?

X

Iniquités

À toi de diriger les peuples sous ta loi, Romain, qu'il t'en souvienne.

VIRGILE,
Énéide, VI.

Brouillant les frontières laborieusement tracées, en Occident, entre spirituel et temporel, la ROC n'est pas étrangère à la dépolitisation de la politique, la crétinisation des esprits, le regain du réflexe colonial et la montée aux extrêmes des lisières pilonnées. Ces évolutions ont leur propre dynamique, mais notre rideau de fumée y a contribué de son mieux.

Les droits de l'individu en apesanteur, dans la force de l'âge, dont l'apport en eau potable et vitamines est tenu pour acquis, tout comme les conditions physiques d'existence d'une société (oxygène, eau, terre arable, forêts) peuvent s'épanouir dans un monde lui-même bien portant, à l'abri des sécheresses et des tsunamis. Ils siéent à une ruche alvéolaire, dont le cœur bat au rythme des palpitations boursières, qui a lâché le train pour la voiture (*my car, my castle*), méprise les hommes publics et trouve à l'avocat d'affaires, gauche ou droite, le profil présidentiel parfait. C'est la religion naturelle d'un puzzle de petits boursicoteurs et de gros actionnaires, l'escorte sacerdotale du moins d'État et des privatisations. Consacrant l'alliance du droit abstrait et du marché concret, l'impératif s'en est répandu en même temps que les *stock options*, les ajustements structurels du FMI et les *soap operas*, au même pas que l'alignement néo-libéral, où le global parle *globish*. Un petit paquet d'actions pour tous, et pour chacun le droit au juge, telle était l'ambition insufflée par l'air du temps à la grande bouche avide et solitaire baptisée personne humaine. La rumeur en a grandi sur la planète avec le concassage des équipements collectifs et des services publics, l'irruption du pénal dans le droit constitutionnel, administratif, civil et social, le contournement des États en gestation par les ONG et les bailleurs de fonds internationaux, et l'autorisation donnée aux banques d'être leur propre instance de contrôle. Il n'est pas sûr que la loi « romaine » survivra à l'hégémonie militaire, économique et idéologique qui en a imposé l'évidence. Dans l'immédiat, peuvent déjà s'inscrire à la colonne débit : anesthésie du bien commun, du sentiment de l'Histoire, des neurones, et, finalement, rupture de fait de cette égalité de droits entre les peuples tant vantée à la tribune.

✧

« Il faut opter, écrit Rousseau, entre faire un homme et faire un citoyen. » Pour être universelle, et s'appliquer à tous, la Déclaration de 1948 a préféré l'homme au citoyen. Cela partait d'un bon sentiment, car, à s'en tenir aux citoyens, ressortissants d'États, on privait de leur dignité apatrides, réfugiés et toute personne déchue de sa nationalité. C'était étendre la portée du principe, mais également, par un malheureux concours de circonstance, avaliser, en continuité avec l'optique anti-étatiste des Pères fondateurs américains, l'humiliation du politique par l'économique, des Africains par l'*imperium* européen, et des obligations communes par le « c'est mon droit ». Logique : nazisme et stalinisme avaient communié dans le mépris de l'individu, tandis qu'en démocratie, c'est l'individu qui est à protéger contre les abus de pouvoir, les immixtions de la police dans sa vie privée, ses communications téléphoniques, son honneur et ses secrets. Libéraux par la droite, libertaires par la gauche, nous avons assisté à un émouvant soulèvement des cœurs et des esprits contre l'idée de puissance publique. De même que le mépris de l'argent est le privilège des riches, le dédain de l'État se porte bien dans les États providence, comme le mépris du national dans les nations bien établies, qui n'ont plus rien à craindre des voisins.

Ventriloque, la ROC a ainsi fait parler dans sa langue de lointains insurgés qui avaient de tout autres boussoles, et d'abord parce que c'étaient des hommes en guerre et que nous vivions en paix. Elle a enrôlé, à distance, sous sa bannière, Soljenitsyne, qui luttait non pour les principes de 89, mais pour la grandeur de la Sainte Russie, comme Walesa, pour sa patrie et la Vierge noire, et Nelson Mandela, pour la dignité de son peuple. Elle a déguisé le *deobandi* afghan en *freedom fighter*, parce qu'il se battait contre les Soviets, mais pas précisément pour la liberté des homosexuels et des athées. Leur programme, que leurs partisans de l'époque préféraient taire, c'était l'*Umma* et la remise au pas des infidèles. Et nous crions à la trahison quand nos héros d'antan hissent leurs couleurs de toujours. Quant au contretemps, il serait savoureux s'il n'était dramatique. Les peuples veulent des frontières et un État, quand nous idolâtrons les sans-frontières et la sacro-sainte société civile. Les singularités se déchaînent, les généralités nous enivrent. Nos guerres civiles européennes s'étant déroulées au nom et à l'abri de la souveraineté, nous avons décidé que la nation est criminogène, que tout pêcheur à la ligne est un pétainiste qui s'ignore, et que le chemin vers la paix passe, au-dehors, par le renoncement au principe de souveraineté. Mauvaise pioche : elle prolifère. Il y avait cinquante-six pays à l'ONU en 1948 (dont huit seulement se sont abstenus de voter la Déclaration universelle) ; il y en a le triple aujourd'hui. La planète est nationaliste, cruellement, et notre Europe post-nationale, post-tragique, post-historique, naïvement. L'humanité, aux quatre cinquièmes, prend le sens interdit, et nous la sifflons en vain, tout étonnés de voir revenir ce que nous avions aboli sur le papier : l'aspiration à la puissance et, au cœur même des interdépendances économiques, stimulée par celles-ci, la volonté d'indépendance culturelle et politique.

L'agenda est aux droits *civiques*, et sans retour aux droits des peuples, ceux de l'homme resteront un vain mot. L'antinationalisme confusionnel fait oublier qu'il n'y a pas de démocratie là où il n'y a pas de nation, et l'anti-étatisme, qu'il n'y a pas souvent de nations sans État ; que seul un État de droit (une administration, une police, une justice autonome, un cadastre, des archives) peut faire respecter les libertés personnelles ; que toutes ces aubaines, l'alphabétisation, les chemins de fer, la transition démographique, les routes, le vote des femmes ne furent pas chez nous une manne tombée du ciel ; que ce qui nous a demandé cinq bons siècles en Europe ne peut se réaliser partout ailleurs avant la fin de l'année (« sinon on coupe les vivres ») ; et que bombarder les ponts, les usines, les ministères et les routes d'un pays pauvre ou occupé, même en parachutant après coup des parlements gonflables et des isoloirs en kit, n'est pas la meilleure façon de parvenir au but. L'Européen aliéné, colonisé hémiplégique, arrêté à mi-chemin, n'a pris de sa métropole nord-américaine que la moitié du modèle : son juridisme, mais non son patriotisme, ses *lawyers* et ses *traders*, mais non ses bannières et ses vétérans. Nos lunettes nous rendent myopes, et les bévues s'accumulent, y compris avec nos alliés et amis proches, dont nous recouvrons d'un voile pudique l'hyper-souverainisme ; lequel pousse les États-Unis, tout comme la Chine, à soustraire leurs ressortissants à la Cour pénale internationale reconnue par cent vingt États, et une démocratie qui nous est chère, Israël, à envoyer balader résolutions de l'ONU, conventions de Genève et arrêts de la Cour de La Haye.

✧

La vision théologique des choses, dont la ROC assure le retour dans un monde sans Dieu, préfère l'anathème à l'analyse. Voici légitimée notre proverbiale ignorance de l'histoire-géo, péché mignon du français-qui-ne-parle-pas-les-langues étrangères et confond Bolivie et Colombie, Soudan et Tchad, et loge Paramaribo au Bas-Congo. Nous voici dispensés du devoir de comprendre les sociétés avant de les enfourner soit chez les réprouvés, les dictatures, soit chez les sauvés, les démocraties. On disait au XIXe civilisés/sauvages et, au XVIIe, chrétiens/mécréants. Le combat binaire est un réflexe monothéiste, tempéré chez les catholiques par l'exploration de l'âme des pécheurs et la confession auriculaire de leurs ambivalences (d'où l'invention du purgatoire pour les cas douteux). L'Oncle Sam, puritain intransigeant, répugne à cette grisaille : il aime le noir et blanc, *good* et *bad guy*. Quoique persan, Mani (né en 216), fondateur du manichéisme, n'aura été prophète qu'outre-Atlantique. La diabolisation de l'ennemi intérieur ou étranger est là-bas un héritage historique, et la construction médiatique de l'Antéchrist, la profession des *spin doctors*. Libérer l'humanité du Mal (ou du pire, rectifient les modeste, adeptes des *minima moralia*) est un objectif qui intéresse à la fois le fondamentaliste chrétien guettant l'Armageddon et l'ex-marxiste repêchant l'avenir radieux, le Texan illuminé et le Parisien en manque. Le recyclage de l'ex-maoïste en néoconservateur, avec le même délire péremptoire qui le portait hier à dénoncer le complot impérialiste et la conspiration bourgeoise, nous signale à nouveau que l'anti ne fait pas sortir du même. Le Bien, c'est à présent le Tibet, la Géorgie, les émirats du Golfe, et le Mal, la Chine, la Russie et les chiites. À bas le parti, vive l'entreprise. La société civile, c'est le salut, l'État, la perdition. La ROC a pour effet d'ajourner la laïcisation tant attendue de l'intelligentsia en vue et d'auréoler d'altruisme la déqualification de nos universités et la baisse du niveau dans nos grandes écoles. L'effritement des académies savantes et l'effacement universitaire — ce qu'on appelait au XIIIe siècle le *studium*, ce tiers décisif entre le prince et l'inquisiteur — ne laissent plus face à face que *regnum* et *sacerdotium*, cynisme et moralisme. Et nos prêcheurs ont déserté lycées et collèges, alors que l'enseignement, père de la scolastique et, par ricochet, de l'argumentation contradictoire, fut et reste la source de l'esprit critique. D'où cette facétie : le western devient un genre franchouillard. Les Anglo-Saxons étant plus *matter of fact* que nos théologiens reporters, il nous faut lire le *Herald Tribune* pour nous faire une idée approximative de l'état de la planète.

Le Bien et le Mal ont un vice de fabrication : la fixité des espèces. Ils deviennent ce qu'ils sont, quand, dans la prose des jours, chacun est ce qu'il devient. Les réputations médiatiques et morales ont un fort indice de viscosité. Or le charbonneux et le lumineux permutent à une vitesse croissante (l'extravagant Kadhafi retourne sa veste, et « le chien enragé », cible d'un bombardement américain en 1986, devient, dans sa région, le meilleur allié des services secrets occidentaux; Saddam Hussein, à l'inverse, rempart en 1980 du monde libre contre la révolution iranienne, choyé et armé à ce titre, tourne soudain au braqueur incontrôlé après son *hold-up* sur le Koweït). L'ironie convulsive de l'Histoire oblige à remettre cent fois sur le métier ses sympathies et antipathies — qui se démodent vite. Proust s'amusait, pendant la Première Guerre mondiale, du défilé des haines successives de son milieu, semblable aux amours d'une vie individuelle, et dont le résultat était de faire de l'Allemagne (comme à présent de nos « États voyous ») « un pays dont chaque membre était forcément un menteur, une bête féroce, un imbécile[1] ». Il avait remarqué que les passions politiques incitent à l'exclusivisme tout en réhabilitant sans cesse une partie des exclus, la cause de l'exclusivisme ayant changé. Voilà qui exige des yeux fureteurs et des oreilles aux aguets. *A priori* s'abstenir.

✧

Toute sacralité plonge dans l'Histoire puisqu'elle est œuvre humaine. Les Écritures saintes ont eu une élaboration difficile, hasardeuse, et le canon du Nouveau Testament n'a pas été un cadeau de Dieu, mais un tardif décret de l'Église. La Déclaration de 1789 était de même un texte provisoire, rédigé à la hâte, dans une certaine confusion, plein de contradictions tranchées *in extremis* (le droit de propriété, oublié, fut raccroché à la dernière minute). Mais la sacralisation a pour vertu de gommer les aléas, de simplifier *a posteriori* le complexe, en habillant de marbre une glaise approximative. Produire de l'inconditionné pour se cacher ses propres conditions d'apparition n'est pas sans intérêt pratique : l'abstraction bien lisse qui en résulte devient un produit facilement transportable et opposable à

1. Marcel PROUST, *À la recherche du temps perdu*, Paris, Gallimard, coll. « Bibliothèque de La Pléiade », 1954, t. III, « Le temps retrouvé », p. 913.

toutes les contingences, ouvre-boîte universel. « L'Histoire n'est pas notre code » : ce mot magnifique d'un homme de 1789 ne signifie pas qu'un code n'a pas d'histoire, et moins encore qu'il peut à lui tout seul faire histoire. On peut se demander si le « du passé faisons table rase », qui fit le malheur des dictatures prolétariennes, ne fera pas demain celui des démocraties libérales. Si notre culte d'État n'est pas l'exutoire d'une révolte contre l'Histoire — celle de l'humanité en général, mais d'abord de la nôtre et celle de l'Europe qui, se sentant trahies, insultées par leurs crimes d'hier, ont choisi de s'en évader par l'angélisme. Que nous soufflent en leur fond nos lois mémorielles, sinon ce soupir quasiment helvétique : « Que le bon droit ferme la bouche aux historiens, une fois pour toutes. On ne veut plus d'Histoire, elle est sale, on veut du propre. Commençons par nous blanchir, et, à cette fin, refilons notre mauvaise conscience aux retardataires. Leurs crimes d'aujourd'hui nous sont d'autant plus insupportables que ce furent jadis les nôtres (esclavagisme, travail des enfants, antisémitisme, sexisme, racisme). Plus ils culpabiliseront, plus nous serons disculpés. » Bref, notre conscience ne veut plus de stock, elle mise sur les flux, et entend que le furet circule.

Quand on perd le monopole des fonds souverains, des transmissions télévisées, des technologies de pointe, il n'est pas idiot de causer valeurs. Cela permet de quitter la scène la tête haute. Ce qui se perd en vitalité se regagne en honorabilité. Une démocratie qui a produit le travail forcé et le Code de l'indigénat, massacré et spolié en Indochine et à Madagascar, érigé en Algérie la gégène en système, devient sur le tard intraitable sur le respect des droits de la personne, semblable à ces prudes septuagénaires qu'on a connues dans leur jeunesse *call-girls* et qui ne passent plus rien aux jeunettes dévergondées du quartier. L'État français, qui transforme son armée en gendarmerie d'appoint (ou en force humanitaire pour évacuer ses ressortissants en cas de conflit), ne s'avise même pas des conséquences du passage au vote démographique au Conseil européen et juge bien fatigant de maintenir une présence européenne dans l'espace. Pourquoi, dès lors, garder sa petite musique ? Il sera moins coûteux d'entrer dans l'orchestre afin de « résoudre par le droit les questions politiques encore pendantes », étant entendu que la « guerre contre le terrorisme », expression idiote, n'admet qu'un chef d'orchestre. Fixer soi-même la frontière entre intérêts spécifiques et intérêts communs, garder sa propre analyse du monde et son indépendance d'esprit au milieu des interdépendances de fait ne vont jamais, il est vrai, sans maux de tête ni une certaine solitude. Il n'y avait qu'une poignée de zigotos à la BBC, en juin 1940, et foule à Radio Paris autour du vainqueur de Verdun. Il y avait cent mille personnes aux obsèques de Béranger et dix à celles de Musset. C'est du petit Alfred et du grand Charles dont il y a trace, mais qu'importe, direz-vous, la postérité, puisque maintenant tout est maintenant.

La connaissance de l'histoire des peuples demeure l'abécé de toute diplomatie que n'égarent pas l'*a priori* et la chimère (de Gaulle s'en faisait un préalable), et une conduite morale suppose la connaissance des conditions objectives où elle aura à s'exercer. Or au moment où le passé n'a jamais été aussi présent dans le monde, nous sommes requis par les puissances d'opinion d'être anhistoriques, avec des amnésies faites allergies. Nous refusons de voir que l'islam est une culture et pas seulement une religion, que le judaïsme est une religion et pas seulement une culture et que des milices vouées à la Vierge Marie peuvent se montrer sanguinaires, que ce soit avant-hier à Constantinople, ou hier à Sabra et Chatila. La mémoire fige, l'Histoire dégèle ; et plus le besoin d'Histoire s'impose, plus le devoir de mémoire arrête nos montres. L'anachronisme gagne quand l'historien recule. La superstition du Progrès, aux deux derniers siècles, avait fantasmé un temps linéaire, homogène et cumulatif, dans lequel Einstein « enfonçait » Newton, Picasso, Cézanne, Kant, Platon, et où la « der des der » nous ferait demain matin oublier les hécatombes des temps mongols. Nous l'avons remplacé par un surplace entre étourdissant et ressassant : un perpétuel présent, qui clignote sans éclairer. Ce temps hoquetant de l'info en discontinu, mais dopé au pathos, s'accorde au temps répétitif du ressentiment. Pour ne pas banaliser l'horreur, l'esprit public la coupe de tout arrière-plan, et l'injonction d'expier traduit bientôt un refus, une nausée de l'Histoire, projection ici-bas d'une figure interchangeable, inerte et bégayante, la Victime. Elle a même absorbé, rétrospectivement, le poilu de 14, jouet réticent d'une boucherie, quand tout indique qu'il a fièrement consenti, à tort ou à raison, à son sacrifice. Les six nouvelles journées commémoratives nationales créées entre 1999 et 2006 — soit autant qu'entre 1880 et 1995 — ont pour point commun de célébrer non plus le combattant, mais la victime (le mutin, le harki, l'esclave, le déporté racial). Dans le panthéon de la ROC, ceux qui sont morts à cause de la France coiffent désormais ceux qui sont morts pour elle. Avec des souvenirs galvanisants, elle a fait une mémoire crucifiante.

Le gel du juste par le Bien peut aller jusqu'à dissuader de « continuer l'Histoire » (Hubert Védrine). Le malheur du raisonnement stratégique est d'être en effet paradoxal — et presque toujours impopulaire. Ainsi des *poids et contre-poids* comme des *alliances de revers*. L'alliance de François Ier et de Soliman le Magnifique, de la IIIe République et de l'autocrate de toutes les Russies, des États-Unis et de la Chine maoïste pour prendre l'URSS en tenaille (Nixon venant à Pékin serrer la main d'un despote anthropophage) vaudrait aujourd'hui une mise au pilori. Un homme de bien ne parle pas aux méchants. La ROC eût-elle été en vigueur en 1941 que la Croix-Rouge internationale et nos fonctionnaires d'autorité se seraient certainement souciés d'en savoir un peu plus sur la destination des trains de marchandise de la SNCF. Mais nombre d'intellectuels et d'artistes n'auraient pas manqué de s'adresser à Churchill et Roosevelt pour qu'ils refusent toute alliance avec le Mal : Staline. Berlin et Vichy se seraient frotté les mains. On l'a échappé belle. Les droits de l'homme eussent-ils été ce qu'ils sont devenus que le drapeau nazi flotterait encore à Paris, qui sait ?

✧

Napoléon a envahi l'Espagne fanatisée par ses prêtres pour l'initier au Code civil et éradiquer non la charia, mais l'Inquisition. Nos Jules, à la fin du siècle, ont eu le même réflexe vis-à-vis de l'Indochine et de l'Afrique noire, où, sûr, il ne s'agissait pas de s'emparer de l'ivoire et du caoutchouc, mais d'étendre les bienfaits de la modernité et de la laïque. Les coalitions antiterroristes entendent faire bénéficier le Moyen-Orient de nos privilèges. Il n'y a pas de leçons de l'Histoire, ni de l'Espagne, ni de l'Algérie, ni du Viêtnam. Qu'un autisme envahissant puisse nous faire apparaître comme légitimes l'invasion, l'occupation et le pilonnage d'un coriace comme le réfractaire afghan, qui ne nous avait rien demandé, par un corps expéditionnaire exclusivement chrétien, qui ne parle pas ses langues, ignore tout de son histoire, de ses légendes, de son calendrier, de ses mœurs, de ses systèmes de parenté, etc. ; qu'une entreprise aussi ubuesque dans ses présupposés et évidemment calamiteuse dans son issue puisse donner lieu dans nos élites hallucinées, colonisatrices parce qu'elles-mêmes colonisées, à des débats sur les modalités à caractère tactique et technique (accroître le nombre d'hélicoptères, améliorer les supplétifs, etc.) montrent de quoi nos bons sentiments sont devenus capables : faire ressurgir, en plein XXIe siècle, la bêtise coloniale, cruauté moralisante qui porte des gouvernants par ailleurs honorables, auxquels il manque une case, à traiter les peuples « comme chiens de paille » (Lao-tseu).

Tocqueville en son temps s'effarait de voir dans le Vieux Continent « des hommes sans patriotisme et sans mœurs se faire les apôtres de la civilisation et des lumières ». Qui n'a pas gardé en soi un zeste de ce *self-respect* est tout décontenancé quand il lui explose à la figure. Le vieux patriotisme avait au moins ceci de bon qu'on n'était pas stupéfait d'en trouver ailleurs que chez soi. L'intégrisme religieux, c'est une dénégation de l'avenir; l'intégrisme libéral, c'est la dénégation du passé des autres. Quand il s'agit de pays qui ont toujours gardé leur quant-à-soi, parce qu'ils ont défait l'un après l'autre tous leurs envahisseurs, la suffisance occidentale se paie au prix fort.

The West and the Rest : formule en usage dans les mémos du Pentagone. Le « reste » est la terre du « eux » : un terrain vague, à contrôler par éditoriaux et drones interposés. Le missionnaire à l'ancienne disait « vous » parce qu'il se savait en face d'autres « nous ». Nous disons « ils ». D'un habit d'Arlequin passé à la lessiveuse, notre vulgate fait à distance une arène bicolore, *sombra y sol*, où une équipe de vaillants toréadors portant indifféremment robe safran, poncho, *abaya*, voile ou bleu de travail (et pensant comme nous) affronte un barbare unique au front de taureau. Ce lissage au rabot du planisphère ne doit pas peu à l'uniformisation des opinions, à la disparition des partis et des foyers de pensée qui habillaient le Vieux Continent, jusqu'à il y a peu, de pièces et de morceaux. Un hebdo unique sous différents titres, vingt chaînes de télévision monocolores, une alternance entre une gauche et une droite quasiment indistinctes nous affublent d'un seul appareil de perception — et l'on ne peut s'empêcher de penser à cette remarque de Marcel Proust : « Des ailes, un autre appareil respiratoire, et qui nous permissent de traverser l'immensité, ne nous serviraient à rien, car si nous allions dans Mars et dans Vénus en gardant les mêmes sens, ils revêtiraient du même aspect que les choses de la Terre tout ce que nous pourrions voir. Le seul véritable voyage, le seul bain de jouvence, ce ne serait pas d'aller vers de nouveaux paysages, mais d'avoir d'autres yeux, de voir l'univers avec les yeux d'un autre, de cent autres, de voir les cent univers que chacun d'eux voit, que chacun d'eux est[1]. »

L'univers, nous qui croyons avoir les moyens de le façonner à notre image, nous ne voulons plus en voir qu'un, taillé au pochoir, tout en n'ayant à la bouche que le mantra diversité. S'attribuer le pouvoir de recommencer le monde en le calquant sur l'idée de ce qu'il devrait être, à notre goût (une démocratie représentative apaisée, ouverte à nos managers et au *Financial Times*, avec une main-d'œuvre bon marché et beaucoup de jeux télévisés) — en se dispensant de le connaître tel qu'il est, plutôt désagréable —, c'est dans un premier temps lui déclarer la guerre, et dans un second, la perdre. L'abolition des différences porte en elle la violence, comme le nuage porte la pluie et le devoir de vertu, le devoir de terreur. Légitime défense, nous dit-on. De fait, le djihad au sens large stimule l'esprit de corps, des deux côtés, et, cyniquement considéré, le 11-Septembre aura regonflé le moral de la forteresse Occident (au mépris des intérêts spécifiques de chaque membre de l'alliance). L'ennemi

1. M. Proust, *À la recherche du temps perdu*, *op. cit.*, « La prisonnière », p. 258.

n'est-il pas le meilleur ami du *nous* ? Sans Staline, pas d'Europe unie. Sans Islam, pas de monde libre. Le camp démocratique n'ayant plus d'ennemis sérieux en son sein, pour rester un camp, il lui faut s'appréhender en citadelle assiégée, avec des barbares à exterminer et des *eux* à transformer en *nous aussi*. La « gangrène islamiste » a succédé pour ce faire à la « peste juive » ; la djellaba, calotte ou barbe de nos couvertures de magazines, au nez crochu, redingote ou papillotes d'hier. Quelle meilleure défense que l'attaque préventive ? Son exportation *manu militari* est la petite monnaie d'une universalité tronquée parce que autocentrée et décontextualisée, qui frappe des deux poings mais ne voit que d'un œil.

✧

Dans « l'assimilation de l'être civilisé à l'être occidental » (Nilüfer Göle), où le renfermé fait ventilateur, la suffisance de la posture rejoint l'insuffisance de culture. La Bruyère se demandait : « S'il est vrai que la pitié ou la compassion soit un retour vers nous-mêmes qui nous met en la place des malheureux, pourquoi tirent-ils de nous si peu de soulagement dans leurs misères[1] ? » À chaque époque sa réponse. La nôtre tient sans doute à ceci qu'ayant désappris à parler de l'autre et à l'autre, notre bouillon de culture s'estime à ce point exemplaire qu'il peut se dispenser du souci des autres. C'est le handicap des pays moyens, trop grands pour s'intéresser aux petits et trop petits pour intéresser les grands. Tout en

1. Jean de La Bruyère, *Les Caractères*, « Du cœur », IV, 48.

faisant du dialogue des cultures une intarissable fontaine à salamalecs, l'étriqué universaliste traduit un certain refus (saturation, dégoût, fatigue) des malaises liés au dépaysement. Les Zoulous sont plus attentifs à autrui quoique moins bien équipés. Ils ont fait de l'écoute mutuelle, en petits groupes, à huis clos, un rituel nommé *indaba*, qui a déjà désamorcé maints conflits (et dont la communion anglicane a tiré le meilleur parti pour recoller les morceaux en son sein). Il serait bien temps de retrouver l'insolence du « comment peut-on être persan ». Cette urgence m'est apparue en écoutant dernièrement le « comment peut-on être français » d'un Persan francophone, laïc et nationaliste. La question n'était pas dans sa bouche hostile, simplement étonnée. Opposé à la « mollarchie », suffisamment dégoûté de ses rodomontades pour venir en douce prolonger ses études chez nous, il croit rêver en lisant nos journaux. Une guerre préventive, des frappes décapitantes sur son pays, au motif qu'il se rapprocherait du seuil nucléaire ? « Le Pakistan, argue-t-il, pays artificiel qui n'a que quelques décennies et où les Talibans sont chez eux, l'a dépassé, ce seuil ; l'Inde aussi, et de beaucoup. Au nom de quoi un État trimillénaire n'y aurait pas accès ? Pourquoi votre télévision ne montre-t-elle pas la carte des pays nucléarisés et des bases militaires américaines qui nous encerclent ? Pourquoi Israël, qui a acquis des dizaines de têtes nucléaires bien réelles et non une charge virtuelle, sans avoir signé le traité de non-prolifération ni eu à souffrir une inspection de l'agence de Vienne, ne suscite-t-il chez vous aucune interrogation ? Et si la Russie, demain, emboîtait le pas et frappait une base de missiles en Pologne, ou l'Inde un site suspect au Pakistan, trouveriez-vous cela acceptable ? Sinon, de quel droit ? » Changeant de sujet (mais peut-être pas), il ajoute : « Je vous entends dire qu'il n'y a pas de bons et de mauvais morts. Il y a eu, le mois dernier, d'après ce que je lis, une centaine de morts au Tibet et une centaine à Gaza, dont beaucoup de femmes et d'enfants. Quand on vit à Paris, c'est comme s'il y en avait eu dix mille au Tibet, d'où les Tibétains peuvent sortir s'ils le veulent, et dix à Gaza, où personne ne peut ni entrer ni sortir. Je ne reconnais pas le pays de Descartes. »

Toute société, l'iranienne comme la française, dispose un cache sur ses parties honteuses, lequel projette un cône d'ombre chez ses membres. Les vingt et un Iraniens, dont plusieurs mineurs, pendus en public (Téhéran, 2007) ne rentraient peut-être pas dans le champ visuel de cet opposant patriote. Chacun privilégie l'iniquité des autres, dont il a besoin pour se regarder dans la glace. Vue de France, l'Arche de Zoé était une association de bienfaisance, maladroite peut-être, mais bien intentionnée ; vue de N'Djamena, une association de malfaiteurs, accusée d'escroquerie en bande organisée. À quand la mise en réciprocité des perspectives ? Nous jugeons les guerres lointaines à l'aune de notre paix, et nous ne savons même plus pourquoi, ni de quoi, les islamiques, Africains, Chinois, orthodoxes, Indoaméricains et *Latinos* veulent tirer revanche. De même ceux-là ne comprennent-ils plus pourquoi et de quoi nous voulons nous défendre. Le dialogue des civilisations, aujourd'hui, ce sont deux monologues cloisonnés. Côté cour, le despote indigéniste serine à ses gens : chassons l'intrus, mort aux anciens maîtres. Côté jardin, le colon cosmopolite martèle : chassons le barbare, mort aux nouveaux fanatiques. La salle applaudit, mais elle est coupée en deux, et aucun hémisphère n'écoute l'autre. Dans les capitales du Nord, à l'approche du forum dit de Durban II, prévu en 2009, les dérives du Conseil des droits de l'homme, où « une rhétorique politique est forgée pour légitimer les passages à l'acte et les violences de demain » et où « des États s'apprêtent à étrangler à nouveau la liberté de pensée inscrite dans la Charte », motivent des pétitions fondées stigmatisant « l'ONU contre les droits de l'homme »[1]. Dans maintes capitales du Sud, les démocraties impériales, qui s'autorisent, au nom de la liberté et de leur sécurité, un recours unilatéral et jamais sanctionné à la force en violant l'abécé du droit international et la charte des Nations unies (dont elles sont pourtant membres, elles aussi), sont vitupérées dans des rencontres non moins fondées sur « les droits humains contre l'ONU ». Excommunications mutuelles, par contumace. Tous les torts ne sont pas équivalents, mais chacun est convaincu de défendre le Bien contre le Mal. Molière était prémonitoire : « Aux faux soupçons, la nature est sujette/Et c'est souvent à mal que le bien s'interprète. »

✧

Un modèle d'humanité n'étant pas tenu de s'intéresser à ses futurs copies et pastiches, la

1. *Le Monde*, 28 février 2008.

condescendance du maître d'école fait douter ses élèves des plus enviables libertés dont l'absence les fait tellement souffrir. Le forçage pédagogique les amène à se replier, par défi et autodéfense, sur leurs valeurs endogènes, leurs circuits sociaux traditionnels, leur imaginaire local. D'être amenées dans les chars de l'Occident discrédite un grand nombre de valeurs dont ils auraient le plus grand bénéfice à tirer. La ROC dessert, par ses stupéfiants parti pris et son ton grand seigneur, d'excellentes causes auxquelles nos complicités ôtent une grande part de crédibilité. Il n'échappe à personne, dans les autocraties du Sud, que ce n'est pas aux dictateurs que nous, les démocrates, en voulons, mais seulement à ceux qui votent mal aux Nations unies. Celui qui file doux est pardonné et peut torturer à son aise, truquer les élections, incarcérer ses opposants. Seul le rebelle sera stigmatisé. Ce qui vaut pour le Zimbabwé ne vaut pas pour l'Arabie saoudite, ni pour « notre ami le roi ». Ces friponneries nous font sourire, de loin ; sur place, on enrage. Étonnons-nous maintenant des retours de bâton, et qu'à une croisade réponde une contre-croisade. « Défendre partout, sur le terrain, la démocratie *et* les droits de l'homme » — voilà un serment qu'il vaut mieux prêter de loin, car, sur le terrain, il laisse bouche bée, le *ou* étant plus évident que le *et*. La conjonction de coordination cache une alternative. Qu'aurions-nous fait devant Kemal Atatürk : le mettre en quarantaine pour autoritarisme ou le féliciter pour son modernisme ? En terres d'Islam, la démocratie *one man, one vote* est intégriste, et l'émancipation des femmes comme des esprits, autoritaire. De la Tunisie à l'Irak, en passant par la Turquie, la laïcité, le divorce, l'école, ont été imposés par des pouvoirs forts et répressifs. En un mot, une infrapolitique qui se déguise en métapolitique exacerbe tous les maux qu'elle dénonce à raison. Notre volonté d'étendre jusqu'aux confins le Royaume sans frontières promis par les apôtres de la mondialisation heureuse fait revenir en force les mauvais génies de la race et du sang. Croit-on qu'islamisme radical et jeunesses nationalistes auraient la force qu'ils prennent sans notre arrogante partialité ? Nous faisons renaître en Chine de nouveaux Boxers, en Inde et au Pakistan de nouveaux cipayes, en Irak et alentour de nouveaux haschischins ? Du pascalien « qui veut faire l'ange fait la bête », la ROC est une interminable note de bas de page.

Alibi de l'ignorance, accélérateur de déclin, couverture impériale et agent provocateur : cela fait beaucoup pour un supplément d'âme. Puisque nous ne sommes, en Occident, ni meilleurs ni pires que nos voisins, c'est-à-dire durs aux pauvres, indulgents aux puissants et aveugles à nous-mêmes, il y aurait à la fois modestie et prudence à baisser d'un ton nos « promis, juré ». Pour indiquer, par exemple, que « la défense des droits de l'homme est *une* des dimensions de notre politique étrangère, elle-même inséparable de la lutte pour remédier aux situations d'injustice. Aussi ferons-nous de notre mieux, autant qu'il est possible, pour la prendre en compte ».

On ne se libère véritablement que de ce qu'on s'astreint à revisiter. C'est ma seule excuse pour cette incursion dans des péripéties dont nos enfants ne garderont sans doute pas mémoire, mais qu'il n'est pas inutile d'avoir en tête pour éclairer la suite à la lumière du chapitre précédent. Étant entendu qu'on n'en fait jamais trop pour elles, la vie et la dignité de la personne humaine exigent peut-être que nous laissions l'homme s'en aller, au sens où un religieux recommandait de « laisser Dieu s'en aller » — pour s'en refaire une idée neuve, et la délester de ses œillères. Ce dont il s'agit maintenant, ce n'est pas d'invalider l'idée axiale que l'homme vaut parce qu'il est homme, mais de connecter les valeurs aux appartenances, et les « éternels principes » à l'histoire longue des peuples. Pour jeter des ponts entre l'universalité des premiers et la fierté des seconds, entre l'azur des principes et la boue des pratiques.

LIVRE III

Le travail de fraternité

Abstraction défraîchie, quoique plus jeune que liberté et égalité, la fraternité se voit plus sur les frontons que sur les visages. L'individualisme de masse en sourit, les financiers haussent les épaules, les psys y voient un fantasme homosexuel, et les intellos la snobent. Par chance, il lui reste une histoire et une géographie. Celles des microsociétés qui en ont fait leur vie quotidienne, et parfois leur raison d'être. Observer leur fonctionnement aide à en faire non plus un devoir, mais un travail, avec son mode d'emploi. D'où il ressort que cette vertu difficile et ambiguë, loin d'avoir son avenir derrière elle, pourrait bien devenir un moteur de modernité. Voire même, car elle n'est pas tendre, un tigre dans le moteur.

XI

La dernière marche

Ce sont les trois marches du perron suprême.

Victor HUGO,
Le Droit et la Loi.

« *Sœurs et frères* indigènes de Bolivie, des pays d'Amérique latine et du monde entier : aujourd'hui, depuis Tihuanaco, commence une nouvelle ère pour les peuples originels, dans laquelle nous cherchons l'égalité et la justice, un nouveau millénaire pour tous les peuples. Nous allons en finir avec l'État colonial. Sœurs et frères, j'assume cet engagement en ce lieu sacré... »

Qui prête ainsi serment ? L'Indien Evo Morales, lors de sa cérémonie d'investiture comme président de la Bolivie, en janvier 2006. Où ? Non loin du lac Titicaca, à Tihuanaco, ville sainte inca, où se dresse la Porte du Soleil, massif portique de basalte. Devant qui ? Des officiants aymaras à poncho rouge et bandes noires, soufflant dans leurs trompes allongées comme des cors alpins, pendant que résonnent alentour tambours, *charangos*, flûtes et cymbales. Après avoir invoqué le Père Soleil, Taïta Inti et la Pachamama, la Terre mère, les sorciers ont remis au premier président indigène dans l'histoire du continent un grand pain rond sorti du four, puis ils ont enduit son buste d'une mixture de mauves et de feuilles d'eucalyptus. Le fil d'or des hommes de bronze est renoué. Ils sont des dizaines de milliers autour de leur champion, hommes, femmes, enfants. Ils ont derrière eux cinq siècles d'humiliation, et c'est jour de fête. On va boire, manger, chanter. Le droit de ces hommes vient d'être proclamé, les droits de l'homme n'ont pas été mentionnés.

Un vigilant égaré dans ces pierrailles moins fréquentées que le Capitole à Washington fronce le sourcil. Comment ? Aucune allusion à notre Décalogue ? Mauvais présage. Ces Indiens sont mal partis. Il faudra saisir les juridictions compétentes. Soit. Venu de New York ou de Bruxelles, notre correcteur de copies est si plein de lui-même qu'il ne s'avise pas que le compliment pourrait lui être retourné : aucune allusion aux peuples premiers ou sous tutelle dans nos chartes rectrices, l'américaine, la française ou l'universelle. Notre Tocqueville national n'a-t-il pas, dans son *De la démocratie en Amérique,* justifié l'extermination des Indiens, « une destruction inévitable » ? La fraternité n'a pas été invoquée une seule fois en 1789 par les motions préparatoires et les commissions au travail. Le citoyen, homme libre, ne saurait être le frère de l'homme de couleur. Le mulâtre, cela se discute. Leur accorder l'égalité serait ruiner les colonies. Elle leur sera concédée trois ans plus tard, en 1792, devant le fait accompli des révoltes sur place. Malgré Montesquieu, Condorcet et la Société des amis des Noirs, la Constituante s'est séparée sans avoir débattu de l'esclavage. Le lobby colonial et l'économie de plantation ont alors eu raison de l'universel. De même ne fait-on pas référence à un droit ou un devoir de solidarité sociale dans notre Déclaration. Les mesures de bienfaisance qui suivront envers infirmes, vieillards, orphelins, indigents, enfants abandonnés étaient plutôt destinées à combler les vides laissés par les institutions charitables de l'Église, et à pallier les trop criantes inégalités de fortune, voire à préserver le capital humain faisant la force du pays, plutôt qu'à faire passer dans les faits un principe de solidarité. Le comité pour l'extinction de la mendicité relevait plus d'une mesure de police que de la nouvelle ère annoncée. L'individu a des droits sur la société, mais celle-ci n'en a pas sur l'individu. Et c'est parce que nul ne doit être inquiété pour ses opinions, même religieuses, que sera prononcée l'émancipation des Juifs. « Il faut refuser tout aux Juifs comme nation dans le sens de corps constitué et accorder tout aux Juifs comme individus » (Clermont-Tonnerre, 1789).

La lutte pour les droits civiques a trempé la fraternité noire aux États-Unis — où le terme métis n'existe pas, mais où la *One Nation under God* permet un métissage de communautés par le haut, le patriotisme. Formule intransportable en France contemporaine (où la fraternité prendrait des couleurs si l'on pouvait se permettre ne serait-ce que le dixième de cet orgueil national). Chez nous, il y a lieu de distinguer entre artisans de la liberté juridique et ouvriers de la fraternité populaire. Lisez André Malraux, Jules Romains, René Char, Ernest Hemingway, Aimé Césaire, Louis Aragon, le *Canon Fraternité* de Chabrol : les droits inaliénables ne sont pas leur souci. Regardez notre vieux pays par temps d'orage — 1793, 1871, 1944 —, vous n'y verrez pas invoquées l'autorité judiciaire ou la séparation des pouvoirs. C'est comme s'il y avait un temps pour les cœurs et un autre pour les codes. Terrible chassé-croisé pour les fraternitaires, qui, l'illusion lyrique passée, seront envoyés au peloton ou en camp par le non-droit régnant (URSS, Chine, Cuba, Viêtnam, etc.) ; mais redoutable aussi pour les hommes de loi, à qui la plèbe fera un mauvais sort, au premier coup de chien, parce qu'ils n'ont pas les mains calleuses (France 1793, 1848, 1871). Dis-moi, liberté, ce à quoi tu ne penses pas, je te dirai ce qui va t'abattre. Dis-moi, fraternité... C'est régulièrement le petit oubli, le blanc dans le texte, qui vous plante le poignard dans le dos.

Certes, le droit a cheminé, le *quant-à-moi* a découvert le *nous*, et après les droits de la liberté, opposables à l'État, est venue, au XIXe siècle, la deuxième génération des droits, dits de l'égalité, exigibles de la puissance publique, et le XXe a vu émerger des droits de troisième génération, dits de solidarité. L'affranchi contemporain n'en garde pas moins l'empreinte de ses fonts baptismaux, dont l'individualisme foncier n'a pas d'atome crochu avec ce que l'ami des sorcières et des humbles, Michelet, appelait « le droit au-dessus du droit ». L'académisme libéral/libertaire, qui a de beaux restes, ne pense ni la religion ni la guerre — les deux fenêtres de tir du *nous*. Et quand l'une ou l'autre, ou les deux, avec l'islamisme, lui sautent à la figure, il panique ou fait l'autruche. Sa misère vient de ne pas s'être accommodé à temps sur les misères des « classes dangereuses » (esclaves, Indiens, migrants, *braceros*, immigrés). Négraille, canaille, racaille, connais de nom, regarde de loin. La part nocturne, maudite et motrice, de la caravane humaine, jacqueries et révoltes, sentiment d'humiliation, sursauts de colère, besoin de dignité — c'était peut-être trop de noirceur pour nos Lumières. C'est resté l'angle mort. Celui où se tenaient les canuts insurgés de la Croix-Rousse, les communards à Paris. « Paris terrible et gai combat. Bonjour, Madame/On est un peuple, on est un monde, on est une âme/Chacun se donne à tous et nul ne songe à soi. » Cette missive de Hugo à une femme, par ballon monté, au début de l'« Année terrible » (1871), et qui pourrait être datée an II, été 44 ou printemps 68, ne figurera pas dans le livre d'or de la ROC. Ce qui alterne dans notre passé se regarde en chien de faïence sur le globe. Il y a entre Nord et Sud des allergies climatiques, deux réglages de distance entre congénères. Dans les vieux États de droit, le vouvoiement est de règle. Froideur et sécheresse (étonnement de l'Africain et du *Latino* débarquant à Paris : « Comme ils sont cul-serré, les gens ici, distants, de vrais glaçons »). Et dans les pays neufs, où deux inconnus qui se rencontrent se tutoient au bout de cinq minutes, on n'a pas grand respect des procédures (quel sans-gêne, quelle familiarité, se dit à part soi le Parisien débarquant chez ces *compañeros* un peu brouillons, aux *abrazos* généreux). Le froid et le chaud. Le salon et la rue. Incompatibilité d'humeur. Divorce à vue de nez. Le fraternel, plus *latino* et africain qu'européen, respire à l'aise dans les *colored people*, mais il a de l'asthme chez les *white only*.

Brothers, sisters ! Hermanas, hermanos ! Akhi !

Cela ne s'entend pas dans la 5e Avenue, mais à Harlem ; pas à Neuilly, mais à Barbès ; pas dans les *country-clubs*, mais dans les *ranchitos*. C'est courant entre cuivrés, frisés, blacks, barbus. C'est saisissant le dimanche dans une église baptiste de Brooklyn, pour Noirs exclusivement, quand se mêlent au chant des gospels les cris des fidèles bras levés, les claquements de mains, les danses dans les travées, les embrassades et les accolades de l'assistance, *in name of God*. Cela ne frappe pas les yeux dans les halls de banque. En France, un trésorier-payeur général, un professeur de médecine ou un membre de l'Institut viendrait-il à saluer un homologue dans un couloir d'un sonore « Salut, mon frère ! » qu'il se verrait aussitôt donner par ses pairs l'adresse d'un psy. Qui signe encore ses lettres d'un « salut et fraternité » ? Frère ne s'écrit pas, mais se dit. C'est l'orgueil des banlieues, la fierté des terrains vagues « où rôdent les loups et les brigands » — ou alors un signe de connivence entre cadets et mineurs, comme s'appelèrent un beau jour du XIIIe siècle les pénitents d'Assise, les compagnons de saint François, partis à Rome pour faire approuver leur règle par Innocent III. *Et sint minores* : qu'ils se fassent plus petits que les autres (Luc, XXII, 26). « Mineurs, dit François, voilà le nom qui nous convient. » L'ordre était baptisé, il était déjà mendiant ; il sera mineur, et plus je serai mineur, plus je serai frère. L'idéal de fraternité évangélique n'est pas la mendicité, mais le renoncement. Abandon du toit paternel, soumission à l'Église, et pas de contact avec l'argent : les *rustici*, à l'époque, n'en avaient pas. Dans un siècle de prospérité, les mineurs refusèrent que la propriété privée fût érigée en fondement de l'appartenance à la famille humaine. Celui qui intègre la fraternité franciscaine « ira vendre tous ses biens et s'empressera d'en distribuer aux pauvres le produit ». L'ordre, plutôt optimiste, et qui n'ignorait pas la valeur sociale de l'argent, devait par ailleurs créer, au XVe siècle, les premiers monts-de-piété. Par fidélité au devoir chrétien d'entraide.

Notre haute autorité de lutte contre les discriminations (la Halde) sanctionne les inégalités de traitement entre les uns *et* les autres. Elle déblaye excellemment le terrain, mais la question de savoir quels sentiments nos concitoyens ont les uns *pour* les autres n'est pas de son ressort. La fraternité, il y a des maisons pour cela : les lieux de culte, une fois par semaine, et la caserne des pompiers, une fois l'an, pour le bal popu. Une belle valeur morale assurément, mais dont les professions juridiques ne savent trop que faire, et qu'un secrétaire d'État aux Finances serait bien en peine de budgétiser. Aux associations loi de 1901 de s'en occuper, et c'est déjà un immense progrès. Attachée à briser le vieux moule corporatif, jurandes et guildes, la Révolution de 89 a déclaré illégal tout regroupement même pacifique des individus (Napoléon fit une exception pour les chambres de commerce). Pour un esprit nouvellement émancipé, appartenance veut dire dépendance. Réflexe compréhensible quand on sort à peine d'une société d'ordres. 1789 a oublié dans sa liste le droit d'association et s'est empressée de dissoudre tout ce qui pouvait briser le bloc indécomposable de la nation, congrégations religieuses et coalitions ouvrières. Le Chapelier (l'auteur de la loi de 1791 contre les associations) préférait les « réunions d'amis » aux assemblées de citoyens, et rêvait de « sociétés paisibles où l'on s'éclaire sans passion, où l'on discute sans délibérer », du type des salons, académies, loges et clubs d'Ancien Régime, où l'on savait jusqu'où aller trop loin. Les faibles ont toujours plus besoin de s'associer que les forts. C'est seulement en 1884, soixante ans après la Grande-Bretagne, que furent reconnues en France les libertés syndicales, et, en 1901, les associations simples. L'idéal d'unanimité et la crainte de la subversion se sont combinés, au cours de cette année matrice, pour éliminer tous les grumeaux épars pouvant s'interposer entre la nation et ses représentants et, au-delà, entre le spécimen et l'espèce : corporations de métiers, congrégations religieuses, États provinciaux, collèges et académies, comme autant de niches à préjugés, hiérarchies et privilèges indus (par ailleurs indéniables). Nations, États, peuples, confessions, patois et coutumes : ces concrétions ou calculs obstruent les artères de l'universel. Et retardent la marche de l'humanité au contrat libre entre agents libres.

Peut-être se disait-on « frères » dans les légions de Spartacus — nous n'en savons rien : les esclaves n'ont pas d'historiens. C'eût été un cri séditieux. Un mot d'insurgé, non d'homme libre. Les Anciens n'avaient droit qu'à la *philanthropie* et à l'*amitié*. La première, teintée de condescendance, désigne l'amour de l'humanité en général, et la seconde, une dilection particulière entre gens de qualité. La *fraternité* se tient entre les deux : elle est plus sélective que la philanthropie et plus belliqueuse que l'amitié. Si l'on entend par humanisme la pensée selon laquelle l'appartenance à l'espèce humaine suffit pour que tout homme ait droit au respect, le monde antique, et plus précisément hellénistique, avec ses péripatéticiens et ses stoïciens, l'a conçu et parfois pratiqué. Mais pour un Sénèque, par exemple, la bienveillance à l'égard du semblable est instinctive et naturelle, fondée sur la ressemblance des hommes entre eux. La fraternité, elle, rassemble plutôt sur la dissemblance et sait transformer l'humiliation en fierté (je ne suis pas blanc comme eux, mais black, pas catho, mais protestant, pas musulman, mais juif, pas chrétien, mais musulman, et je vous dis zut). C'est un apprentissage. L'idée que l'humanité est une stipule un devoir de respect, dû à tout homme quel qu'il soit, mais qui peut se montrer passif et abandonner l'autre à son sort, alors qu'un frère vit le malheur de l'autre comme le sien propre. Quant à l'amitié (la *philia* grecque, l'*amicitia* romaine), c'était l'entre-soi des patriciens, auxquels le travail des esclaves donnait le loisir d'être libres. De ce sentiment aristocratique, les Anciens ont fait une éthique, et une philosophie. L'amitié antique a une longue et belle histoire. Son prestige a grandi au fur et à mesure que s'est dégradé le lien civique et décomposé l'État, comme un refuge contre les amertumes du forum. Idéal de sagesse, marque de distinction, signe de reconnaissance, mais non principe de conduite. En remplaçant l'amitié par la charité, qui ne prend pas en compte les qualités ni ne fait acception des personnes, le christianisme a remplacé l'ami par l'autrui. L'ami n'est réapparu comme idéal et souci qu'à la Renaissance, avec Montaigne et l'humanisme. Amitié bilatérale et fraternité multilatérale sont cousines, non jumelles. L'amitié berce, la fraternité secoue. C'est une farouche qui mobilise, mais qui ne réclame ni intimité ni affinités particulières. *Amitié* vient d'aimer. C'est trop pour elle, et trop peu. Trop pour une passion calme, sans la fièvre ni la demande d'exclusivité propre à l'amour. Mais trop peu pour du combatif et du revendicatif, pour une dissidence transmuée en alliance, entre des exclus soudés par une même mémoire et une même espérance. C'est de l'amitié si l'on veut, mais par mauvais temps — de guerre, d'exil, de prison ou d'opposition. Cette demande de camaraderie à temps plein, comme mode de vie, se fortifie dans les épreuves et s'effrite dans le prospère. Cette amitié politisée, la vie politique lui est fatale, elle qui ne connaît que le rapport de force, le croc-en-jambe et la compétition. En triomphant, une fraternité se renie parce qu'elle exige plus qu'elle ne peut obtenir. Son exigence par trop radicale fait la fragilité d'un pari sur l'avenir dont n'ont pas besoin, heureusement pour elles, la camaraderie sportive, ferveur d'un stade et d'un match, intense mais circonscrite, ni l'amitié mondaine, cet art d'agrément qui ne tire pas à conséquence. Ces connivences à mi-corps, à mi-temps, n'engagent qu'une petite moitié de l'âme. La fraternité rêve d'être tout à tous. Le pire qui puisse arriver à des gens qui ont fraternisé en prison ou, avec moins de chance, sur les bancs de l'opposition, n'est-ce pas d'en sortir, de gagner des élections et de se retrouver coincés dans un palais ?

✧

(Combien étions-nous ? Une vingtaine ? Une trentaine ? Serrés, certains debout dans les embrasures, d'autres assis en tailleur sur le tapis de la Savonnerie, silencieux. François Mitterrand était assis derrière son bureau, mi-ironique, mi-renfrogné. C'était notre première réunion au complet, à l'Élysée, deux jours après l'installation officielle. Pour la première fois, François Mitterrand réunissait tous les membres du futur cabinet, du secrétariat, et ce fut pour nous avertir, sèchement, qu'il n'y aurait pas de deuxième fois et que, d'ailleurs, il ne voulait pas de cabinet. Aucun de nous ne pouvait désormais dire nous, encore moins se réunir en son absence. Il entretiendrait avec chacun des relations singulières en tant que de besoin. Qu'on ne fasse pas les malins dans son dos. Un dispositif en étoile. Personne ne le représente. Il veut avoir les mains libres.

« Ne vous confiez à personne, ajouta-t-il. Cloisonnez au maximum. Vous n'êtes pas en terrain ami. Ici, vous serez tout le temps espionnés. Gardes républicains, huissiers, secrétaires, rien n'est sûr. Croyez bien que, sinon, on n'aurait pas écrit tellement de romans policiers et d'espionnage avec l'Élysée pour épicentre... » La preuve par la Série noire et John Le Carré me sembla sur le moment lumineuse et propre à redonner un inquiétant relief à ce qui m'était apparu, à la première inspection, aussi étriqué et banal qu'une sous-préfecture.

Le soleil couchant jaunissait les frondaisons du parc, les beaux jours prenaient fin. Rideau sur le nous confidentiel — cinq ou six copains — qui s'était dépensé sans compter pendant un an ou deux, au service d'un fratriarche amical et souvent affectueux. Un prince espiègle et sans façons, dans l'intimité, était devenu roi de France. Un classique.

Il y avait eu une équipe, il y aurait un entourage. Soit un combat pied à pied et jour après jour pour occuper le terrain et faire parler de soi. Notes au président détournées au passage et refondues mine de rien, fuites donnant-donnant aux journalistes, apartés complices, jeux de coudes devant les caméras. On jouerait perso. Retour au train-train.

Camarades, gardez-vous des palais. Les honneurs n'ont pas d'honneur. Paris, mai 1981.)

✧

Fraternitas : le mot latin n'apparaît qu'au IIe siècle, chez les auteurs chrétiens. C'est le Dieu Un qui nous en a fait don, en nous créant à son image. La fraternité émerge dans l'Ancien Testament, Adam puis Noé étant les pères uniques de la multitude. Elle se déploie dans le Nouveau, avec les Actes des apôtres. Ce fut une révolution. Le croyant doit aide et assistance aux malheureux, obligation de bienfaisance dévolue à l'Église (et ignorée par le monde antique). Sans le culte de la Sainte Famille, famille adoptive ou recomposée, qui n'a rien de naturel, le signe de parenté n'aurait jamais fait métaphore. Il désignerait encore « le sentiment d'affection qu'éprouvent naturellement des frères les uns pour les autres », dont on sait surabondamment qu'il porte plus au meurtre qu'aux papouilles, à l'intérieur d'une prison biologique. Pourquoi ? Parce que ne peuvent être frères que des égaux, et que les chrétiens sont tous égaux en Christ. Matthieu

(XXIII, 8-9) : « [...] et vous êtes tous frères. Et n'appelez personne sur la terre votre père ; car un seul est votre Père, celui qui est dans les cieux. » C'est cette nouvelle naissance par l'esprit qui autorise le « aimez-vous les uns les autres ». Même si nous sommes inégaux à l'extérieur, dans la vie et le droit, dans la foi, « il n'y a plus ni Juif ni Grec, ni esclave ni homme libre, ni homme ni femme » (Paul, Épître aux Galates, III, 28). Quand la Raison s'est substituée à la foi et la Nature à la Révélation, avec les jusnaturalistes, Père et Mère sont descendus sur terre. Encore tous n'étaient-ils pas égaux devant le roi père de ses sujets : il y avait les privilégiés et la roture. C'est bien parce que prit corps l'idée de patrie, « mère commune des citoyens », appelant les mêmes obligations qu'une mère tout court — et d'abord celle de la défendre au péril de nos vies —, que nous pouvons nous dire frères, égaux devant la mort. La fraternité était un leurre tant qu'un membre de la noblesse pouvait répliquer à un membre du tiers état : « Nous ne voulons pas que des fils de cordonniers et de savetiers nous appellent frères. Il y a de nous à eux autant de distance qu'entre le maître et le valet. » Elle est entrée dans la carrière après un stage cosmopolite dans la franc-maçonnerie, lorsque a triomphé l'idée de nation comme un corps de citoyens égaux devant la loi. L'Histoire a donc bien fait les choses. *Fraternité* ne pouvait venir qu'en dernier, après *égalité*. Des égaux en droit ne sont pas nécessairement des frères, mais il n'y a pas de frères là où règnent la caste, l'ordre et le privilège. Le retour en force du fils de charpentier, Jésus, dans les esprits et l'arène publique, après 1830, contre la hiérarchie de l'Église, a permis le retour en grâce de la fraternité en 1848, après un demi-siècle de mise au purgatoire par la contre-révolution nobiliaire. Sans la remontée d'un romantisme chrétien (avec les socialistes dits utopiques, les Cabet, Buchez, Leroux et Saint-Simon), la fraternité ne serait jamais devenue un classique républicain. Il n'est pas interdit aux libres-penseurs de s'en souvenir.

Renversant paradoxe que celui-ci. Quand on gravit « le perron suprême » et qu'après la marche Liberté, puis la marche Égalité, on atteint, comme Hugo lui-même écrivant en exil *Les Misérables*, à la marche d'en haut, l'alpiniste des hauteurs symboliques se retrouve en bas de la pente, avec les menuisiers, cordonniers, typos, tailleurs, layetiers, entre le devoir mutuel et la société secrète. Il dévale l'échelle des dignités et des revenus. Parlant liberté d'opinion et égalité des créatures, notre altier pair de France prophétisait sur les sommets, avec pour interlocuteurs des ducs éclairés et des patriciens libéraux. Voici que le mage en exil doit maintenant se colleter avec le petit peuple des villes, le dessous du panier. Se replonger dans le vieux monde, ses misérables, ses partageux, ses Gavroches et ses déclassés. Remonter le temps, passer du linéaire au buissonnant, du droit au tordu et du net au pas clair. Le Monténégrin et le Croate, l'Ossète et le Géorgien, l'aymara et le quechua, c'est du tangible, mais ce n'est pas l'idéal. Avec la chair de l'Histoire, on réduit sa toile pour la retendre. On quitte le noir et blanc pour le multicolore, la lisse image pour la rugueuse réalité, voire l'ombre pour la proie. La fraternité sera-t-elle vieille lune ou lever de soleil ? Les rejetons de Tocqueville, du côté de Sciences po, penchent pour le vieillot : une toquade de lunatiques, synonyme de sectes rétro ou de coopératives ouvrières en faillite. Et les briscards de la Sociale, du côté de Belleville, pour le lever de soleil, qui fera demain de *L'Internationale* le genre humain. Ces deux sensibilités s'horripilent l'une l'autre. Elles n'ont pas les mêmes héros.

Si Giraudoux avait eu la bonne idée d'écrire « la guerre du droit n'aura pas lieu », on aurait sous la main un joli face-à-face entre les frères ennemis de « 89 » et « 93 », entre l'ami des hommes et l'ami du peuple, la fraternité-concorde et la fraternité-combat. Ce serait le dialogue du code avec le chant, du longanime avec le violent. On y aurait vu les tranchées apostropher les planqués, les minorités agissantes et assiégées, les majorités dirigeantes et digérantes, des tranche-montagnes face aux magistrats assis, pesant le pour et le contre... Le frère en armes a du ragoût ; c'est un remuant et un impulsif, porté aux imprudences. Il pense avec son cœur. Le frère en droit a de la réserve et de la retenue, il sent avec sa tête. Non-intervention, dira-t-il avec flegme en cas de crise. « Nommons une commission, et portons le débat aux Nations unies. La conscience universelle décidera. » Lamartine, ministre des Affaires étrangères en 1848, auteur d'une *Marseillaise de la paix*, et d'un *Manifeste à l'humanité*, voyait dans la fraternité « le prosélytisme de l'estime et de la sympathie ». Il refusa de porter aide et assistance à la Pologne, la nation sœur de l'époque ; comme Blum, en 1936, à l'Espagne ; comme Mitterrand aux Nicaraguayens et Bosniaques. Pour ne pas ajouter la guerre à la guerre. Cela déçoit ? Le *nous* en chacun proteste, piaffe, incrimine ? Oui. Mais que préférez-vous, têtes légères, la Révolution, qui va dans le mur à coups de hache, ou la République, qui creuse son sillon en ménageant la chèvre et le chou ? La fête de la Fédération ou le Comité de salut public, et tout ce qui s'ensuit ? Dans ce duo théâtral, il y aurait le girondin d'un côté, et de l'autre, le montagnard. Où sera le moindre mal ? Cela se discute depuis deux siècles, mais c'est affaire de circonstances. Elles sélectionnent le plus apte, sans consulter les titulaires de la chaire de philosophie morale. La paix gonfle les voiles du girondin ; la guerre promeut le montagnard. Ce sont Robespierre et ses fidèles qui ont aboli l'esclavage dans les colonies, en 1794, et fait passer dans la loi le droit à l'assistance et au travail. « Les secours publics sont une dette sacrée. La société doit la subsistance aux citoyens malheureux. » Les thermidoriens ont, d'un même mouvement, arrêté la guillotine et coupé les vivres aux indigents, reconduits à leur statut traditionnel de dangers pour l'ordre public. Bonaparte a rétabli d'un trait de plume l'esclavage dans les îles. La première Fraternité est décédée en même temps que la Terreur, le 9 Thermidor.

Ce n'est pas un jugement de valeur, c'est un fait législatif. Avec le retour des beaux messieurs en métropole, revenaient, à brève échéance, les chaînes aux colonies.

XII
Ambivalences

Il est difficile d'être un homme. Mais pas plus de le devenir en approfondissant sa communion qu'en cultivant sa différence.

André MALRAUX,
Le Temps du mépris.

Le préfet de police et la Banque mondiale ne sont pas les seuls, de nos jours, à redouter des éruptions d'affectivité collective. Les petits épargnants, vous et moi, qui veillons sur nos pare-chocs et contractons un crédit pour la maison de campagne, nous pourrions nous effaroucher si revenait brutalement nous visiter un spectre dont personne ne peut dire qu'il hante nos climats tempérés. À chacune de ses irruptions, l'embellie a mal fini. L'an I de la Fraternité, 1793, ajouta à la formule trinitaire un glaçant « ou la mort », sans daigner préciser à qui s'adressait la menace. À ceux qui ne supporteraient plus de vivre s'ils perdaient la bataille pour, ou à ceux qui se lanceraient dans le combat contre... ? Le *Patria o muerte!* version française laisse planer le doute, mais la première hypothèse semble la bonne (les révolutionnaires jettent leur vie dans la balance, ce qui n'incite pas à ménager celle des autres). L'an I de la Liberté, 1789, s'était épargné l'adjonction. Le *come-back* de 1848 a rapidement dérapé dans le sang des ouvriers insurgés, et raté sa sortie. *NabotLéon*, c'est une petite fin. Et que dire de ce qui est sorti du Front populaire de

1936 — le vote par la même Chambre des députés des pleins pouvoirs à Pétain, en 1940 ? Comme si chaque réchauffement de l'air préludait dans nos annales à de grands froids. Preuve que ce revenant au sourire mièvre est autre chose — plus ou moins — que l'avatar sécularisé d'une vertu théologale : la charité chrétienne ne côtoie pas les barricades, ni la guillotine. Le principe, depuis Saint-Just, a tant de criminels parmi ses intercesseurs qu'on hésite à le faire entrer dans « le vivant disponible » du présent. Convenons que l'ange-démon déjoue la mise en case. Soit il embrasse trop pour bien étreindre — échappant au droit positif parce que insaisissable et flou —, soit il prend ses victimes au lasso, et les étrangle au lacet, en *serial killer* malade de soupçon. Dès qu'on se donne du frère quelque part, un faux frère, soyez-en sûr, court se cacher dans les coins. Le Comité de sûreté générale, le NKVD, les comités de défense de la Révolution et les auteurs de lettres anonymes auront de quoi faire. Traquer l'espion, dénoncer le traître, chasser l'étranger, ces paranoïas ont grandi en France entre 1789 et 1795 au fur et à mesure que la fraternité montait à l'horizon. Un démagogue fait miroiter le meilleur au bon peuple, direz-vous, et c'est le pire qui advient, histoire connue. Robespierre, dans « son style de glace ardente, recuit et congelé, comme l'abstraction » (Baudelaire) : « Rassemblez les hommes, vous les rendrez meilleurs ; car les hommes rassemblés chercheront à se plaire, et ils ne pourront se plaire que par les choses qui les rendent estimables. Donnez à leur réunion un grand motif moral et politique, et l'amour des choses honnêtes entrera avec le plaisir dans tous les cœurs ; car les hommes ne se voient pas sans plaisir. » Rien de tel qu'un grand motif moral pour valider de grands carnages (la Grande Terreur, seize mille victimes, sans compter la Vendée). Comprenez dans ces conditions qu'on puisse dire *in petto* : mieux vaut être égaux par la loi que frères par le cœur, c'est moins risqué. Et si cette histoire vous semble par trop citoyenne et vieux jeu, rappelez-vous que les membres du Temple solaire, les adeptes de la Fraternité de Saconnex-d'Arve, en Suisse, s'appelaient entre eux « petits frères ». Ils se sont donné la mort un soir de 1994 afin de transiter vers Sirius.

Voilà pour le parquet général. Ses dossiers sont solides. Attaquant par la gauche, avec Marx, le procureur dénoncera en matière politique un faux-fuyant niaiseux, un stratagème de père noble couvrant la collaboration de classes. Attaquant par la droite, avec Tocqueville, il stigmatisera le prétexte d'une guerre servile, une injure à la propriété privée, une emphase d'ivrognes un peu timbrés, la revanche des vauriens. Pour le prophète, un bâton dans les roues du prolétariat. Pour l'aristocrate, le début de sa dictature. Résistons à ces phobies contraires et qui s'annulent et tentons de mieux fixer ce qui, sous les plumes hostiles, balance entre le gnangnan et le bain de sang, la comptine et la guillotine. À première vue, l'idée-force est une idée faible : plus qu'un sentiment, moins qu'un concept. Un matériau instable et sensible, en tout cas, à manipuler avec précaution, surtout pour un intellectuel, plus vulnérable, car plus sevré qu'un autre de compagnie et d'odeurs de foule. Le choc en retour sur un esprit d'une multitude résolue défilant dans la rue derrière des portraits géants, un chant du monde sur les lèvres, expose un esseulé de profession à de dangereux vertiges (surtout quand il a fait doctrine, comme Sartre dans sa jeunesse, de « l'enfer, c'est les autres »). À Nuremberg, comme à Pékin, ces orages de chaleur sont montés à la tête de plus d'un orphelin. *Fatal attraction*.

Quant au goguenard retiré des affaires, du haut de son perchoir ou de son gueuloir, il peut rire sous cape, tant le sottisier Fraternité est dissuasif, tant cette vertu de soufre peut s'enrober d'eau de rose. Flaubert, 22 avril 1853 : « La fraternité est une des plus belles inventions de l'hypocrisie sociale. On crie contre les jésuites. Ô candeur ! Nous en sommes tous. » À preuve, les pays qui se sont le plus gargarisés du mot ont donné plus que d'autres dans le carton-pâte. Les rescapés du camp des pays frères, enchaînés au « grand frère russe », ont bien le droit à un haut-le-cœur définitif. Les dirigeants khmers rouges ne s'appelaient-ils pas entre eux « Frère n° 1 », « Frère n° 2 », etc. ? Chez eux, on se donnait du « frère », du sommet à la base, comme sous Staline, du « camarade ». Il y a Katow, le militant communiste, qui offre sa capsule de cyanure à ses codétenus, pour échapper à la chaudière de la locomotive, à la fin de la *Condition humaine* ; et il y a Duch, le « bon communiste » cambodgien, dont le procès est en cours pour crimes contre l'humanité, génocide et crimes de guerre. Cet ancien professeur de mathématiques, ancien détenu lui-même sous le régime pro-américain de Lon Nol, a été, entre 1975 et 1979, le chef du centre de détention S-21 de Tuol Sleng, à Phnom Penh : douze mille trois cent quatre-vingts hommes, femmes et enfants mis au fer, torturés et sauvagement assassinés. Il s'est depuis converti au christianisme. Entre ces deux extrêmes (l'un imaginaire, l'autre bien vivant), souvenons-nous des milliers de communistes européens soumis au quotidien chantage à la solidarité, ce kitsch sirupeux où toute dissidence, selon le mot de Kundera, devenait « un crachat jeté au souriant visage de la fraternité ». Et ce ne fut pas le meilleur des mondes, celui où la fraternité conduisait le bal masqué, où personne ne pouvait avoir d'affinités en dehors des cercles autorisés, où le parti, l'Église, le mouvement savaient mieux que tout un chacun avec qui il convenait de fraterniser. Un monde où la dépossession du *moi* par le *nous* interdisait de rester ami de l'exclu ou de l'excommunié.

Que peut dire l'avocat des partageux, des ivrognes et des fumeurs de pipe devant un tel réquisitoire ? Que les cirrhoses ne nous condamnent pas à boire de l'eau et que l'alcoolisme au volant n'est pas un argument contre une lampée de *chasse-spleen*. Qu'il y ait — maffia, kitsch, esprit de parti ou *Führerprinzip* — des pathologies de la fraternité et des cancers de l'appartenance, ce n'est que trop vrai. La liberté peut dégénérer en chienlit et l'égalité en rasoir. Les abus de fraternité aident à repérer la juste fraternité. Comme l'a fait notre IIIe République bourgeoise, en sa sagesse un peu matoise. Échaudée par la Commune de Paris, elle a préféré, à un sentiment hérité à ses yeux de « l'âge théologique », la *solidarité*, fraternité transférée à l'État providence, devenant tâche impersonnelle et collective, passible d'applications positives, stipulées et contrôlées par la loi (le solidarisme de Léon Bourgeois). On renversait l'ordre des facteurs, en partant du concret, les aides et protections sociales, pour aboutir au principe inspirateur. Outre qu'on peut lui donner, à elle, un fondement biologique (l'interdépendance entre les cellules de l'organisme), la solidarité est une fraternité rationalisée, peut-être castrée, mais efficace : un lubrifiant dans la machine. Sans affects inutiles, purgée de ses rêves d'émeute et de Grand Soir, expurgée de ses relents chrétiens. Elle ne fait en tout cas pas entrer le loup religieux dans la bergerie, on peut la sortir en société sans froisser Monsieur Homais. Il existe une économie, des banques et des investissements *solidaires*. Des mutuelles, et une économie sociale. Il y eut en France un ministère de la Solidarité nationale (1981) et un pacte civil de solidarité. On frémit à l'idée orwellienne d'un ministère de la Fraternité, qui se surajouterait à celui de la Vérité pour on ne sait quel « 2984 ».

Concédons au parquet que le juste milieu s'est épargné quelques traversées des ténèbres. À quoi a-t-il échappé, notre rentier peinard, douillettement remparé d'assurances tous risques, peu porté sur la rasade et le charivari, s'interdisant le chœur de l'Armée rouge, le meeting et les défilés, qu'un Front populaire referme comme une huître, et qui jamais n'accepte de « mourir pour Dantzig » ? Au romantisme politique, aux remontées du Neandertal, sol et sang, terre et race, aux plus noires régions de l'âme. Tout réfractaire qu'il soit au pas de l'oie, au rang par quatre et au slogan scandé en chœur, notre parcimonieux peut certes céder aux assoupissements. Le *nous* végétatif berce, conforte, aveugle. Vie machinale.

Nous-ronron, image inversée du *nous-fureur*. Félicitons-nous — néanmoins ! — que dans la doulce France le libre arbitre l'ait emporté sur la grâce, et un quant-à-soi gallican sur des orgueils d'empire. Merci jésuites, pré carré et bonnes gens, le rouge et le noir se sont brisés sur les coteaux de la Loire (même Vichy ne s'est pas risqué à fonder un parti unique). Le Bavarois d'image d'Épinal, moulé par le *Bund* et le clan, rompu à l'uniforme, au *Herr Doktor*, aux chorales, à la fête de la Bière et aux retraites aux flambeaux, cède plus facilement aux suspectes chaleurs des cavernes mutées casernes (tel le Japonais d'antan, avec son dieu vivant d'empereur) que l'incrédule descendant de Joseph Prudhomme. « C'était la meilleure des époques, c'était la pire des époques », disait Dickens de la Révolution française, au tout début du *Conte des deux villes*. Notre notable centriste, œil méfiant et griffes rognées, s'est préservé du pire en se privant du meilleur.

✧

Un plaidoyer pour la fraternité n'en est pas un pour le cucul. Mais sa version haute, pour qui souhaite rebattre ses cartes et reprendre la main, vaut de prendre quelques risques. L'enjeu ? Secouer nos chaînes génétiques. Briser le cercle de famille. Feinter le chromosome. Que l'*indio* puisse tendre la main au *mestizo*, et les hauts plateaux arides, aux vallées mieux pourvues. Que des Blancs puissent enfin voter pour un Noir, et qu'un Noir puisse faire cause commune avec des Blancs, pour une cause qui dépasse et les uns et les autres. En bref : faire du *nous* avec du neuf.

Expliquons-nous. Il faut être étourneau pour entrer dans l'ensemble auto-organisé et merveilleusement ajusté du vol d'étourneaux, qui ondule et vire dans le ciel comme drapeau au vent. Nous n'avons pas à sortir du même nid pour faire un *nous* et voler de concert. Un mammifère a des congénères ; nous aussi, mais l'espèce y ajoute des frères. Il ne nous est pas biologiquement interdit de nous inventer un plan de vol avec un hurluberlu qui n'est pas notre genre, ou ne parle pas notre langue. Ce que fait un individu chaque fois qu'il entre dans une loge ou une section, dans l'ashram d'Auroville, la communauté de Sant'Egidio, à la IVe Internationale, dans un dojo zen, à la Légion étrangère ou à *Human Watch*. Engagements qui jurent entre eux, mais qui ont pour point commun de ne pas aller de soi. Appelons-les des *pas de côté*. Si l'humanité donne parfois le sentiment d'aller de l'avant, et non de tourner en rond, c'est à eux qu'elle le doit.

✧

Vaste est le nuancier du *conjonctif*. Schématisons. Il y a, en dehors de la cellule familiale, le *nous* de l'ascendance ou de l'ethnie : nous les Beurs, nous les Noirs, nous les Pachtouns, auquel on peut rattacher le nous du territoire, nous les mecs des Tarterets, nous les gens de Neuilly. Il y a le *nous* de l'infortune, d'une génération, ou d'une condition physique : nous les diabétiques, nous les *baby-boomers*, nous les handicapés. Je n'y peux rien, sékomça. Il y a le *nous* du statut social ou de la profession : nous les avocats, nous les salariés. Le *nous* des traditions et des cultures, hérédités sociologiques : chrétien par l'Histoire et la géographie, je ne me sens pas dépaysé quand j'entre dans Notre-Dame ou que je cherche des œufs de Pâques avec mes enfants dans le jardin. C'est une familiarité, profonde mais involontaire. Peut-être, en définitive, celle du poisson rouge avec son bocal. Il y a le *nous* de l'équipe de foot et celui des sous-marins, ce couvent flottant dans les abysses (soixante-dix jours de promiscuité, sans répit possible). Et il y a au-dessus de ces entre-soi par *duplicata* (le rejeton de catho ou de juif envoyé à l'école catho ou juive pour faire un double de son papa) ou par profession (le patron retrouvant les patrons au Medef), le *nous* des groupes affinitaires ou des affiliations électives : écoles de philosophie (à l'ancienne), communautés de vie restreinte, associations, obédiences, partis, etc. Ces agrégations-là ne sont pas grégaires. Elles *font du même avec de l'autre*, et non du même avec du même. Elles font comme si l'on pouvait naître deux fois, et que la seconde soit la bonne. Certes, ces différents *nous* ne s'excluent pas l'un l'autre. Ils s'imbriquent, s'enchevêtrent, se panachent en chacun de nous. Et qui prend de la bouteille apprend même à jouer de l'un contre l'autre. Nomadisme et diasporas stimulent l'appartenance multiple et le *moi pluraliste*, qui ne cesse de négocier, de parlementer entre plusieurs rôles de ralliement, en quête du moins mauvais compromis possible. La révolution numérique met à notre disposition, pour cette diplomatie privée et parfois laborieuse, de nouveaux outils inappréciables, qui nous permettent de changer à volonté de lieu et d'interlocuteur, d'alterner les sources d'inspiration, de croiser les métiers et les savoirs : l'automobile, Internet, le téléphone portable, le GPS, etc. Mais ce ne serait pas *fair play* que de placer sur le même plan nos appartenances de fait, qui ne découlent pas d'une croyance, et celles, beaucoup plus rares, qui font naître l'appartenance d'une adhésion. Ces associations-là ne seraient pas si précieuses si elles n'étaient si précaires. Que la vieille noblesse se retrouve au Jockey Club, que les puissances de Paris se retrouvent une fois par mois à l'Automobile Club pour le dîner du Siècle, comme les petits patrons au Rotary du chef-lieu, c'est pure normalité et chemin de fer encore. La vie du rail. Les arrivistes arrivent, oui, mais dans le même état qu'ils sont partis. Ils ont agrandi leur Photomaton, amplifié le livret scolaire. Les pères adoptifs, qui sont les meilleurs, ont pour vertu de nous faire dérailler. « Voici notre identité. Vous pouvez l'avoir en partage, si tel est votre souhait. Ce n'est pas n'importe quoi, mais n'importe qui peut en être, à certaines conditions. Entrée libre, mais non gratuite. Cela rapporte, mais cela coûte... » Je précise : ce *nous autres* n'est pas additif, mais partitif; il tend plus à prendre ses distances qu'à s'agglutiner. Un type seul, avec un lieu de référence dans la tête, un « arrière » plus ou moins fantasmatique, peut atteindre le *quorum* à lui tout seul. Pourvu qu'il se sente adossé à une petite troupe absente dont l'ombre portée lui donnera des ailes.

✧

(Des ailes, du souffle et la baraka. *Une certaine inconscience aussi. Tout timide que je sois, je n'ai jamais fait preuve d'autant de culot et d'efficacité qu'en explorant pour la guérilla à venir, avant que le Che ne débarque, la région dite des Yungas, au nord de La Paz. Avec un accréditif bidon de sociologue rural, j'entrais dans les postes militaires, photographiais les râteliers, détaillais les rôles, trinquais avec les capitaines, leur tirais en riant les vers du nez (radio ? munitions ? chaîne de commandement ?) en vidant des chopes de bière. Une mine d'or américaine ? Je me présente, demande à voir le directeur, lui déclare mon admiration pour la libre entreprise et le rôle civilisateur des USA, et repars avec le double des plans de l'installation et des mesures de sécurité. Dynamique euphorie. Je n'étais pas sûr de moi, j'étais sûr de nous.*

Totalement esseulé, sans aucun sentiment de solitude. Cheminer à pied du Haut Béni à La Paz, c'est monter des tropiques, au niveau de la mer, sur la chaîne des Andes, à près de six mille mètres, et de la haute montagne, redescendre sur les hauts plateaux, à trois mille six cents mètres d'altitude. Un toboggan. Le sentier de forêt était rigoureusement désert. Je n'ai, en deux jours, croisé personne. Sauf un jeune et sportif Nord-Américain, aussi étonné que moi de tomber sur un marcheur dans ce coin perdu. On a mis sac à terre, dégoulinants de sueur, et fait un brin de causette. « Qu'est-ce que vous faites dans la vie, me demande-t-il, en un excellent espagnol. — Moi, une enquête de sociologie sur les migrations rurales dans le bassin amazonien. Et vous ? — Peace Corps. *Avant j'étais journaliste. » Bigre. Mes mentors m'avaient enseigné qu'un agent de renseignement, en Amérique latine, a deux couvertures, sociologue et journaliste. On avait dû également prévenir ce sympathique aventurier, pas né de la dernière pluie. Nous avons le même âge, vingt-cinq ans. Il m'a regardé bizarrement, avec un petit sourire. Moi aussi. Nous nous sommes serré la main, poliment, avons repris notre harnachement, et chacun a filé en sens inverse sans demander son reste. En sachant à quoi s'en tenir l'un sur l'autre, mais peu soucieux d'approfondir la question. Bolivie, printemps 1966.)*

✧

Appelons en somme fraternité tout ce qui feinte l'état civil (avec des drôles de subterfuges). Le regroupement sur critères symboliques, irréductible, au départ, à une similitude de vie, de mœurs ou de goûts ou à une simple collusion d'intérêts, prend à rebrousse-poil le « je préfère mon frère à mon cousin, et mon cousin à mon voisin ». Il suppose un travail de soi sur soi, plus astreignant qu'une bienveillance naturelle envers son prochain, douce paresse du cœur, mais plus exigeante aussi qu'une simple inclination amicale. Mon meilleur ami est un autre moi-même, mon frère n'a pas besoin d'être mon *alter ego*. *On ne naît pas frère, on le devient.* Seul l'acte de *fraternisation*, insolite, contre-nature, peut redonner verdeur et force à une pâle et fade fraternité. Il est assez normal, depuis Abel et Caïn, Étéocle et Polynice, etc., que des frangins s'entre-tuent, il est anormal que des *ennemis* fraternisent, comme l'ont cependant fait la ligne et les insurgés en 1848, des poilus et des boches en 1917, comme je l'ai vu, en mai 1959, devant les grilles de l'Assemblée nationale entre policiers et manifestants. Des Anglais, des Français, des Allemands en uniforme, durant la Grande Guerre ont fêté Noël ensemble, en traversant les lignes. Scandale. Qui fraternise le fait à ses risques et périls, encourt parfois un conseil de guerre, et toujours l'ire de sa tribu. Il n'y a pas fraternité là où les jeux sont faits. Une nation civique — le corps d'associés sous une loi commune — est potentiellement fraternelle : un étranger peut demander sa naturalisation. Une nation ou une confession ethnique n'a pas d'échappée : on en est ou on n'en est pas, le gène a décidé. Peut-on démentir son acte de naissance (autrement que comme un Rothschild votant extrême gauche pour embêter la famille) ? Passer outre l'origine, déplacer les clôtures ? Oui, jusqu'à un certain point, mais à condition de s'inventer une origine, d'autres enclos, une famille adoptive, à la force du poignet, du rite et du mythe. *Ad augusta per angusta*. On ne vainc la nature qu'en imitant ses façons de faire. Un Père symbolique, une Mère imaginaire, et une filiation par l'esprit : une fraternité est une famille non pas dénaturée mais transnaturée.

La science morale des fins ne nous dira pas quelle tactique suivre pour y parvenir. Saluons bien bas les doreurs de pilule qui dépeignent un paradis, sans daigner s'appesantir sur les procédures. Chapeau aux « profession : type bien », qui élèvent par voie d'imprimé de vigoureuses protestations contre la barbarie, les vilains sentiments, les identités sclérosées, l'esprit de fermeture, les racismes, et nous somment de rejoindre la grande famille des hommes, sans mesquins préjugés. La semonce nous remet dans le droit chemin, mais on en choisira ici un autre. Plus attaché à la physiologie qu'à la philosophie. Pour savoir de quoi se nourrit cette vertu (si c'en est une) et comment elle opère, nous irons nous servir dans la réalité la plus terre à terre, directement du consommateur aux producteurs de fraternité. En pariant qu'il y a plus à obtenir des serres chaudes qui font pousser du fraternel au coin de la rue, depuis des siècles et parfois plus, que d'une carte postale euphorique. Un état des *lieux* nous a servi, pour le sacré, de leçon de choses ; cherchons maintenant à nous régler sur les *corps* patinés par le temps : compagnons du Tour de France, congrégations, frairies déistes ou anticléricales, qui s'adonnent à un sacré pour temps de paix, à feu doux, et qui sont aux confréries en bure ce qu'est un quatuor à cordes à un orchestre symphonique.

Les *frères de la côte* (non pas d'Azur mais du nom des boucaniers et flibustiers d'antan) nous ont quittés. Dommage. Il y avait beaucoup à apprendre de ces petites républiques autogérées, mais sévèrement réglementées, mêlant avec subtilité esprit de partage, forte hiérarchie et refus du biologique (les pirates ne font pas d'enfants et n'ont pas de femme à bord). Les *frères du désert,* eux, sont toujours là. Les *cénobites* sont la première espèce de moine, dit la règle de saint Benoît, entendant par là ceux qui vivent en commun dans un monastère et « combattent sous une règle et un abbé ». *Frater* désignait à l'origine le moine, lequel, en dépit de l'étymologie (*monos*, seul), n'est pas celui qui vit à part, en *anachorète,* mais qui s'unifie intérieurement lui-même grâce à une vie communautaire. Cette survie même et la longévité exceptionnelle de ces individus collectifs que sont les ordres et congrégations (la règle d'Augustin date du IVe siècle, celle de Benoît, du VIe) suggèrent que furent là mises au point les bonnes recettes. Là : dans les instituts de vie consacrée où s'organise la vie fraternelle en communautés séparées d'avec le monde (les *ordres réguliers* exigeant des vœux solennels et les *congrégations* des vœux simples). Les « soldats de la fraternité », partis fonder leur *Icarie* aux États-Unis, en 1847, se sont dispersés dans la nature au bout de trois ans. Les merveilleux *phalanstères* planifiés par Fourier, où mille six cent vingt personnes des deux sexes, constituées en phalanges, pouvaient sans dommage s'adonner à la « cabaliste », la passion de l'intrigue, et à la « papillonne », la passion du changement, n'ont pas fait long feu. Le *familistère,* village industriel créé en 1859, dans l'Aisne, par Godin, l'inventeur du poêle en fonte, a tenu jusqu'en 1968. La communauté *La Cecilia,* fondée au Brésil par un libertaire italien, s'est dissoute après quatre ans d'existence, en 1894. Les kolkhozes sont enterrés. Et le dernier kibboutz israélien vient de rendre l'âme. Le monastère bénédictin de Ligugé, dans la Vienne, fondé en 363, lui, reste fidèle au poste.

Victor Hugo, avant l'exil, plaisantait les socialistes de son temps, « ces créateurs de couvents ». Il ne savait pas si bien moquer. Les couvents ont inauguré, à leur échelle et façon, le socialisme réel, et non l'utopique, dont on ne voit pas qu'il ait fait souche ailleurs (même si l'idée socialiste a germé et grandi en Europe, là où la tradition monastique et saint Benoît ont promu la valeur travail et la dignité du travailleur manuel). Pour plus de précision : le socialisme démocratique, sans culte de la personnalité. Le régime d'assemblée, à plusieurs tours, bulletin secret, et dépouillement public, a précédé de six siècles, dans les monastères, la *Magna Carta* (1215). « Chaque fois que les choses importantes doivent se traiter dans le monastère, l'abbé convoquera toute la communauté, et dira lui-même de quoi il s'agit. Puis il écoutera le conseil des frères... » (Benoît, *La Règle des moines*, chap. III). Le chapitre général délibère et vote. La plupart des supérieurs (en dehors du père abbé bénédictin) ont un mandat électif de durée limitée. Chez les dominicains, le prieur du couvent est élu pour trois ans, reconductible une fois, le provincial pour quatre, le maître général pour neuf. Il n'en va certes pas de même avec le préposé général de la Compagnie de Jésus, nommé à vie, mais les dernières *Normes complémentaires aux Constitutions de la Compagnie* prévoient désormais une procédure d'*impeachment* par la base.

Il y a beaucoup d'échelons dans la fraternité religieuse, du plus rigide, trappistes et chartreux, au plus flexible, chanoines et instituts séculiers, du *monastère* à la *maison*. Ils ont tous en commun d'avoir une règle et des constitutions. Tous ont *voix au chapitre*, mais pas pour dire ou faire n'importe quoi. Ces *surfraternités*, tels des surgénérateurs nucléaires (qui produisent plus de matière fissile qu'ils n'en consomment), présentent l'immense avantage, pédagogique, de concentrer, grossis dix ou cent fois, visibles à l'œil nu, les fondamentaux de la fraternité laïque. Comme un passage à la limite, pour illustrer nos petites moyennes. Secouer nos chaînes génétiques ? Ici, on abandonne en entrant son nom de famille. Obligation de célibat. Pas d'héritage, pas de progéniture. Carnet d'adresses inutile. Père adoptif. Cet engendrement sans spermatozoïdes, c'est l'anticaste. La contre-société ? Ni argent ni image. Qui a fait profession renonce à ses biens personnels et ne capitalisera pas (sauf pour la retraite). Chacun est pris en charge par la communauté. L'État providence au sens propre. L'attachement au lieu ? Le primat du sol sur le sang ? Le bénédictin ou le chartreux s'assignent une fois pour toutes leur monastère ou leur abbaye. Ils font *vœu de stabilité*. Le site n'est pas interchangeable, il a son génie, les frères n'ont pas la bougeotte.

Chasteté, pauvreté, obéissance. Tout bonnement surhumain, et l'on se dit : mieux vaut prêcher par le verbe que par l'exemple. Les permanents de la prière en font peut-être trop, mais ce qu'ils font, c'est ce que feront, en bémol, toutes les communautés de vocation, de risques ou de valeurs, qui modulent en mineur, sans le Christ et sans le surnaturel, le *unum omnes sumus*, tous ensemble nous ne faisons qu'un. Les rédacteurs de la Constitution américaine, à Philadelphie (1787), n'ont pas mis en vain sur leur table les constitutions de l'ordre dominicain (1215). Et les constitutions d'Anderson (Londres, 1723), fondateur de la franc-maçonnerie spéculative, sont entrées tout naturellement dans le moule. Les frères trois points n'aspirent pas à la sainteté et sont rétifs aux bondieuseries. N'empêche qu'eux aussi pratiquent la nouvelle naissance (se donnant parfois trois ans d'âge à l'entrée), la clôture (les *métaux*, ou le monde profane, étant laissés au-dehors), le chapitre général (le *convent*), la hiérarchie (*apprenti*, *compagnon*, *maître*, *grand maître*, élu lui aussi pour trois ans, et chaque année renouvelable). Le *maillet* du Vénérable remplace la crosse de l'évêque, le *sautoir*, la croix pectorale, l'*accolade*, le baiser de paix, le *discours* le sermon, la *batterie* (les applaudissements) l'amen du fidèle, et ainsi de suite. Ce qui était révélation est devenu doctrine ; les rites sont restés. À cette fraternité issue des Lumières, appartenaient Washington et La Fayette, comme la plupart des maréchaux de la grande armée napoléonienne. L'ordre maçonnique se répartit à présent entre de nombreux rites, obédiences et loges, chacune ayant son règlement. Mais à ce genre de groupes, unis par un idéal civil, s'applique, toutes choses égales par ailleurs, ce que Malraux disait de sa flottille aérienne en Espagne unie par l'action militaire : « L'ensemble de cette escadrille est plus noble que presque tous ceux qui la composent. »

Les cardiologues ne sont pas tenus d'avoir bon cœur, les médiologues non plus (ce sont des guetteurs impavides, quoique pleins d'empathie pour leur sujet d'observation). Limitons-nous aux procédés par lesquels le primate omnivore de la famille des Hominiens, le *sapiens sapiens*, parvient à transmuer un tas en tout. Une médiologie de l'esprit de corps doit chercher ses règles sur le vif, et puisque la culture militaire paraît devoir sombrer dans une Europe qui s'imagine avoir tourné la page de la guerre, s'orienter vers ces fraternités en modèle réduit, peu tapageuses, quelquefois stagnantes ou dévitalisées, mais qui laissent encore filtrer la belle lumière des commencements. Tout autant que les militances de jeunesse, les bourrades et les coups de poing, elles peuvent rendre un peu de chair à cette fantomatique entité inscrite en lettres délavées aux frontons des mairies.

✧

(Les insurgés de Budapest, pris à la gorge, lancent des SOS par radio. Personne ne bouge. Deux jours plus tôt, L'Humanité *a titré « Budapest retrouve le sourire ». Indignation générale à Paris. On converge, par dizaines de milliers, vers la place de l'Étoile. La flamme est ranimée au milieu d'une houle de drapeaux français et hongrois, de gerbes, de fleurs, d'écharpes tricolores. Les slogans fusent, confus, entre deux* Marseillaise. *Public mêlé. Je vois çà et là des gars de* Jeune Nation, *des paras à béret rouge, des anciens d'Indochine, plus furibards que d'autres. « Les communistes ne sont pas à gauche, mais à l'Est. » Soit. « Des armes aux insurgés. » « Libérez Budapest. » Soit. Mais leurs slogans à eux : « Thorez, au poteau », « Feu au PC ». Puis, je ne sais comment, un cortège de plusieurs milliers de jeunes gagne l'avenue de Friedland, le boulevard Haussmann, et la gare Saint-Lazare. La foule nous applaudit des trottoirs. Direction : le carrefour de Châteaudun, le siège du PC, une forteresse. Je suis le mouvement. Pour en avoir le cœur net.*

Il y a déjà du monde en bas du « 44 ». Des cars de CRS et de gendarmes mobiles, stationnés tout alentour, nous laissent passer, avec des sourires d'encouragement. La nuit est tombée. On reçoit des chaises, des matelas sur la tête, puis un jet de lance à incendie. S'ensuivent des bouteilles vides, des boulons, des plombs d'imprimerie, qui, jetés par les fenêtres de l'immeuble barricadé, portent la juste colère à son comble. Je pense : « Ils doivent avoir des armes, ils vont bientôt nous tirer dessus. » Je vois des types à béret, en kaki, protégés par des couvercles de poubelles, s'attaquer à la porte blindée avec des pioches. D'autres escaladent la muraille. Le rideau de fer est défoncé. Les plombs pleuvent de plus belle. Des flammes se déclarent dans l'immeuble, les fenêtres du premier étage se mettent à fumer. Une partie des assaillants, repoussés, file vers le boulevard Poissonnière, pour saccager les locaux de L'Humanité. *Je n'en suis plus.*

Un écœurement inexplicable me gagne. On n'était pas venus pour ça (on : des jeunes qui aimaient bien Mendès France). Sur le terre-plein de l'Étoile, devant la tombe du Soldat inconnu, j'avais distingué de loin les silhouettes de François Mitterrand, garde des Sceaux, Antoine Pinay, Robert Schuman. Des hommes tranquilles, trop à mon goût, mais rassis. Maintenant, c'est l'extrême droite, maîtresse du pavé, qui sort des rangs. Cette sauvagerie, cette haine, cette fièvre de lynch. *Et les policiers qui ne bougent pas. Non, décidément, trop, c'est trop ! Ces furieux veulent du sang. Je ne me sens pas des leurs. Plus envie de me fondre dans cette phalange hirsute, hurlante et noire. Ce n'est pas l'enveloppe dont je rêvais, ce groupe facho ne sera pas ma deuxième peau. Allergie. Peu après, partagé entre la trouille et le soulagement, je vois arriver les cars des municipalités rouges de la ban-*

lieue, avec les militants et les gros bras du PC qui viennent délivrer leurs camarades. Devant la banlieue Nord qui nous tombe sur le poil, tout le monde s'éclipse, les cars de police également. Le lendemain, j'apprends par la presse qu'il y avait eu trois morts ce soir-là. De quel côté, je n'ai jamais su. Et plusieurs arrestations pour port d'arme.

Cette émeute me laisse un cœur brouillé. Ou plutôt cette chasse à l'homme. J'y avais participé. Pas de quoi être fier. Le préfet de police avait interdit tout cortège, défilé ou rassemblement sur la voie publique, et qu'avions-nous fait d'autre ? Et s'il y avait de l'autre côté — chez ceux qui « se plaçaient délibérément en dehors de la communauté nationale » — une vraie communauté ? Mystérieuse, inquiétante, mais brebis galeuse, autant dire : digne d'intérêt, et pourquoi pas d'envie ? Quelque chose comme une fraternité. Solidaire des persécuteurs hongrois, mais ici, persécutée. De l'extérieur, on idéalise les assiégés.

Le carrefour de Châteaudun, quelques semaines plus tard, fut rebaptisé carrefour Kossuth — sur proposition de ma mère, conseillère municipale de Paris. Cette année-là, j'ai acheté L'Huma *pour la première fois. Paris, 7 novembre 1956.)*

XIII
Exercices

Je planterai communauté de compagnons aussi drue que les arbres sur les rives des rivières d'Amérique, sur les rivages des Grands Lacs, à la surface des prairies.

Je rendrai les cités indénouables avec leurs bras au cou l'une de l'autre [...].

Walt WHITMAN,
Feuilles d'herbe.

Le respect que l'on doit au juge constitutionnel, qui veille à la conformité de nos lois avec le préambule et l'article 2 de la Constitution de 1958, ne dispense pas de prendre un peu d'exercice. La fraternité est moins une catégorie juridique qu'une joie de l'existence ; moins un principe à afficher dans un corpus, pour s'en débarrasser une fois pour toutes, qu'une gymnastique à pratiquer — à s'imposer — de loin en loin. Si l'abstraite majuscule a produit indirectement du droit positif — pension aux veuves de guerre, Sécurité sociale, délit de non-assistance à personne en danger, allocation-chômage, RMI, droit à l'indemnisation en cas de calamités naturelles, etc. —, encore faut-il qu'un certain *vibrato* puisse parfois nous faire tressaillir, à quoi décrets et textes de loi ne suffiront jamais. Pas plus que le désir, m'opposera-t-on, la fraternité ne se décrète ni ne se cuisine. Erreur ou demi-vérité. Les fêtes improvisées sont les meilleures, et si l'amour a parfois intérêt à se déclarer, il y a doute dans notre cas. Mais s'il existe des usines à rêves — les studios de cinéma — et des grands magasins du désir — *Eros centers*, *sex-shops* et *strip-teases* —, pourquoi la fraternité n'aurait-elle pas ses classes avec ses TPE (travaux personnels encadrés)? Le « doux lien » n'est pas objet de science, soit, mais il a sa technologie. Elle est fruste, à base d'exercices simples et prosaïques, mais efficaces, qui aident à passer de la parole à l'acte. Une communion, cela s'organise sur la grand-place, cela se bricole en famille, cela s'impose ou se contrefait en dictature, bref, bon an mal an, cela s'outille et s'aménage. Il y faut, en plus d'un climat propice, de l'attention et de l'assiduité. Ce n'est pas qu'un vent qui se lève ou un orage qui éclate, même si l'historien Michelet, qui s'était fixé pour programme, en 1848, de « faire vouloir la fraternité » (le volontarisme en l'occurrence n'a pas suffi), n'a pas tout à fait tort de pointer là un cercle vicieux, comme il l'indique dans une lettre : « 1) Si la fraternité est laissée au sentiment, elle n'est pas efficace, ou elle l'est pour une heure d'élan. 2) Si elle est écrite en loi et impérative, elle n'est plus fraternelle. 3) Si vous voulez qu'elle s'étende, il faut qu'elle soit volontaire, et alors nous retournons au sentiment que nous avons quitté. » L'union des cœurs n'a pas de presse-bouton, soit, mais le flirt a ses travaux d'approche, qu'on retrouve à l'âge du silicium comme à celui du bronze. Il n'y a pas mille façons de faire du *nous* avec du *on*. Il y en a quatre, à valeur de constantes : la fête, le banquet, la chorale et le serment (elles peuvent se combiner et parfois ne faire qu'un). Telles sont les scènes primitives de l'effusion, les ritournelles de *l'esprit d'ensemble* — dont on trouve les traces archéologiques (depuis que traces il y a) dans l'histoire longue des cités, de Sumer à Mexico, et les traces littéraires, du *Banquet* de Platon au dernier volume des *Hommes de bonne volonté* — Jules Romains faisant culminer le dernier volume, *Le 7 octobre*, de sa saga unanimiste (vingt-sept tomes) sur la « petite cérémonie conjuratoire de l'amitié et de l'amour », une beuverie rassembleuse et récapitulative, au restaurant « Drouant ». Les athlètes de la fraternité font leur quotidien de ces points de capiton. La fête monastique est courte, mais appréciable (la pause-café après le déjeuner, la sortie champêtre, la messe dominicale). Le banquet est deux fois par jour, au réfectoire, moment solennisé ; le chant, grégorien ou non, se pratique à l'office, cinq ou six fois par jour ; et le serment inaugural est un sacrement, la prise d'habit ou l'ordination, avec imposition des mains et invocation du Saint-Esprit.

De quoi est-il besoin, plus modestement, pour raviver au sein d'une bande vieillissante de copains ou pour faire éclore entre collègues de bureau un petit air de famille ? D'une grande table, d'une partition, d'une main levée et d'un pré au soleil. Rien de sorcier. La fête des potes fait du pote un citoyen, le serment, un corps franc, le chant de guerre, des combattants, et la cène, un cénacle (la salle à manger de Jésus ayant donné son nom à la confrérie artiste). L'inverse peut tout autant se dire : le citoyen actif secrète la fête, comme le corps constitué, le serment, le kilomètre à pied, la ballade à refrain, et le cénacle, l'agape. Ce qui est sûr, c'est que message et médium font la paire. La fraternité a une syntaxe modeste, grammaire ancestrale qui décline les credos et traverse les âges. Elle permet de faire du noir, du rouge, du rose et du tricolore. Et peut servir politiquement Hitler, Lénine, comme Édouard Henriot et M. Bayrou. Avec cette batterie de fers à souder, un fratriarche doué pourra produire du couvent, du parti, du bataillon, de l'école, de la ligue et du club. Droite ou gauche. Champs-Élysées ou Bastille. Bras tendu ou poing levé. Nomenklatura ou dissidence. Au choix. Tous les styles sont possibles avec ce lexique, du ridicule au sublime — du kitsch de patronage (Berlin-Est, 1960) à la communion des apôtres (Jérusalem-Est, an 33). Des *minima realia* du réchauffement symbolique, on peut dire ce que Durkheim disait dans ses *Formes élémentaires* de la religion : « Elle comporte quelque chose d'éternel, qui est destiné à survivre à tous les symboles particuliers dans lesquels la pensée religieuse s'est successivement enveloppée. »

L'union est si friable, la dislocation, la débandade, le centrifuge sont si naturels — comme l'entropie — que les attroupements humains ont d'instinct produit de l'intouchable, à prise lente ou rapide, pour durcir le mou et jointoyer des pierres vivantes. Le ciment ne se trouve pas dans la nature, le transcendant non plus, il faut cent fois sur le métier... Libres-penseuses ou confessionnelles, spontanées ou programmées, ces opérations fédératrices ont toutes une dimension sacrale. Les agapes du franc-mac répondent à celles des premiers chrétiens (c'est le même mot). L'assermenté pose la main sur la Bible ou la Constitution; il jure sur la tête de sa mère, son enfant, « ce qu'il a de plus sacré », et bien après la séparation de l'Église et de l'État en France, le témoin convoqué à la barre était appelé à jurer devant Dieu et les hommes. L'hymne national, nom masculin, procède de l'hymne au féminin, poème à la gloire des dieux ou de Dieu. Il sort du Parthénon et des cantiques. Quant à nos défilés, leur généalogie remonte aux Panathénées et aux rogations. Le plus anticlérical n'y échappe pas. Des embellissements peuvent avoir sévi entre-temps, mais les mêmes rituels s'imposent à « l'homme nouveau » comme au héros homérique. Cette foire-à-tout-faire conduit à se demander si le profane et le sacré, loin d'être huile et eau, ne correspondent pas à une graduation d'intensité dans l'assemblage ; si le continu qui unit festivités patriotiques, célébrations religieuses et fêtes familiales n'est pas celui du *hard* au *soft* ; si le solennel et le bon garçon, le 14-Juillet et le « venez prendre un pot » ne modulent pas, selon un *quantum* différent, une sacralité à plusieurs vitesses et formats. Étant entendu que le privé doit s'incliner devant le public : il n'est pas séant, dans un pays catholique, de célébrer un mariage le jour de Noël ou de Pâques, pas moins qu'en milieu juif, entre la Pâque et *Soukkoth* (la fêtes des Cabanes). Priorité au sacré de première classe. Longtemps en France, les théâtres et les Opéras fermaient les jours de fêtes religieuses.

✧

Quelques notes en marge de ces liturgies bon enfant.

La fête. Notre idéal s'est glissé dans le corpus du droit positif par l'interstice d'une farandole. Il est entré dans la Constitution en 1791 — *via* un article additionnel consacré aux fêtes nationales « à établir pour entretenir la fraternité entre citoyens ». Même entrée, par la petite porte des réjouissances, avec la IIe République, en 1848 : avant de lui faire compléter la devise officielle, Paris célébra au printemps la fête de la Fraternité. *Bis repetita* avec la IIIe, en 1880 : le défilé du 14-Juillet d'abord, la consécration constitutionnelle ensuite. Tout a été dit sur la signification de la fête, d'abord par Rousseau, sur le papier, et ensuite par les historiens, dans les faits (Mona Ozouf pour la fête révolutionnaire et Olivier Ihl pour la républicaine). Loin du *circenses* romain, on sait à présent que la fête est grave : c'est le moment de la *prise de corps*, où une société s'allonge sur le divan, pour accomplir ses rêves en transgressant son quotidien. La fête livre son inconscient, ses songes, ses hantises... « Ce n'est que dans les manifestations publiques, disait George Sand, parlant de la fraternité, que cette idée prend une valeur religieuse. » Et elle ajoutait : « Le culte, par l'attrait d'une joie sainte, entraîne dans ses fêtes fraternelles une foule d'amis improvisés, qui ne s'aimaient pas, ne se connaissaient pas hier, mais qui, à l'appel du plus beau des sentiments, s'élancent, se joignent, vivent ensemble tout un jour, et oublient, dans le transport commun, l'inévitable mais triste notion de l'individualisme. » Robinsonnade à l'envers ? La foule rédemptrice ? C'était il y a mille ans. Avant même notre 14-Juillet, la première fête nationale sans Dieu ni actions de grâce. À mi-chemin des cours du soir du jacobin et des *media events* de TF1.

C'est dans ses premiers pas qu'un nouveau régime « mange le morceau », affichant ses pulsions et son inconscient dans de soigneuses scénographies. Les fêtes du Maréchal, sous Vichy, ont servi de *catharsis* à la Révolution nationale, en recyclant les anciennes et en en produisant d'autres, aux petites patries, à la famille, à l'empire. Radioscopie d'un *nous* : l'esprit du temps français se contemple dans Paris-Plage et la *Gay Pride*, comme « 1936 » dans le Premier mai (institutionnalisé par le Front populaire) et la fête des intellectuels projetée pour 1937 (par le commissariat des fêtes de Paris), comme 1942 dans la fête des mères (création pétainiste). Les fêtes survivent aux gouvernements qui les inventent, pour la plus grande joie des boulangers et des fleuristes. Elles font preuve de résilience. La bûche de Noël survit au divin enfant, le brin de muguet à la valeur travail et le pot d'hortensia à la mère au foyer. Les accessoires ont souvent le dernier mot.

Michelet se plaignait de n'avoir pas eu de fêtes dans son enfance; nous en avons par-dessus la tête, nous qui vivons dans la fête *non stop*, et Philippe Muray a visé juste, avant de lever l'encre, en disant son fait à « l'extrême-onction festiviste » de l'époque[1]. Jadis, un gouvernement confronté à une crise nommait une commission; le même, aujourd'hui, programme une fête — Lire en fête, fête du Patrimoine, Printemps des poètes. Thérapie administrative. La mayonnaise parfois prend (fête de la Musique), et le plus souvent tourne. Mais la forme d'une fête change hélas plus vite que le cœur d'un mortel. La nouvelle ne s'alourdit pas comme l'ancienne d'un appa-

1. Philippe MURAY, *Festivus, festivus*, Fayard, 2005, et « *Homo Festivus* », in *Le Portatif*, éd. Mille et une nuits, 2006.

reillage symbolique, et un même mot ne saurait embrasser la célébration métaphysique de 1794 (« Le peuple français reconnaît l'existence de l'Être suprême et l'immortalité de l'âme », comme cela peut encore se lire en province sous le gâble de quelque portail d'église), la prédication morale de 1890 et l'exhibition médiatique de l'an 2000. Que sont nos fêtes devenues ? Rien de plus ni de moins que ce que nous sommes nous-mêmes, tels que notre médiasphère nous façonne. Toute fête est un aveu. Si les nôtres ne glorifient plus un avenir, et se suffisent à elles-mêmes, c'est que nous n'attendons plus rien de l'avenir. Le *one-man* ou *woman-show* qu'est devenu le meeting, vieux rituel de gauche, n'est plus un « ressouvenir avant », placé sous une citation ou le portrait d'un héros éponyme. Plus d'emblèmes ni de calicots ni de photos du fondateur dans la salle. L'émotion collective devient une mise en scène de soi par soi devant des supporters. Plus de tribune, un plateau. Plus de pupitre, un prompteur. Le militant n'écoute pas un orateur exposer un programme (le meeting en 1930 était une conférence élargie), le fan regarde un *stand-up* de sa marque préférée déroulant le bon scénario, entre un groupe rock et un *crooner*. L'écran commande, l'équipe télé orchestre. L'acteur d'abord, avec projos et décibels. Les campagnes électorales, gauche et droite, se font désormais (comme en Italie, éternel laboratoire du politique) en musique, en chansons et en clips, pour chavirer les cœurs et chiper de l'audimat. Vidéosphère oblige. « Nos grands rites que sont les batailles de congrès et les effets de tribune ont leur noblesse, avoue un leader socialiste, mais ils n'impriment plus. » Mais n'est-ce pas la « politique », née avec l'imprimé de masse, qui n'imprime plus ? Parler d'une « fête de la Fraternité », c'est supposer qu'il puisse y avoir une fête de la fête, et prendre le moyen pour la fin (le grand mot ne figure même pas dans les constitutions des fraternités chrétiennes). Le fraternalisme est ennemi de la fraternité, sentiment qui se saisit d'un groupe dès qu'il s'oublie pour un but extérieur à lui-même : il naît de fixer un point à l'horizon et meurt de proximité, en se regardant dans l'œil de la caméra.

✧

L'action de chant. Le diapason donne le *la* au fraternel, qui veut d'abord une belle voix. Battre la mesure, cela échauffe, le couplet court de bouche en bouche, de cabarets en goguettes, de cantinières en pioupious, pour répandre la bonne nouvelle des retrouvailles, de la famille recomposée, mais autrement. Un républicain en 1790 rêva d'un « chœur de vingt-quatre millions d'hommes », qui eût accompli l'idée de nation en plain-chant. Des millions de gosiers pour une seule voix, dans un *allegro a cappella*... La République relevant plus du psaume que de l'opéra-comique. Deux ans plus tard, le *Chant de guerre pour l'armée du Rhin* vint combler le vœu du mélomane anonyme. Goethe le baptisa « *Te Deum* révolutionnaire ». On l'a dit emprunté à Mozart. Berlioz l'a orchestré. Il fut proscrit sous la Restauration et le Second Empire. Chantée par Rachel en 1848, *La Marseillaise* excita « un saint enthousiasme » chez les insurgés. Je l'ai entendue traduite en espagnol — la première strophe — dans la bouche des milices de mineurs boliviens, dans les mines de cuivre de Siglo XX, en 1964. La *protest song* sentait encore la poudre et l'insurrection. Observons que les chants contre, en matière politique, tiennent mieux la longueur que les hymnes pour. De *Veillons au salut de l'Empire*, de *Partant pour la Syrie*, de *Maréchal, nous voilà !* il ne reste rien. Se murmurent encore, dans quelques recoins de l'Hexagone, *Ah ! ça ira* et le *Chant des partisans*.

✧

(« Allez, à toi, francés, *quelque chose de ton pays. »*

Pour finir dignement le festin, un singe rôti, ouistiti ou macaque, chair acide, dure à mastiquer, les copains vénézuéliens avaient égrené leur Alma llanera *et* Bravo pueblo. *Hâves silhouettes accroupies autour du feu, en pleine jungle, coupées de tout, retrouvant les leurs avec des* coplas *rythmées.*

« En espagnol, tu sais, mon pays, ça ne rend pas bien.

— Hombre, habla francés, por supuesto. »

Zut alors. Douglas Bravo, à la tête de cette guérilla, me lançait un défi affectueux, pour mettre du liant, pour que ces hommes, des paysans du coin, des étudiants venus de Caracas ou de Coro, me connaissent un peu mieux, et sachent qu'il y a aussi un peuple, en France, là-bas, très loin.

Panique. Rien ne vient. Je ne vais tout de même pas leur refiler « Au clair de la lune mon ami Pierrot ». J'essaye « Alouette, gentille alouette ». Faible. Ça tombe à plat. Je passe au Chant des partisans. *À moi, Yves Montand ! « Ami, entends-*

tu... ». Première strophe, tout va bien, jusqu'à « Ouvriers et partisans, c'est l'alarme ». Je me souviens qu'il y a après du sang et des larmes, je ne sais plus dans quel ordre, je bafouille. On m'encourage, on en redemande. J'appelle au secours La Jeune Garde. *« Nous sommes les enfants de Lénine/par la faucille et le marteau. » En vain. Elle reste chez elle, ne me déléguant que « les sabreurs, les bourgeois, les gavés... et les curés ! » (la voix remonte sur « curés »). C'est trop peu. Ultime planche de salut, « Allons z'enfants... » C'est entraînant, et facile à mémoriser. Là, je tiens le bon bout. Patatras, après « vos compagnes », je cale à nouveau. Impossible de retrouver la deuxième strophe. Naufrage, brouhaha : la honte ! Qu'est-ce que c'est que ce type, que ces gens qui n'ont rien à entonner, que des petites bêtises ? Je mets ma défaillance sur le compte de la fatigue, on a beaucoup marché, poids du sac, serpents, singes, bref on passe à autre chose. La honte m'est restée.*

Aucune mémoire mélodique. Je chante faux. Depuis que la voix a mué. Ma carrière de choriste s'est achevée sur les onze ans. Petit chanteur à la Croix de Bois, j'ai donné de la voix en surplis blanc sous la coupole de Saint-Pierre-de-Rome dans un Veni Creator *en présence du pape Pie XII. Ce fut ma dernière contribution personnelle au sublime. Nous étions une centaine d'enfants, venus de France. En présence, c'est beaucoup dire. Le saint homme émacié était tout au fond, sur son trône. Point de mire abstrait, évasif à souhait, on se dévissait la tête. Je me suis bien gardé de mentionner à l'ami vénézuélien ces états de service, ce n'aurait pas été vraiment compris.*

En me demandant de leur souffler une brise de

France, d'une France de rêve — les maquis, le colonel Fabien, de Gaulle, Sartre —, les copains m'avaient privé de mon seul point fort, dans le répertoire, le Quinto Regimiento : Con los quatro batallones / Que están Madrid defendiendo / Va toda la flor de España / La flor más roja del pueblo... *Par un curieux décalage lyrique et chronologique, la France ne m'était que prose plate, sans couleurs, et seule l'Espagne me donnait envie de fredonner. Français par défaut, chu d'un désastre obscur et à jamais refusé — la guerre d'Espagne —, venu au Venezuela pour le match-retour. On était quelques-uns chez les étudiants communistes à s'impatienter de ce cessez-le-feu indu. Le lendemain du débarquement anticastriste de la baie des Cochons (1961), nous nous étions rendus, Bernard Kouchner et moi, à l'ambassade de Cuba à Paris, afin de nous enrôler dans les Brigades internationales* bis. *L'ambassadeur, un élégant pianiste de musique classique un peu débordé par les événements, nous fit savoir deux jours plus tard, à notre grand dépit, que la cause des peuples aurait à se passer de notre concours, les « mercenaires » ayant été faits prisonniers au bout de vingt-quatre heures. Ajoutant l'esprit de suite à celui de l'escalier, et ne voulant pas rester sur cet affront, je m'en étais allé rejoindre, au pays de Simón Bolívar, la planète fraternité, en quête de brigades intérimaires. Venezuela, septembre 1964, montagnes du Falcon.)*

✧

« Marchons, marchons / Qu'un sang impur... » Les rythmes fraternitaires sont de type processionnaire. Ils servent à la mise en route. Entonner, c'est se rejoindre; se séparer, c'est déchanter. Le solitaire est taciturne. Dès qu'on s'assoit, on chevrote, on s'éteint. C'est par la marche que le *on* se hausse au *nous*, et, pour rythmer le pas — vers Chartres, pour le catho, vers la société sans classe, pour le coco —, rien de tel qu'une bonne cadence. C'est une bannière sonore, tendue au-dessus du *nous*, et pour les jambes, un analgésique. « La République *nous* appelle » : tout chant repris en chœur est en soi un départ, et l'hymnodie revivaliste américaine se porte bien. Il y a une sensualité du *nous*, auditive plus que visuelle (le sourd est privé de transport collectif et plus solitaire que l'aveugle, qui peut toujours en être par l'oreille et la voix). L'hymne unificateur doit sa force agglomérante à ce qu'il échappe à l'ordre du vrai et du faux. N'étant pas matière à débat, mais à frisson, il écarte l'objection ou la rend incongrue — d'où son utilité dans les meetings, les églises et les convents, pour la prise en corps des solitaires. Le sacré laïque, franc-maçon par exemple, a sa colonne d'harmonie, en guise de chœur, et des marches funèbres, en guise de requiems. Quant aux religions politiques et aux soulèvements d'espérance, ils excellent dans la construction chorale du *nous*. Leur reflux se signale par une extinction de voix dans les rues : l'individualisme n'a pas de cordes vocales. L'analphabète social peut s'adonner au karaoké, et applaudir en rythme parce qu'il est moutonnier; mais point accepter de disparaître à l'oreille ou à la vue parce qu'il ne sait plus trop de quoi demain sera fait. « Si nous ne pouvions pas marcher et chanter et délirer sous les cieux, respirer les larges souffles et cueillir les fleurs du hasard, nous reculerions. » Qui écrit cela ? Jaurès. Il allait de l'avant. Croyant au progrès, il conjuguait ses verbes au futur. Son socialisme était une chorale par anticipation. Un *Magnificat* sans Dieu, fait philosophie. Les « nous on marche, nous on crève » fondent avec les espérances ; et moins l'adulte a envie d'en découdre, plus il oublie ses chants d'adolescent. Sur Bastille-République, le *jingle* a supplanté *L'Internationale*, comme aux Champs-Élysées le « *on* a gagné » sportif a remplacé le « contre *nous* de la tyrannie » prophétique. Pour évaluer la trempe d'une population, et savoir jusqu'où une classe dirigeante peut tirer sur la corde vocale des administrés, il faut tendre l'oreille les soirs d'élection ou de Mondial. Les agents de renseignement qui vont tâter le terrain derrière les lignes ont également intérêt à mesurer le volume sonore dans les salles de réunion : les gens qui « veulent y aller » ne ratent pas une occasion d'en pousser une. Cela rend le corps gai, ouvert et solidaire. C'est parce qu'ils ont appris par cœur *La Marseillaise* à l'école, avant d'entrer dans les sociétés orphéoniques en pleine vogue, que les écoliers de la Belle Époque ont tenu le coup sur la Marne et à Verdun. Les choristes font mieux la guerre que les ténors, et les pays à chœurs et maîtrises célébrées — Angleterre, Allemagne, Russie — savent serrer les dents et les coudes. Orphéons et manécanteries ont préparé, au siècle passé, des générations de tués fraternels et souvent enthousiastes.

Si le *tutti* est l'aria préférée du *nous*, l'unisson est rarement lucide. Qui veut garder la tête froide s'en tiendra au récitatif. À des sectionnaires faisant un jour irruption dans la salle de la Convention pour entonner *La Marseillaise*, Danton, doté d'un bel organe (dont, sur l'échafaud, seuls les roulements de tambours devaient venir à bout), eut assez de présence d'esprit pour répliquer : « Je rends justice au civisme des pétitionnaires, mais je demande que, dorénavant, on n'entende plus à la barre que la raison. » Bon conseil. Les meneurs d'hommes ont besoin de chorus et d'opéra, un peu, mais pas trop. Il faut savoir jusqu'où aller trop loin dans le « cri général ». L'emportement choral nuit à l'esprit critique, mauvais conducteur de fraternité, quand l'art lyrique est un complice à toute épreuve. Aujourd'hui que chacun rêve de chanter seul sous les feux de la rampe, sans se soucier de l'accompagnement, en monstre sacré, et que les orchestres de fosse eux-mêmes, à l'Opéra, veulent monter quelquefois l'an sur scène pour se faire admirer, nos orateurs n'ont plus trop à craindre, le doute méthodique veille en tout un chacun.

✧

Le serment. Le roi a fait fermer la salle des Menus-Plaisirs, à Versailles. Le 20 juin au matin, les représentants du tiers état se retrouvent à la rue. Il pleut. Ils n'ont plus où se réunir. Ils se sont déjà beaucoup divisés les jours précédents. Vont-ils se disperser ? Chacun pour soi ? Heureusement, ils trouvent une salle proche, où les entraîne leur président, Bailly, et là, ils jurent entre ses mains de ne se séparer qu'une fois la Constitution adoptée. C'est le serment du Jeu de paume, immortalisé par le dessin à la plume et au lavis de David. « Non, l'histoire d'aucun peuple ne m'offre rien de si grand, de si sublime que ce Serment que je dois peindre! Peuples de l'univers présents et futurs, c'est une grande leçon que je veux vous donner. » La toile restera inachevée. Nous n'en voyons que l'esquisse, couleur bistre. À nous d'apprendre la leçon en image : une cinquantaine d'hommes au premier plan, tous du sexe masculin, identifiables, de profil, bras tendus à l'horizontale, tournés vers un autre au centre de la salle, vu de face, surélevé, debout sur une table ou une chaise. Il a le bras levé lui aussi, mais à la verticale. Il montre du doigt et prend à témoin quelque chose ou quelqu'un situé plus haut, et qu'on ne voit pas. L'Être suprême, probablement.

C'est la scène primitive, version néoclassique. Le sacral en instantané. Tout est dans le cadre : les présents en bas, l'Absent en haut et le médiateur entre les deux. Les premiers fixent le dernier, qui indique un tiers, invisible. Qu'a dit Bailly pour soulever ses collègues? « Partout où ses membres sont réunis, là est l'Assemblée nationale. Tous les membres de cette assemblée prêteront, à l'instant, serment solennel de ne jamais se séparer, et de se rassembler partout où les circonstances l'exigeront, jusqu'à ce que la Constitution du royaume soit établie et affermie sur des fondements solides; et que ledit serment étant prêté, tous les membres, et chacun d'eux en particulier, confirmeront par leur signature cette résolution inébranlable. »

Qu'est-ce qu'un serment? Une promesse d'*indivision* par laquelle un individu lie son sort à celui de la communauté qu'il contribue à fonder par ce geste même et dont il reçoit en échange les énergies. Par cet acte de partage, qui subordonne le présent de chacun à l'avenir de tous, le groupe s'invente en fixant ses propres règles de conduite. Les frères se font leur propre père en s'incorporant par une libre décision à une famille pour ainsi dire auto-créée, entité souveraine qui n'a d'ordre à recevoir de personne d'autre. « Nous sommes frères, en tant qu'après l'acte créateur du serment, commente Sartre, nous sommes nos propres fils, notre invention commune[1]. » Pour parler dans sa langue, disons que le tiers, aux états généraux, le 19 juin 1789, est un groupe objet, réuni sur décision royale. Les mêmes, renaissant en Assemblée nationale, sont devenus, le 21 juin, un groupe sujet, qui s'est convoqué lui-même. Une multiplicité inerte, par la vertu de cent bras synchronisés, s'est faite totalité organique.

Les Français n'ont jamais tant prêté serment qu'aux débuts de la Révolution. Le roi lui-même l'a fait sur l'autel de la Nation, à la fête de la Fédération. Et tous les employés d'État, en 1792, durent jurer en public de défendre la liberté et l'égalité ou de « mourir ». En dehors de certains corps professionnels, où elle s'est d'ailleurs banalisée (avocats, médecins), la prestation de serment ne se pratique plus beaucoup, dans l'Hexagone : Vichy l'a discréditée, avec ses légionnaires, genou à terre, prêtant serment, *horresco referens*, à la personne du Maréchal. Mais le 14-Juillet 1935, les dirigeants des partis populaires sacrifièrent encore au rituel. Le cérémonial, ailleurs, reste une obligation. « Levez la main et

1. Jean-Paul SARTRE, *Critique de la raison dialectique. Théorie des ensembles pratiques*, Gallimard, coll. « Bibliothèque des Idées », 1960.

dites je le jure. » Le président américain, sur la Bible. Les paras israéliens, sur le site sacré de Massada. Pourquoi ? Des parents n'ont pas besoin de s'assermenter pour faire groupe. La famille, comme la tribu, s'impose d'elle-même. Solennité inaugurale inutile. Une coalition privée de fondement biologique, en revanche, doit *forcer la note* et *hausser le ton* pour compenser sa contingence. Rousseau en était fort conscient. Il voulait des patries pour encadrer le contrat social, chacune avec un caractère bien marqué, et donc un serment et une Constitution. Son *Projet de Constitution pour la Corse* prévoyait que chaque citoyen de l'île se lie aux autres par les mots suivants : « Je m'unis de corps, de biens, de volonté, et de toute ma puissance à la nation corse, pour lui appartenir en toute propriété, moi et tout ce qui dépend de moi. Je jure de vivre et de mourir pour elle. » Là où un groupe doit mettre son unité à l'épreuve du feu, que ce soit les Horaces, les haschischins, les *carbonari* au temps de Stendhal ou les commandos marins au nôtre, il fait gager sa parole d'engagement par la chose ou la personne qu'il tient pour sacrées (bannière, livre, empereur, maréchal, autel, etc.) L'auto-institution n'en est une qu'en surface, puisqu'elle fait intervenir un tiers suréminent en garantie.

✧

Le banquet. Finissons par l'*incipit*, le banquet civique — oui, l'archétype qu'on voit dépeint sur les flancs des vases et les murs des tombeaux grecs : convives allongés sur des lits disposés en cercle ou en rectangle, nourriture et boisson sur une table basse, cratères, coussins, joueuses de flûte et orateur au milieu. C'était le *sumposion* platonicien, la « beuverie en commun ». Précédé de libations aux dieux, scandé de chants et de prières, le repas de viandes et de céréales était une institution sacralisée, comme tout ce qui sert à rassembler et à incarner, en lieu et temps, les valeurs de partage. Cette dimension symbolique, le banquet ne l'a pas perdue, malgré la mort des dieux et le remplacement du lit par la chaise. L'art d'unifier les hommes continue d'être celui de les mettre à table, et la tradition républicaine a repris celle des agapes, faisant même son idéal d'une « agape universelle de conciliation et de réconciliation ». C'est un fil qui court en sous-main, à travers les changements de ton et de taille, entre les « soupers fraternels » de l'an II, la campagne des banquets réformistes de 1848, les banquets radicaux des années 1870, le banquet des maires de Paris de 1900 (vingt-deux mille convives dans les jardins des Tuileries), les banquets francs-maçons de 1950 et les ultimes tablées de libres-penseurs à la Mutualité, dans les années 1980. Fanfares, arcs de triomphe, volées de cloches, tambours et drapeaux se sont envolés à mi-chemin, mais même si le commensal est passé de l'emphatique au flegmatique, des tuniques romaines et chlamydes grecques aux manches de chemise, veste tombée, la bonne bouffe protestataire garde quelque chose de la sainte Cène multitudinaire où Michelet voyait l'image en réduction de la patrie[1].

1. Jules MICHELET, « Le banquet », in *Œuvres complètes*, t. XVI, Flammarion, 1980.

Pour sûr, quand la République s'attable, ce n'est pas pour se goberger. Elle n'est pas gourmande ni affamée, et la fraternité de l'ivresse lui serait fatale. Le républicain orthodoxe, qui n'est ni puritain ni anachorète, est l'ami des bonnes caves, mais ne rejoint pas ses pairs pour bâfrer. C'est la joie de la parole rassembleuse qui le mobilise — le toast, les discours, la harangue. Et non plus le partage du gâteau tel qu'il existait sous l'Ancien Régime, au jour de l'Épiphanie ou de la fête des Rois, et que nous prolongeons en tirant les rois avec nos savoureuses galettes de frangipane, fève et couronne de papier doré à fleur de lys. Tradition monarchique, démocratisée. « Le roi boit », et ses féaux font bombance : ils trinquent à la santé du monarque. Le sans-culotte, lui, tenait les pâtissiers à l'œil. Le jacobin a remplacé cette « manifestation anticivique » par « le gâteau de l'Égalité » et « la fête du Bon Voisinage ». La galette des Rois a même été interdite le 24 décembre 1794 par un arrêté du maire de Paris — le coup d'État du 18 Brumaire a au moins eu le mérite, dont les bonapartistes ne se prévalent pas assez, de relégitimer la pâtisserie.

Puissance régénératrice de la tablée. À distinguer du dîner par petites tables. Le souper aux chandelles est fait pour l'aristo, le réfectoire pour le moine, le dîner prié pour le bourgeois, le banquet à l'air libre pour le plébéien. Les applaudissements éclateront quand retentira, du bout de la table, le « je bois aux nations opprimées ». Le souper fin ou le conciliabule en salon particulier ont quelque chose de louche et de libertin, qui sent son complot ou la cabale. Entre la grande bouffe déboutonnée, qui peut tourner à tout moment à l'émeute, et le banquet d'État, qui tourne au dîner de têtes, il a fallu, au XIXe siècle, trouver la juste table, la bonne mesure entre la collation et la bâfrée, le pot de caviar et le bol de soupe. Et d'abord une table aux bonnes dimensions. Entre les trois Grâces et les neuf Muses, jamais plus, et surtout que la table soit ronde : la recommandation kantienne demeure toujours valable pour sauvegarder le fil et le suivi de la conversation entre convives de bonne compagnie (au-delà de neuf, le cercle se brise, les apartés se multiplient, on perd le fil et son temps). Le banquet fraternel n'exige pas le brio de la conversation, mais le vibrato commémoratif et combatif. L'eucharistie à la bonne franquette peut admettre entre douze et mille couverts, si les vents sont favorables. Et se transmuer en pique-nique, au pied d'un arbre de la liberté — choisir un chêne plutôt qu'un saule —, si le ciel, le pré et l'intendance le permettent.

✧

(Ce festin où s'ouvraient tous les cœurs, l'image m'en revient, si onirique que je ne sais plus faire la part de l'hallucination. C'était la place de la Révolution, à La Havane, dans la nuit chaude du 1er janvier, éclaircie çà et là par la lumière crue des projecteurs. Dix mille hommes et femmes, au moins, autour de grandes tables en bois, bière en pack, plat unique avec congri *— riz, haricots noirs, poulet. Le même pour tous. Sous la statue de Marti, d'où Fidel d'habitude harangue la foule, au pied des gradins, autre table, même menu spartiate. Les commandants en vert olive, quelques civils.*

Fidel a laissé passer l'heure, selon son habitude, prérogative du chef. Mais ce soir, c'est par inadvertance, pris par sa passion d'expliquer, de raconter, de détailler. Les premières photos prises en Bolivie du Che et des amis à peine arrivés lui sont parvenues la veille. Il me les a montrées avant la fête, dans son petit appartement, en égrenant les souvenirs de la Sierra Maestra. Ses démêlés avec les vieux communistes, le dégoût qu'il en a gardé, la rage qu'il ressent devant les bureaucrates de Moscou — « Les Russes, c'est un peuple géant dirigé par des nains » (il répète la formule). Il parle du Che en frère aîné, avec une lucidité pointilleuse, sourcilleuse. Ses qualités, ses défauts. Combien l'Argentin a toujours eu du mal à communiquer, à faire groupe, tout intérieur, allant au bout de lui-même, trop loin, dangereusement. Avec une affection profonde. Conclusion : les dés sont lancés, la cordillère des Andes sera demain la Sierra Maestra *de l'Amérique. Ce continent va se soulever. C'est sûr. 1967 sera une année pas-comme-les-autres, un lever de rideau sur un nouveau monde.*

Minuit approche. Tout le monde debout, on entonne L'Internationale. *La bière a tiédi dans les verres, on trinque, on se regarde, clins d'œil. Une fièvre calme. Nous sommes quelques-uns unis par ce sous-entendu complice. La viscérale parenté du conspiratif et du fraternel, je ne l'ai jamais autant ressentie qu'à ce moment-là, béni entre tous. C'était à La Havane, le 31 décembre 1966, aux douze coups de minuit, avant que tout ne commence, avant que l'histoire des hommes ne recommence, pour de bon, pour de vrai, devant un banquet populaire démesuré et chaleureux.)*

XIV

Astreintes

Quant à ce que nous entendons par la fenêtre, monsieur Magnin, c'est l'Apocalypse de la fraternité. Elle vous émeut. Je le comprends bien : c'est une des choses les plus émouvantes qu'il y ait sur la terre, et on ne l'y voit pas souvent. Mais elle doit se transformer, sous peine de mort.

André MALRAUX,
L'Espoir.

La fraternité a eu ses *prophètes*. « Allons au-devant de la vie, allons au-devant du bonheur », chantonnait l'utopiste d'antan. « La plus douce des vertus », disait déjà Lamartine. « Ajoutez qu'elle est un bonheur. » Lorsque les hommes pourront se chérir en frères, il n'y aura plus de frontières ni de hiérarchies ni de guerres. Nous pourrons enfin mettre au rancart les services du protocole, les cartes de géographie et les mensonges qui nous ont fait tant de mal. Elle a aussi ses *témoins*. Ce sont pour l'essentiel des « terroristes », des religieux et des aviateurs. Les prophètes sont de faux témoins, et les témoins, de vrais prophètes. Mensonge romantique, vérité historique ? Désagréable dilemme. Entre le bonheur et la vérité, le choix n'est pas facile. « Si Christ n'est pas ressuscité, disait Dostoïevski, nous sommes les plus malheureux de tous les hommes », d'où il concluait : « Si l'on prouvait que le Christ était en dehors de la vérité, je préférerais rester avec le Christ. » On peut comprendre le Russe sans lui emboîter le pas. Les prophètes du « sans rivages ni frontières » sont portés à l'euphorie parce qu'ils voient les choses de loin. Ils célèbrent la fusion des cœurs et la confusion des genres. On ne célèbre bien que ce qu'on ne pratique pas. Rousseau exaltait les coude-à-coude : c'était un esseulé, incapable de faire bande ou clan. Et Alceste écrivain eût fait la plus belle ode à la philanthropie. Les témoins, eux, ne nous payent pas de mots. Que nous montrent les antichambres associatives, sinon le peu de rapport entre le baiser Lamourette attendu et ces gênes vexantes, mais tenaces, que sont enceintes, préférence communautaire, conflits et croyance, qui président à la vie des groupes consistants et persistants ? Comme si, à un idéal mollement sympathique, correspondait une mise en œuvre dure et plutôt antipathique, l'élan et le bond se croisant en sens inverse. La Fayette, héros médiocre et populaire s'il en fût, cédant à son désir de plaire, la seule passion de sa vie, fit serment au Champ-de-Mars, le 14 juillet 1790, de rester uni aux Français par « les liens *indissolubles* de la fraternité ». Il devait quitter ses compatriotes deux ans plus tard. Il avait enjolivé un lien éminemment soluble, et dont le maintien, vent debout, entraîne certains désagréments. Ils suscitent maints haut-le-cœur, et ne feraient élire aucun politicien.

✧

Premier constat : *là où fonctionne une fraternité, il y a un « fratriarche ». Et dès qu'il n'y en a plus, ou qu'il y en a trop, elle ne fonctionne plus.*

Prémonition, le banquet athénien. Il a un chef, le *symposiarque*, élu par les convives (Alcibiade, chez Platon : « Je m'élis chef de la beuverie »). La commensalité civique n'est pas une joyeuse informalité. Cristal de la relation citoyenne (à la fois des hommes entre eux et des hommes avec les dieux), au point que ne pas y participer revient à s'exclure de la cité, le repas civique est ordonné comme l'est toute conduite rituelle. Il y a l'hôte magistral et les invités, qui se répartissent eux-mêmes entre citoyens, métèques et étrangers. Les femmes sont exclues, les esclaves aussi. L'*évergète*, le bienfaiteur, qui distribue les parts de viande, occupe une place honorifique. Comme le *gymnasiarque* au gymnase, le *chorège* dans le chœur, l'*archonte* dans la fête, l'*agonothète* dans le concours, le *liturge* dans la liturgie. Bref, même élu ou tiré au sort, ou rebaptisé *coach*, on n'échappe pas à l'entraîneur. Quand la fête n'est pas bamboche, elle a aussi, comme au théâtre, un ensemblier. Le serment vient de l'hommage du vassal au suzerain, et chacun des neuf chœurs d'anges a un archange à sa tête. Pas de maîtrise sans un maître, d'orchestre sans un chef (le seul à avoir sous les yeux les partitions de tous les pupitres), ni de choristes sans un chef de chœur (Gérard Jugnot dans *Les Choristes*). L'art d'harmoniser les timbres et voix de sorte que personne en particulier ne se fasse trop entendre requiert un maître du métronome. Les groupes musicaux sont des plus hiérarchisés (avec des hiérarchies qui s'entrecroisent, la syndicale venant dans nos orchestres compenser l'artistique), tout comme les compagnies lyriques et les corps de ballet à l'Opéra. On comprend qu'il n'y ait pas d'entrée « fraternité » dans le *Dictionnaire de l'anarchie*[1],

1. Michel RAGON, *Dictionnaire de l'anarchie*, Albin Michel, 2008.

quoique la « colonne Durruti », dans la guerre d'Espagne, composée d'anarcho-syndicalistes, eût sa chaîne de commandement. Tout agir-ensemble recèle une relation d'ordre, donc une asymétrie. Que la fraternité ait eu en Occident deux matrices ou couveuses, l'Église et l'armée, n'est pas une coïncidence : ce sont les deux corps où le grade fait loi.

La primesautière autogestion nous fera-t-elle faux bond ? Si l'on ne se contente pas d'un attroupement sans lendemain, si l'on veut faire *durer le plaisir*, donner un rebond à la fête, la journée, la manif (pour que les Journées mondiales de la jeunesse débouchent, par exemple, sur une assistance régulière aux offices), la réponse est : oui, malheureusement. Un groupe en fusion, et qui ne sait pas l'arrêter à temps, cela fond et disparaît. On peut certes prendre son parti de l'éphémère, comme les petites communautés d'un jour de l'après-68, vite dissoutes, comme les grands rendez-vous de l'altermondialisme. Mais l'esprit de corps, comme la musique elle-même avec le système tonal, ses degrés, sa tonique, ses cadences, impose une structure d'ordre. Les petits pois n'en ont pas, aussi sont-ils juxtaposés, entassés, collés, mais non liés. Un tas ne fait pas un tout, un bocal ne fait pas un lieu, où puisse se nouer un lien. Le socialisme utopique a buté sur cette difficulté imprévue; d'où beaucoup d'enfantillages, qui n'en étaient peut-être pas, pour décider qui serait le chef de famille. La doctrine de Saint-Simon affirmant la prééminence des industriels avait la fraternité pour axe, et les frères de l'école saint-simonienne, après sa mort en 1825, ont distingué entre réunions du premier et du second degré et se sont mis en quête non d'un capitaine d'industrie, mais d'un père spirituel. Enfantin et Bazard, qui n'étaient pas des ingénieurs, furent proclamés Pères suprêmes en 1831. C'était un de trop. D'autant que l'un des deux voulait être pape. L'école tirait irrésistiblement vers la secte, avec son autorité charismatique, ses schismes, ses brebis égarées et ses excommunications. « Ces économistes habiles font les religieux pour séduire les artistes », note Alfred de Vigny dans son *Journal d'un poète* (décembre 1830). Courte vue. Était-ce pour séduire seulement les peintres et les poètes que les « socialistes scientifiques », économistes autrement plus habiles, ont, eux aussi, en plein XXe siècle, « fait les religieux » au nom d'une science ? Ils auraient pu mettre un bémol s'ils s'étaient penchés d'un peu plus près sur les prédécesseurs. « Une institution bureaucratisée de salut » telle que l'Église ne manque pas d'expérience en la matière. Comme le remarque un personnage de *L'Espoir*, « les mythes sur lesquels nous vivons sont contradictoires ». La fraternité-désir et la fraternité-action exigent des moyens incompatibles, mais l'effusion part en fumée si elle ne se renie pas tôt ou tard en affiliation. La *Brotherhood* anglaise portait, au XVIIIe, avec son déisme humanitaire, un projet de philanthropie universelle. Elle s'est bientôt cloisonnée en obédiences rivales, latines et anglo-saxonnes ; elle a ses bornes, ses grades, ses dignitaires, et l'initié s'y distingue de l'apprenti, qui n'est pas le profane.

✧

Deuxième constat : *ceux ou celles qui nouent entre eux des liens fraternels coupent plus ou moins ceux qui les liaient au reste du monde. Ce retranchement va par degrés, du discret au secret.*

La Fraternité qui se vante exalte l'ouverture ; les fraternelles qui fonctionnent mettent des serrures. À qui se fier ? La majuscule du vaticinateur ou les microsociétés qui n'en font pas une histoire, mais un mode de vie ? Doit-on croire Lamartine chantant l'hymen des peuples frères dans la République universelle, professant que « l'égoïsme et la haine ont seuls une patrie, et que la Fraternité n'en a pas » mais qui n'a ni fondé ni épousé une fraternelle ? Ou bien le père Anselme, de l'abbaye bénédictine d'En Calcat, qui fait l'éloge de la *clôture* ? Non comme enfermement, mais comme *séparation libératrice*, à satisfaire « non pour l'absurde désir de vivre *ailleurs* mais celui, plus raisonnable, de vivre *autrement* ». Ne confondons pas, dit-il, monastère et prison. Écoutons-le : « Il a fallu, quand je suis entré au monastère, il y a cinquante et un ans (j'en avais 22), que je découvre la signification de cette expression, qui, au premier abord, me révoltait. J'ai dû apprendre — car je n'avais pas de culture biblique, ou si peu ! — ce que voulait dire "être du monde comme n'en étant pas" ; ou comment concilier l'évidence selon laquelle nous sommes dans le monde (naître, c'est "venir au monde", et l'on ne peut pas vivre ailleurs) et le fait de s'en séparer, plutôt qu'à proprement parler de s'en exclure. On peut vouloir se séparer d'un monde que l'on estime inhumain au motif que les valeurs auxquelles il obéit ne sont pas celles qu'on estime correspondre à l'idée qu'on se fait de l'homme et de la société. Le problème est alors, pour nous moines chrétiens, de savoir à quel monde, en ce deuxième sens, nous sommes ouverts et de quel monde nous sommes séparés[1]. »

À un moment où *fermé* et *entrouvert* servent à stigmatiser, où président, ministre, maire ne peuvent inaugurer un nouveau centre culturel, une école, un conservatoire, un institut, etc., sans célébrer un nouveau lieu d'ouverture au monde, d'aventure, de partage, de rencontre dont vont enfin pouvoir bénéficier leurs administrés — qui auront bientôt le bonheur d'une journée portes ouvertes —, rappeler qu'une fraternité exige, d'une manière ou d'une autre, de *fermer la porte* est sans doute malséant, quoique d'une navrante banalité. Il faut un minimum de secret à une appartenance, y compris le secret sur l'appartenance même, qui est partie intégrante de celle-ci. Cette autodéfense est de soi un lien social. Elle protège les minorités en péril (la dissimulation chiite) et peut sceller une communion. Quelle obédience hospitalière ne se présente comme un jardin secret à partager ? Celui d'Adam et d'Ève était palissadé, d'où son nom de paradis. N'en déplaise au kitsch en vigueur, qui a pour slogan « l'universel, c'est le local moins les murs », une fraternité, c'est l'universel derrière un mur, mais avec une porte. Être en puissance d'hospitalité, c'est pouvoir accueillir comme un frère un étranger à domicile, à une seule condition : qu'il comprenne que ce chez-soi, qui sera demain, s'il le veut, son chez-lui, n'est pas un n'importe-où, et qu'il en accepte à la fois les privilèges

1. Lettre à l'auteur, 2008.

et les disciplines qui en font un lieu pas comme les autres — ce que sont tous les lieux pour de bon.

Notre langue de vent rêve de machines à inclure qui permettraient de ne pas exclure. « Constituer le noyau dur de l'Europe », disent nos politiques, qui se gardent de préciser de quels pays se composerait dans cette hypothèse la périphérie molle. Réunissons le premier cercle. « Formidable. Et où est le deuxième ? » Silence. La clôture, elle, ne triche pas. Elle filtre. Elle sélectionne. Autant le dire : elle discrimine. Les bénédictines d'En Calcat ont leur couvent à un kilomètre du monastère des hommes : pas de mixité. On vit à côté, mais pas aux côtés. Le Grand Orient de la rue Cadet n'accepte pas non plus les femmes, qui doivent faire loge à part. Scandaleux. Les grandes écoles excluent les recalés. Désagréable. La Mecque exclut le chrétien : fraternité maximale. Et l'archevêque de Tolède ne veut pas prêter ses lieux de culte aux musulmans, le vendredi : ils peuvent s'approcher, non entrer. « Le mot sublime qui m'apparaît écrit par la main même de Dieu » (Victor Hugo) n'a pas l'esprit large.

Les règles de discipline religieuse grossissent comme des loupes les servitudes du *nous*. Elles ne manquaient pas de prescience. Quelle confrérie est portes battantes ? Pour retrouver le groupe surréaliste au Cyrano, il fallait être agréé, sinon invité par une lettre ou un petit bleu du chef de file. Le mage en chef ne parlait pas du merveilleux avec n'importe qui, devant un mandarin curaçao ou un Fernet-Branca. À l'entrée du Temple franc-maçon, le frère servant, sur le pas de la porte, exige le mot de passe de l'impétrant, et les trois fenêtres grillagées sont faites pour tamiser la lumière. Le profane, pour être admis en loge, a d'abord un entretien avec le vénérable ; vient ensuite le passage sous le bandeau — cérémonie questionnante d'où il peut sortir blackboulé. Le secret sacramentel n'anticipait-il pas sur notre secret professionnel, celui des médecins et des avocats ?

Il y a des degrés dans la sanctuarisation, selon qu'on fait coterie, clan, chapelle ou secte. L'obligation en est évidemment plus stricte dans un réseau de résistance que chez les témoins de Jéhovah (congrégation chrétienne, rappelons-le, pourvue d'une constitution et d'un consistoire), plus astreignante dans l'Église catholique, où violer le secret de la confession entraîne l'excommunication du confesseur, que dans les églises protestantes, où le secret couvre néanmoins tout ce dont le pasteur a pu avoir connaissance du fait de son ministère. Le droit canon catholique va jusqu'à stipuler l'obligation faite à la curie diocésaine de posséder une armoire ou un coffre bien verrouillé pour y déposer les archives. On connaît les conflits auxquels sont exposés les prêtres entre la loi religieuse et la loi civile, qui fait obligation de porter à la connaissance du juge les délits dont on peut avoir soi-même connaissance (article 434-3, alinéa 1er, du Code pénal). Peu importe, au reste, si les secrets sont de polichinelle. Les rituels maçonniques sont tous sur le Web, et les trois secrets de Fatima, dont seul le pape peut avoir connaissance, sont d'une désolante naïveté. L'important, c'est le principe, et qu'il soit formellement respecté. Il est clair en tout cas que a) le refus de la transparence ne fait pas des fraternités existantes des organisations démocratiques, et b) que moins il y a de transparence, plus solide est le lien fraternel.

On devine qu'il était plus fort dans la Charbonnerie ou dans la Cagoule, sociétés secrètes, que dans les tenues franc-maçonnes, sociétés initiatiques, et dans celles-ci que dans la bande de jeunes du quartier. Mais dans tous les cas de figure, une fraternité réclame du confidentiel et de pouvoir agir à couvert. L'ésotérique est pour elle un adjuvant, le conspiratif, un excitant, et les amères épreuves de la clandestinité, un âge d'or. La discrétion aussi demande de l'entretien, surtout en période de paix. Jerphanion, l'un des deux héros des *Hommes de bonne volonté*, qui voyait dans l'esprit de bande un « phénomène propre à toute une génération européenne », celle de l'avant-guerre, le profilait ainsi : « Un certain sentiment de camaraderie, de chaleur, l'enthousiasme d'agir ensemble, de comploter ensemble ; l'idée que la bande forme un corps privilégié, qui a ses règles, ses devoirs... Il y a aussi le secret, l'orgueil collectif, l'aristocratie[1]. » On ne confondra pas la bande à Breton avec la bande à Doriot, et l'on peut espérer que son actuelle évanescence n'ait qu'un temps (collectifs d'artistes qui ont refleuri après 68, s'étant hélas éclipsés).

✧

Troisième constat : *les communautés fraternelles, naissant de l'adversité, ont de la peine à se passer d'adversaires. La concorde qu'elles ins-*

1. Jules Romains, *Naissance de la bande, Les Hommes de bonne volonté*, t. XXIII, 1946.

taurent ad intra, *symbolisée par le baiser de paix, a pour envers une discorde entretenue* ad extra.

Il y a loin des « doux liens » qui enchantaient les Lumières aux étendards sanglants qui se levèrent pour donner suite. Que montre l'*Allégorie de la Fraternité*, gravure exposée à Paris au musée Carnavalet ? Une gironde mais noble mère de famille, vêtue d'une tunique bleu ciel, le sein gauche discrètement à l'air, deux cœurs dans sa main droite, avec, à ses pieds, deux chérubins embrassés, l'un noir, l'autre blanc, piétinant le serpent de la discorde. Pas de mâle ni de sabre en vue. Bucolique, idyllique, intemporelle aquatinte, où chacun peut boire le lait de la tendresse humaine. Qui en appelle encore aujourd'hui à la fraternité convoque la compassion, la bienfaisance, la sollicitude. Qui répond à l'appel change de langage, de manières, et d'occupation. C'est en général un macho adulte et batailleur. Un patriote, un sans-culotte gueulant *La Carmagnole*. Rappelons que la plaque de cuivre portant pour la première fois cet énigmatique triangle, Liberté, Égalité, Fraternité, dont le projet fut adopté aux Cordeliers, à l'initiative peut-être inconsidérée (au point de vue de ses intérêts) du marquis de Girardin, était destinée aux uniformes militaires. Quelles furent de notre temps les années essentielles ? Les années de haine et de nuit. Où ses hauts lieux ? Fresnes, Verdun, Bir-Hakeim, plus la France des grottes et des caches, celle des maquis et des réseaux. Cette fée farouche et souterraine, de sylvestre mémoire, hiberne quand le pays se démobilise, mais chaque « salve d'avenir » vient la tirer du lit, une ou deux fois par siècle.

Les chorales n'ont pas d'ennemis, il est vrai, mais dans l'héraldique jacobine, à côté du bonnet phrygien (liberté) et de l'équerre (égalité), la concorde a pour emblème paradoxal un inquiétant *faisceau*, assemblage de verges liées autour d'une hache. Ce n'est pas un hasard si ses plus authentiques témoignages sont des souvenirs de l'armée des ombres ou des camps. La fraternité est une notion tragique : atours roses et âme noire.

Et nos romanciers ? Quels sont ceux qui en ont le mieux parlé sans faire de phrases ? Des anciens combattants et des poseurs de bombes. Ce sont eux qui mentent le moins, avec les religieux. « Les seules œuvres où la fraternité ne sonne pas faux, note Jacques Lecarme, ce sont les récits de guerre. » La situation propice, c'est l'action de grâce et l'assaut baïonnette au canon. La tranchée et la crypte. Ou bien, aujourd'hui, le sport d'équipe. Où l'identification communautaire cristallise-t-elle et s'hystérise-t-elle le mieux, sinon dans les gradins du stade, devant l'affrontement des équipes nationales, ersatz de guerre (le foot étant plus identifiant que le lancer de poids ou le saut à la perche, pour lesquels le *nous* et *eux* ne joue pas) ? Le style troubadour n'est pas ici le mieux approprié.

« Chez un peuple libre, disait un sectionnaire montagnard, il n'y a que des frères et des ennemis. » Peut-on avoir des frères, quand on n'a pas d'ennemis ? Un mathématicien, un physicien répondront oui, ils auront raison : la science, notre seul universel, peut se vanter de n'avoir pas de patrie. Les labos ont des concurrents, ce ne sont pas des ennemis. Un bon chrétien répondra non, et il s'aventurera. Il aura oublié l'histoire de ses propres confréries, du rosaire, du Sacré-Cœur, du Saint-Sacrement, du Saint Nom de Jésus, quand elles servaient de fer de lance à la contre-réforme[1]. La dévotion personnelle, la communion fréquente, le banquet obligatoire, la préparation à la bonne mort imposée à leurs membres, tous ces exercices de piété ne les empêchaient pas d'être explicitement des confréries de combat, avec des ennemis désignés : l'hérétique, le janséniste, l'impie.

La meilleure preuve qu'on fraternise contre, c'est encore ce qui est advenu à la *sororité* contemporaine. Le néologisme aurait été forgé vers 1970 (selon le Robert) pour désigner les groupements de femmes en lutte pour leurs droits, le féminisme s'accommodant mal de l'aîné masculin. Il fut accepté tout au long de la juste guerre menée dans cette décennie pour la contraception, la légalisation de l'avortement, la criminalisation du viol — sans pouvoir masquer, au demeurant (pas plus qu'une version édulcorante de la fraternité), les inégalités de condition entre militantes. Comme de juste, les hommes furent exclus de cette « consœurie » d'avant-garde. Quand les principaux buts de guerre furent atteints, les combattantes s'égaillèrent, reprises par le chacun-pour-soi, et si *sororal* reste dans le dico, *sororité* a disparu de la circulation.

✧

1. Marie-Hélène FROESCHLÉ-CHOPARD, *Dieu pour tous et Dieu pour soi. Histoire des confréries et de leurs images à l'époque moderne*, L'Harmattan, 2006, p. 401.

Dernier constat : *là où il y a du commun et qui dure, il y a du qui surpasse, et si plus rien ne surpasse, il n'y a plus rien de durable ni de commun.*

Ultime illusion : « On n'a plus besoin d'illusion, l'homme d'Occident est devenu adulte, il a conquis son autonomie, enfermons notre solidarité dans les limites de la simple raison. » Celle-ci est déraisonnable, en fait, et dès qu'elle n'est pas d'opérette, peu ou prou mystique. Depuis un millénaire, les Européens n'ont acheté la valeur fraternité avec des actes qu'au service de trois missions qui les dépassaient : la chrétienté, la nation, la révolution. Trois mirages, si l'on veut, mais trois levains dans la pâte. Le point de ralliement et de dépassement — le point d'or en haut de la colline — peut se désigner comme « humanité » à condition que celle-ci soit plus que la somme arithmétique des hommes aujourd'hui sur pied. Quand sociologues ou psychologues s'emparent, seuls maîtres à bord, du lien social, sans faire entrer en ligne de compte les hauteurs symboliques, ils ont toutes les chances de rater la cible, s'il est vrai qu'un entre-nous suppose un hors-de-soi (pas d'*inter* sans *meta*). Cet élément mystique, cet événement monstre, peut prendre place dans la chronologie comme un *par-delà* futuriste ou un *en-deçà* passéiste. Dans le premier cas, on dira idéologie, et dans le second, religion (celle-ci se tournant vers le futur, celle-là vers le passé). Après avoir renoncé à l'au-delà, le XXe siècle s'est enivré de *par-delà*, et voici le retour des *en-deçà*. Changement de portage. C'est le passé qui est devenu radieux, et les hier qui se mettent à chanter. La promesse d'un mieux ayant du plomb dans l'aile, l'avenir tout sec perd sa puissance d'aimantation, et de politiques qu'ils étaient, les élans de fraternité contemporains redeviennent classiquement messianiques — sectes, mouvements charismatiques, évangélismes protestants, orthodoxies juives, confréries islamiques, et, aux États-Unis, religieusement patriotiques.

Axiome d'incomplétude, derechef : si je veux que mon groupe sonne plein, je dois le suspendre à un trou fondateur. D'où le pragmatisme de l'ironie valéryenne : « Que deviendrait l'homme sans le secours de ce qui n'existe pas ? » Et le réalisme de la formule paulinienne : « Frères en Christ ». On ne peut être frères qu'en quelqu'un qui n'est plus ou pas encore (Lincoln, Bouddha, Jésus, Mahomet, la Mère à Auroville, ou le treizième imam) : un objet de croyance et qui ne tombe pas sous le sens. Dès que cet absent idéal fait défaut, le groupe ne fait plus corps mais colle. Le corps s'arrache, la colle stagne. Il faut tenir pour une seule et même chose le fait, pour un individu, de se situer *dans*, *dessous* et *vers*. Incorporé, dédié et en chemin.

✧

(C'est une chose étrange que le dévouement. Surtout quand il est quotidien, anodin, inaperçu. Par exemple, perdre une matinée, quand on travaille par ailleurs dans une administration, un lycée, un atelier et qu'on est très occupé, pour aller chercher quelqu'un qu'on ne connaît pas à l'aéroport. Se lever au milieu de la nuit pour trouver une pharmacie ouverte si cet inconnu tombe malade le

lendemain dans son hôtel. Et ainsi de suite. Et cela, pas une fois, par hasard, mais normalement, avec tous ceux et celles qu'on invite à tel ou tel forum ou rencontre. C'est ainsi que se conduisent, avec les étrangers qu'ils reçoivent à Rome, les membres de la communauté de Sant'Egidio, disponibilité à autrui dont j'ai pu bénéficier lors d'une réunion sur les chrétiens d'Orient qui se déroulait là. Avec d'autant plus d'étonnement qu'ayant organisé, quelques semaines plus tôt, à Paris, sur le même sujet, le même type de manifestation, je n'aurais jamais, moi-même, consenti à me mettre ainsi au service, du matin au soir et du soir au matin, de nos invités et conférenciers. Un institut n'est pas une fraternelle ni une société savante, une communauté militante, ni un échange de vues, une mise en commun des sentiments. L'Université a ses règles de politesse, la fonction publique aussi, mais pas plus ; il y a un budget (minimal) pour rembourser les taxis, et, quand la séance est finie, chacun rentre chez soi. Bonsoir, Monsieur, et merci. Bref, on se donne la peine, cela coûte, mais on fait la part des choses, cela n'engage qu'à moitié.

Sant'Egidio est née à Rome, en 1968, à l'initiative d'un lycéen, Andrea Riccardi, pour donner des cours aux enfants des bidonvilles. Ces laïcs avaient pour sources d'inspiration les premières communautés chrétiennes et François d'Assise. C'est aujourd'hui une fraternité internationale, d'à peu près cinquante mille membres, qui a pour seule règle de demander à ses impétrants d'« arrêter de vivre pour soi-même ». Frères et sœurs romains se retrouvent le soir, chaque jour, été comme hiver, à 20 heures trente, pour une prière communautaire et un forum *sans façon, à la petite église de Sant'Egidio, dans le quartier populaire du Trastevere. Sant'Egidio a servi de « facilitateur » pour mettre fin à quelques guerres civiles, avec succès au Mozambique et au Guatemala, mais aussi en Afrique subsaharienne, et moins fructueusement, hier, en Algérie. Elle milite aujourd'hui pour un moratoire international sur la peine de mort.*

« Dévouement – n. m. (... de dévouer*). (1690). Mod. Action de sacrifier sa vie, ses intérêts (à une personne, à une communauté, à une cause » (*Le Grand Robert*). À ne pas confondre avec dévotion. Les membres de Sant'Egidio se placent sous la parole de l'Évangile, pour l'écouter et la vivre. Elle leur est sacrée. Comme était sacrée la libération de l'apartheid pour les membres de l'ANC sud-africain, l'Irlande indépendante pour les combattants de l'IRA, ou comme la justice sociale, quand les partis de gauche en France ne rassemblaient pas seulement des élus ou des candidats à l'élection, mais pléthore de militants sachant à quoi se consacrer parce que admettant quelque chose au-dessus de leur ego. Individus qui consentaient à s'arrêter peu ou prou de vivre pour eux-mêmes et dont la familiarité et l'hospitalité rappelaient curieusement, tout credo mis à part, l'atmosphère des réunions vespérales du Trastevere, à Rome.)*

✧

Le cela *sous* quoi un *nous* se situe est hors débat. De là un trait commun aux confréries en activité, et qui ne laisse pas d'étonner : ce qui les fait tenir ensemble est tabou, le point de fuite est à fuir. Les tenues du Grand Orient évitent de s'interroger sur le statut et la nature du Grand Architecte, et, dans les monastères, Dieu n'est pas un sujet de conversation. Les religieux au réfectoire rompent le pain en Le remerciant, s'adressent à Lui dans leurs cantiques et leurs offices, mais sur le point d'accroche, point de commentaire. Les militaires se mettent au garde-à-vous devant le drapeau et meurent le cas échéant pour sa défense, mais ne se demandent pas ce que patrie veut dire. Les révolutionnaires entre eux sont d'accord pour ne jamais ouvrir la boîte noire « révolution ». Ce qui va sans dire s'arrêterait net en le disant. Silence autoprotecteur. S'il faut une absence pour faire du consistant, il n'est pas de l'intérêt d'un *nous* dynamique de chercher à remplir le vide sommital qui le fait marcher. Dans le Temple de Jérusalem, au grand étonnement de Pompée lorsqu'il y fit effraction, le saint des saints était une pièce vide, interdite d'accès. Quand on a la foi, on se garde d'ouvrir le tabernacle.

Flaubert, encore lui — décidément, les romanciers, on ne la leur fait pas —, a noirci le tableau tout en mettant dans le mille : « C'est une chose curieuse comme l'humanité, à mesure qu'elle se fait autolâtre, devient stupide. Les inepties qui excitent maintenant son enthousiasme compensent par leur quantité le peu d'inepties sérieuses, devant lesquelles elle se prosternait jadis [...]. L'adoration de l'humanité pour elle-même et par elle-même, ce culte du ventre engendre du vent » (lettre à Louise Colet, Croisset, 27 mai 1853).

La fraternité, en somme ? Une aporie nécessaire. L'ironie de son histoire, en termes triviaux : des pratiques « de droite » pour une valeur « de gauche » (alors que, pour tourner à droite, nos opposants ont coutume de mettre la flèche à gauche). La doctrine recommande : amour, paix, mansuétude et du plaisir pour tous. L'exercice répond : hiérarchie, exclusives, discipline, frontières. De ce sulfureux porte-à-faux, comment se débrouiller aujourd'hui ?

XV

Garde-fous

Rassemblement !
Contre les gardiens, les punaises, les poux,
Les vexations, la faim, les coups,
Les déceptions, les arrêts
Et cette odeur de mort
Qui sort du lazaret.
Rassemblement dans l'égalité du costume
Et du tutoiement,
Dans la profonde fraternité de la prison,
Frères !
Frères de misère et de passion,
Frères de souffrance et d'espérance.

Abbé Armand VALLÉE,
aumônier militaire,
mort à Mauthausen en avril 1945.

Une feuille de route aux frères humains qui après nous viendront ? Restons sérieux. Alors, rentrer à la maison sans demander son reste, au motif que là où la faim et les coups se font la belle, là s'arrêtent les royaumes fraternels ? Parce que nos vieux pays désabusés seraient en mal de convictions, dégrisés de leurs folies, sans grande querelle à soutenir, ne resterait qu'à rétrocéder la clausule oratoire aux salons d'apparat, aux Nations unies, aux coupes de France électorales ? Ce serait jeter le manche après la cognée.

Un cas difficile, l'Hexagone. Sous l'angle ethnique, le terrain est favorable, de par la présence d'une structure familiale égalitaire (les enfants égaux devant l'héritage), et l'on sait que, sans égalité, entre hommes et femmes et entre races, rien n'est possible[1]. Sous l'angle politique, l'État autoritaire et centralisé n'est pas un idéal, ni non plus un obstacle irrémissible. La fraternité fait bien partie de notre fonds culturel — plus que de l'anglo-saxon, où elle reste un exotisme d'inspira-

1. Emmanuel Todd, *La Diversité du monde*, Éd. du Seuil, 1999.

tion Quaker, même si la ville fondée par William Penn sur les bords de la rivière Delaware s'appelle Philadelphia (en grec « l'amie de la fraternité »). Sous l'angle symbolique, qui est le plus décisif, le tableau est critique : excès de fraternités minuscules, de type communautaire, et déficit de Fraternité majuscule, intégrant les premières. Ceci expliquant cela. La France ressemble à un vaisseau de cathédrale désaffecté dont le chœur s'est écroulé, mais à laquelle on ne cesserait d'ajouter, sur les collatéraux, chapelles et diverticules. Le problème n'est pas qu'il y ait trop de sous-ensembles dans la nef, mais qu'on ne trouve plus, faute d'une clé de voûte, l'ensemble de ces ensembles (qui ne saurait en être un parmi d'autres). C'est l'inflation fraternitaire, avec la multiplication des « lois compassionnelles » (Robert Badinter) pour chaque communauté, les commémorations accumulées et l'éclatement du roman national. Émiettement par désacralisation, effet d'un défaut d'ordonnée fédératrice, compensé par un prurit de moraline. Les États-Unis le restent, avec des communautés en arcs-boutants, par la vertu de leur verticale, qui est un Dieu confédéral. La France est en abscisse. Son histoire l'oblige à placer son point de fuite à l'horizontale, à même le temps, alors que les religions de l'Histoire sont mises au rebut. Cherchons soleil levant pour orienter la nef.

Notre machine à faire de l'indivis est tombée en panne. Tout est lutte de chiffonniers, défense du bout de trottoir, couverture tirée à soi, à hue et à dia. Le défaut de débouché avant — le Meccano européen, utopie bureaucratique, ayant échoué à cristalliser en mythe de convocation populaire — libère une gerbe d'identités catégorielles qu'aucune lueur au bout du tunnel ne fait converger. À qui confier la fiction unificatrice ? À l'historien ? Il ne fabrique plus de l'avenir — et s'en voudrait d'être chargé de la vengeance des peuples ; c'est un chercheur pointu et scrupuleux, professionnellement rétif aux héros, pages glorieuses et champs d'honneur. L'ancienne « science sacrée », parce que science, démystifie et concentre son énergie sur la défense de son indépendance face aux empiétements législatifs, en rappelant à la République que sa grandeur est de n'avoir pas de doctrine officielle. Au politique ? Il se pense en commercial. Il ajuste au jour le jour l'offre à la demande, et au lieu de prendre de la hauteur et du champ, tente de coller de son mieux aux sondages et aux clientèles. Au tout-économie ? Il fonctionne par construction à la concurrence et au croche-pied. La gestion du fonds symbolique est devenue orpheline. Il y a une fête de l'Europe le 9 mai. Quel Européen est au courant ? Le 8 mai va glorifier la ROC, et non plus la chute du nazisme. Et le 10 commémore l'abolition de l'esclavage. Trop de symboles tuent le symbole.

Que faire pour préserver un tissu conjonctif, sinon dégager une juste fraternité, prudentielle, par intérim en quelque sorte, sans visées totalisantes ni brimades pour le libre arbitre ? À tout le moins, essayer d'infléchir notre je-m'en-foutisme au moyen de trois légères pénitences : un effort d'humilité, pour réapprendre *les* mondes ; un effort de patience, pour réapprendre le temps ; et un effort d'abnégation, pour réapprendre rites et frontières, qui ont partie liée.

✧

Une humanité plurielle. La vie en société est faite de malentendus qu'elle n'a pas intérêt à lever. Celui auquel donne lieu le *peuple* mériterait de faire exception à la règle. « Le gouvernement du peuple, par le peuple et pour le peuple », et « donner la parole au peuple » ? Excellent. Comme les religieux préfèrent le *quomodo* au *quid*, les démocrates s'entendent à ne pas sonder le maître mot (nos excellents *Dictionnaires critiques*, tant de la Révolution que de la République, n'ont pas d'entrée pour *peuple*). Cela va de soi, pourquoi creuser? Pourtant, il y a deux réalités sous ce vocable, que le grec distinguait à bon escient. Il y a le *demos* et l'*ethnos*. L'*ethnos*, c'est une certaine communauté de langue, de mémoire et de mœurs, un groupe coutumier par opposition à d'autres, un milieu incubateur qui dépose sur chacun sa forme empreinte, indélébile. Le *demos*, c'est le peuple par opposition aux puissants, aux chefs, au roi, luttant pour sa souveraineté, et auquel tout étranger généreux peut s'identifier. Le *demos* n'a pas de génie : ni langue propre ni religion ni modèle familial ni costume traditionnel. L'*ethnos* en a un : c'est un entrelacs énigmatique d'imaginaire et de trivial, de secrets de famille, d'ententes à mi-mots et de petits plats maison. Une singularité différentielle engendrée par le temps. Elle a une frontière, et pas de jumeau. C'est une catégorie culturelle. Le *demos* renvoie à un système de gouvernement qui prévient l'arbitraire, formule élastique, partout valide, intemporelle. C'est une catégorie politique. Il y a donc l'idiome, et il y a l'espéranto. Ce n'est pas parce que d'imbéciles mystiques — racisme, fascisme, nationalisme — se sont emparées de l'*ethnos* que ce n'est pas un agent dormant qui ne dort que d'un œil. Et ce n'est pas parce que le *demos* alimente phraséologies et plans sur la comète que c'est une chimère, et non un acquis décisif. Les délires sont imbéciles, non ce qui fait délirer. Quand l'Histoire et le code s'amalgament l'un à l'autre, s'oblitère le caractère ethnique de maintes démocraties, avec leurs citoyens de première et deuxième classe (turcs en Bulgarie, grecs en Turquie, hongrois en Roumanie, arabes en Israël). Les minorités nationales ou religieuses de ces pays s'en font une idée moins avantageuse que nous, qui les voyons du dehors. Et s'escamote du même coup l'ambiguïté d'une « croisade pour la démocratie » lancée par les donneurs d'ordres mondiaux. Elle peut signifier : étendre jusqu'aux confins la liberté de vote, d'expression et de conscience, avec l'économie de marché, mais aussi faire désirer par le monde entier la langue anglaise, l'évangélisme protestant, le pop-corn, le western, la *common law*, et tous les traits de l'*american way of life* constitutifs de l'*ethnos* états-unien. Les réfractaires nationalistes, avec ou sans religion, disent que l'appel au *demos* n'est qu'une ruse pour l'expansion d'un *ethnos* étranger au leur, et les libéraux interventionnistes, en mal de leadership, que les bénéfices de la première opération, décisive, compensent amplement les inconvénients de la seconde, folklorique. Cela se discute ici et là.

Au bord opposé, l'amalgame des deux visages du Janus *peuple* ne réserve pas moins de réveils amers. Les révolutions populaires commencent par mettre le *demos* à la fête, jusqu'à ce que l'*ethnos*, oublié dans l'élan, les rattrape à mi-course. Le moment Trotski s'adresse à tous les opprimés (les républicains n'ont pas de patrie — les prolétaires non plus). Et le moment Staline s'adresse aux « gens d'ici ». Après le « venez donc chez nous », le « vous, là-bas, et nous, ici ». On voulait changer la vie, on sauvera les meubles. Fin de partie. Les deux premières années de notre grande Révolution virent affluer à Paris Anglais, Prussiens, Hollandais, Espagnols. Deux ans plus tard, il leur est signifié que, pour pouvoir prêter serment sans prostituer la sainteté du geste, il faut d'abord être patriote, ce qu'un étranger ne saurait être. Ce sont les mêmes champions de la Fraternité qui, en juillet 1794, mettent un terme à l'extension des banquets civiques ou fraternels. Robespierre : « La fraternité est l'union des cœurs, c'est l'union des principes : le patriote ne peut s'allier qu'à un patriote. [...] Lorsqu'un peuple a établi sa liberté et sa tranquillité sur des lois sages, lorsque ses ennemis sont réduits à l'impuissance de lui nuire, le moment de la fraternité est arrivé ; mais tant qu'il existe des ennemis de la liberté, que les aristocrates fraternisent entre eux et les patriotes avec les patriotes [...], jamais la fraternité ne peut exister que pour les amis de la vertu. » La trajectoire de Thomas Paine (1737-1809) a valeur d'allégorie. L'auteur anglo-américain du *Sens commun* (Philadelphie, 1776) et des *Droits de l'homme* (*The Rights of Man*, Londres, 1791), pour qui « la cause du peuple français est celle de toute l'Europe, ou plutôt celle du monde entier », arrivé à Paris avant la prise de la Bastille, est salué partout de vivats. Le « héros des deux mondes », La Fayette, prend sous son aile le « grand Américain ». Il est fait citoyen d'honneur, élu à la Convention. Incarcéré à la prison du Luxembourg, il n'échappera à la guillotine que par miracle.

✧

(Des Boliviens maugréent dans les coins. Dans le campement surnommé El Oso, *les Cubains commandent. Ils en ont un peu assez. Trop d'étrangers. Pas l'habitude. La Bolivie est un pays fermé, sans débouchés à la mer, et le sud-est du pays est isolé de tout. Le Che qui rentre, épuisé, d'une interminable exploration, assiste de loin à une petite altercation. Il convoque tous les présents et s'adresse en particulier aux gens du cru (qui ont à leur tête Inti, totalement acquis, formé à Cuba). Il y va assez durement, dans la forme, mais non sur le fond. Il répète que les internationalistes ne sont là qu'à titre de détonateurs, pour aider, non supplanter. Leur rôle est d'entraîner, et de toute façon, le moment venu, ils iront ailleurs. Ce sera aux Boliviens de s'en occuper, de la Bolivie, une fois libérée. « Non, rectifie-t-il, même pas le détonateur, l'amorce, le fulminate de mercure qui ne sert qu'à la mise à feu. À Cuba, en arrivant, j'étais argentin. Je suis devenu cubain, mais je suis d'abord latino-américain, comme vous. Nous sommes tous pareils, dans la même lutte. » Le calme revient, mais le malaise n'a pas disparu. Deux hommes désertent. Ne se sentant pas vraiment chez eux. Les communistes boliviens, plus boliviens que communistes, ne se rallient pas. Ils veulent même retirer leurs camarades de l'affaire (qui refusent).*

L'après-midi, de 4 à 6 heures, il y avait instruction. El Rubio, Alejandro, Cubains, parlaient d'histoire et d'économie politique. « Et vous, il vous faudrait des rudiments de quechua », leur lance le frère d'Inti, gentiment. À quoi bon d'ailleurs ? Dans la région, c'est le guarani. Les rares paysans comprennent mal l'espagnol. Et puis, « Boliviens », c'est vite dit. Il y a les « Kambas » provenant du Beni, la région de Santa Cruz, et les « Kollas », les Indiens des hauts plateaux. Déjà deux mondes dans le même monde. C'est après coup, dans la mémoire collective, que se sont effacés ces clivages, ces tensions entre nationaux. Tant mieux, priorité à la légende. Reste que, sur le moment, dans ce petit groupe résolu perdu au milieu de la jungle, les liens entre compadres, *les « pays », natifs d'ici ou bien de là, faisaient de sensibles lignes de faille. Ineffaçables sous le credo internationaliste. Bolivie, mars 1967.)*

✧

Après deux siècles et plus de dégrisement, sous la neige et sous les palmiers, force est d'admettre que l'espérance humaniste a un cœur, oui, mais à deux temps, comme les autres, systole et diastole. Dissocier le temps de la dilatation, ou le moment Trotski, du temps de la contraction, ou le moment Staline, relève désormais du mensonge. Chaque apocalypse de la fraternité électrise et enfièvre à la ronde. Les volontaires affluent, tous « frères dans l'ordre mendiant de la Révolution ». Aucun autochtone ne voit ces francs-tireurs comme des intrus. Ce sont des camarades. Quelques années passent, quelques mois : les internationalistes recouvrent leur nationalité ; le pouvoir les met prudemment de côté ; sont-ils vraiment fiables ? Sont-ils vraiment acceptés par les nôtres ? N'y a-t-il pas des espions parmi eux ? Et que peuvent-ils comprendre à ce que *nous* sommes, voulons et faisons ? Alors, les pieds-rouges, en Algérie, refluent en France ; les brigades internationales, en Espagne, sont dissoutes ; les conseillers soviétiques, en Chine, reviennent chez eux ; et les milliers de *Latinos* qui ont débarqué à La Havane, vers 1960, et qui, pleins d'abnégation, se sont mis au service de l'homme nouveau, se retrouvent dix ans plus tard « débranchés ». Il est d'usage de dire que les meneurs ne sont pas dignes des peuples qu'ils conduisent. Cette parade console, mais qu'en est-il vraiment ? Le plombier polonais n'est pas le bienvenu chez ses homologues de l'autre côté de la frontière, et, malgré les belles paroles, la xénophobie est toujours plus vive en bas qu'en haut de l'échelle. Aucun *ethnos*, tel Monsieur Perrichon avec son gendre, n'aime à se souvenir de ce qu'il doit aux autres. Les Français, Anglais, Allemands venus s'enrôler dans les armées et la marine de Simón Bolívar n'ont pas leur place dans les manuels d'histoire latino-américains. Garibaldi s'est battu pour la France en 1870, et victorieusement, mais ce n'est pas à ce titre qu'il y a à Nice un boulevard à son nom. Combien de Parisiens savent que les premiers chars qui sont arrivés à l'Hôtel de Ville, le 26 août 1944, avaient pour équipages des républicains espagnols ? Les Juifs polonais de la MOI (Main-d'œuvre immigrée) n'ont pas défrayé les récits de Résistance (les communistes y ont veillé eux-mêmes dès

1945). Il y a une place Maurice-Audin à Alger, en plein centre, du nom de ce jeune mathématicien communiste français arrêté et assassiné en 1957 par l'armée française. Les plaques sont tombées, et les boutiquiers du lieu, comme les passants, ne savent plus de qui il s'agit. L'ingratitude des princes n'a d'égale que celle des peuples.

Idéaliste, la morale démocratique se réclame du peuple, au sens *demos*. Empiriste, l'éthique conservatrice, au sens *ethnos*. Le « peuple », chaque bord en a sa part et aucun ne l'a tout entier. Ce dédoublement de la personnalité hante chaque nation (autre valise à double fond, ethnolinguistique et civique). Il dessine, au sein d'une même allégeance, deux sensibilités ou lignées[1]. Nous avons tous deux bras, mais il y a des gauchers et des droitiers. Et selon qu'on sera *demos* ou *ethnos*, rouge ou blanc, clérical ou radical, on ne se donnera pas les mêmes ancêtres. Car si nul ne choisit ses parents, chacun se compose mentalement un arbre généalogique. Le Français selon Jeanne d'Arc n'habite pas tout à fait le même pays que le Français selon Valmy. Le Juif selon Jacob, l'ancêtre des douze tribus, a une autre vision d'Israël, plutôt génétique, que le Juif selon Abraham ou Moïse — plutôt vocationnelle. Les partisans d'un droit transhistorique et transnational peuvent traiter les peuples comme des populations, en négligeant l'*ethnos*. Leurs adversaires, pour qui les droits de l'homme sont la

1. J'ai tenté de les distinguer naguère en précisant les tempéraments respectifs du démocrate et du républicain. Des esprits sommaires ont affecté d'y voir une opposition d'essence entre république et démocratie. Cela fait de profitables, mais d'inutiles, voire grotesques, bisbilles.

façon qu'a trouvée l'Occident de s'occuper de ce qui ne le regarde pas, peuvent brimer leur population, ou la pressuriser, au nom du peuple (en négligeant le *demos*). Chaque mouvance a son *hubris*, qui la mène à sa perte. L'intégrisme islamique, l'hindouisme militant, le souverainisme *han* sont les inflammations contemporaines de l'*ethnos*. Le démocratisme doctrinaire et colonial qui avilit sous couleur d'éduquer, et bombarde sous couleur d'émanciper, c'est la présomption du *demos*. « Quand on dit que la France conquiert une colonie nouvelle, cela signifie que la démocratie française prend en charge un peuple nouveau », disait-on au siècle dernier. « Les conquêtes coloniales sont favorables au progrès de la civilisation », notait tranquillement un manuel scolaire (1912). De la civilisation, ou bien de l'*ethnos* français surimposé à d'autres en position de faiblesse ? Pour avoir des élections libres, aujourd'hui, tous les peuples du monde doivent-ils devenir américains, clones ou chaouchs ?

Comment recoller les moitiés, réajuster les deux versants ? En tordant le bâton dans l'autre sens, pour le remettre droit. Dans quel sens ? Dans le sens contraire à celui qui prévaut ici et maintenant. Le confrère de Bombay ou de Pékin forcera à raison la note sur l'universalité des droits fondamentaux. Le confrère de Paris et de New York rappellera aux siens tout ce qu'il y a d'ethnique dans leurs idéaux sans frontières et que, si l'humanité est une, c'est comme une coalition de différences toujours en mouvement. Il demandera que chaque juriste soit flanqué d'un ethnologue, et chaque humanitaire d'un historien. Il eût rappelé à Victor Hugo que les États-

Unis d'Europe dont il rêvait n'étaient qu'une France en plus grand (avec Paris pour capitale). À Lénine, que la République mondiale des Soviets était une Russie élargie aux cinq continents. Et que le nouvel ordre international naguère conçu à Washington ressemblait fort à un village global états-unien. Pour la double tâche à l'ordre du jour — « assurer l'universel, réveiller le singulier » (Jean Malaurie) —, il faut accepter de partager l'eau et le sel de la terre. La cause externe ne peut agir que par la cause interne. N'intervenir que là où l'on est demandé, impliquer les voisins, écouter, composer. Ne pas se substituer aux seuls acteurs efficaces et de droit, ceux du dedans, les mieux à même de tirer l'*ethnos* vers le *demos*.

✧

Réapprendre le temps et sa patience. « Jouer la carte jeune » expose à n'être débrouillard qu'à moitié, en s'inspirant du technicisme américain et des nouvelles mises en réseau, mais non du culte américain des ancêtres et des rituels. Le lien de fraternité n'est pas de coexistence, mais de succession. C'est une solidarité dans l'instant permise par la chaîne des générations. Par une mémoire partagée, et des sites sacralisés. Encore faut-il avoir une idée des chronologies, et de là d'où l'on vient. Les ados afro-américains de Chicago sont frères en tant qu'enfants de Martin Luther King, qu'ils n'ont jamais vu, et légataires d'un combat pour les droits civiques, qu'ils n'ont pas mené, mais qui leur a été transmis par la *school* et la *church*. Ce qui fait d'un ghetto ethnique une communauté fraternelle, ce n'est pas la couleur de la peau, c'est d'abord une association de quartier, et ensuite le fait d'aller à l'école, à l'église du coin, chez la grand-mère, partout où se contracte une dette imaginaire envers un passé qui passe sans passer, réalité faite légende. Si l'humanité peut être conçue comme un seul peuple, selon les vœux d'Auguste Comte, c'est parce qu'elle a de la profondeur de temps, et qu'elle l'assume. Quel lien peut-il se nouer entre des gens qui ne se racontent plus d'histoires, parce qu'ils mettent tous leurs verbes au futur ? « Ce soir, lance Barack Obama (47 ans) dans son meeting de remerciements à Chicago, le 4 novembre 2008, je pense à cette femme qui a voté à Atlanta. Elle ressemble beaucoup aux millions d'autres qui ont fait la queue pour faire entendre leur voix dans cette élection, à un point près : Ann Nixon Cooper a 106 ans. Elle est d'une génération née juste après l'esclavage, à une époque où quelqu'un comme elle ne pouvait pas voter pour deux raisons : parce que c'était une femme et à cause de la couleur de sa peau. Et ce soir je pense à tout ce qu'elle a vu à travers le siècle aux États-Unis [...]. » Légendes. Douleurs. Avanies. Fierté. Il n'y a pas de coude à coude là où, jeunisme oblige, les générations naissent sous X.

Les peuples comme les individus étant composés d'autant de morts que de vivants, comment respecter les vivants si l'on n'est pas le petit frère des morts ? Les communautés qui survivent sont transtemporelles. « Vous êtes combien ici, mon Père ? » demande le visiteur d'un couvent. « Deux mille, répond le moine orthodoxe. — Comment cela ? Je ne vois qu'une dizaine de frères autour de vous. » Le moine sans répondre conduit le visiteur à l'ossuaire non loin. « Et ceux-là, vous les avez oubliés ? » C'est tout l'avantage d'une identité imaginaire — et c'est la supériorité des personnes morales sur les personnes physiques. Semblable à ces déesses de pierre au front paré de couronnes murales qui personnifient les villes de France place de la Concorde, un individu supra-personnel a le privilège de ne pas mourir. Le roi se meurt, le royaume perdure. Un peuple aussi a deux corps, le physique et le symbolique. Le singulier collectif inclut les générations d'hier et de demain, et répare la brièveté des organismes individuels par cette version profane et stratégique de la communion des saints. Le développement durable sera bien éphémère s'il n'est fléché que vers l'avant, s'il oublie ses arrières (d'autant qu'à un plus d'innovation technique, qui déracine, correspond régulièrement un plus d'enracinement ethnique, comme si chaque appartenance avait son thermostat).

Problème : la nation symbolique, handicapée médiatique, traîne la jambe. Les révolutions européennes de 1848, contagion fraternitaire, sont connues comme « le printemps des peuples ». Aucun monstre sacré n'a donné son nom à la fête. Les protagonistes étaient les nations elles-mêmes. La rue parisienne se mobilisait, pleurait, s'enthousiasmait pour ces héros d'épopée, ces créatures poétiques qu'étaient la Pologne, la Grèce, l'Irlande. Ces vedettes ont disparu de la scène pour beaucoup de motifs, dont le premier est trop bête pour retenir l'attention des grands esprits : un peuple, ça ne tient pas dans le cadre. Même en plan large. Ça ne passe pas à l'écran.

Bref, en vidéosphère, la profondeur de temps ne « sort » pas. Rendement zéro. Et ce qu'on ne peut voir de ses yeux (chaque médiasphère son préjugé) n'a pas de réalité. Les peuples, à l'âge littéraire, étaient comme des stars ; les stars, télé et prix Nobel aidant, sont devenues nos peuples. Ce sont les icônes par l'info sélectionnées qui mobilisent et nous mettent en colère. Une par nation, si possible, cela simplifie. Occidentaux, nous pouvons mettre un visage, emblématique — la victime exemplaire —, sur la Birmanie, l'Iran, la Somalie, la Colombie, le Bangladesh, l'Afrique du Sud, etc. Qui incarne et personnifie concentre sur lui l'attention disponible, un peu comme dans les villes d'art les monuments classés et célébrés par le *Guide bleu* empêchent le touriste de baguenauder alentour pour humer l'air des faubourgs. Plus la population augmente, plus les peuples rétrécissent, absorbés de loin par leurs illustres délégués, qu'ils nous ont d'ailleurs assez rarement délégués eux-mêmes. D'où nos surprises, en découvrant, à la faveur d'une élection ou d'une révolution, que le chah et Farah Diba, façon de parler, n'étaient pas exactement l'Iran...

Longue durée et solidarité marchent main dans la main, et la fin de la conscience historique les menace tout uniment. Nos appareillages nous donnent une telle maîtrise de l'étendue (les distances nous deviennent indifférentes) que nous désapprenons à voyager dans le temps (le moindre délai nous est insupportable). Je déserte mon histoire et fais le tour de la terre. C'est la ligne de plus forte pente. Allant cent fois plus vite de Paris à New York qu'il y a cent ans, je n'ai rien gagné sur le temps de lecture de *Guerre et paix*, et la pilule à apprendre le russe ou l'anglais n'est pas pour demain. Il y aura une cyberfraternité. Elle naît sous nos doigts et nos yeux. Mais bien désinvolte l'optimisme qui attendrait des dispositifs techniques de l'ubiquité qu'ils nous dispensent des armatures institutionnelles de la continuité[1].

Qui dit fraternité dit filiation choisie — non contemporaine. Cette génération-là n'est pas un engendrement spontané ni d'ailleurs très raisonnable. Je ne descends pas naturellement d'Abraham. Ni du Prophète. Ni d'Ann Nixon Cooper. « Penché sur le gouffre où la patrie a roulé, je suis son fils qui l'appelle. [...] Ah, mère, tels que nous sommes, nous voici pour vous servir » (de Gaulle). Adoption autosuggestive suspendue à quelque chose de fantastique et à quelques délires lyriques appris à l'école primaire (peut-être pas du meilleur goût). Ainsi mon passé me fait-il obligation de lui donner un avenir à sa mesure. La filiation à la Terre mère peut-elle nous délivrer une carte d'identité planétaire ? Que tous les hommes se doivent entraide en tant que passagers du vaisseau terrestre — c'est la prise de conscience écologique. Elle est irréversible. Que cette solidarité réfléchie, objective comme un intérêt bien compris, puisse se transformer un jour en fraternité vécue pose la question de l'identité narrative du globe. Peut-il avoir sa *Chanson de Roland*, ses sagas, ses saints de vitrail, son Whitman ou sa Bhagavad-Gita ? Le

1. Sur ce sujet éminemment contemporain, le *nous* numérique, *voir* le numéro double 20-21 de *Médium*, « Communautés », été 2009.

problème est qu'il ne se raconte qu'aux géologues, par tectonique des plaques interposée. Il faudrait scénariser quinze milliards d'années, raconter les atomes de carbone, les météorites, l'oxygène, puis les organisations de vie, les bactéries, les algues, la photosynthèse... Le mutisme de l'écosphère fait obstacle à la formation d'une communauté de destin réellement vécue, c'est-à-dire d'une communauté imaginaire. Rêvons d'un tour de la planète par deux enfants, qui pourraient se dire, comme jadis leurs aînés du Tour de France, « qu'enfants d'une même terre, ils doivent s'aimer et se soutenir comme les enfants d'une même mère »...

✧

Réapprendre les rites. En dehors des conflits armés, des coupes du monde et des soirées électorales, ce sont nos *agents de liaison*, par temps de paix. En disposant les corps dans l'espace autour d'un point de mire — statue, autel, pupitre, tribune, estrade —, ils donnent figure au *e pluribus unum* (la devise américaine). Cela répare la brigue et l'intrigue, abolit les kilomètres et neutralise l'effet déprimant des diasporas. Ces rassemblements remboîtent l'isolé et ressourcent l'amnésique. La fête du Printemps chinoise (le premier jour du premier mois du calendrier humain) permet à toutes les communautés chinoises d'outre-mer, où qu'elles soient, de resserrer les rangs à distance, rien qu'en brûlant un bâton d'encens devant un petit bouddha laqué d'or, entre une coupe de fruits et un forsythia. La fête des Guerriers, qui célèbre la victoire des frères Pandava, non sans l'aide de Krishna, sur leurs cousins, les méchants Kaurava — un épisode du *Mahabharata* —, retisse les liens entre tous les Hindous éparpillés sur la planète, et d'abord dans le sous-continent (un milliard d'hommes, dix-huit langues officielles). Yom Kippour met New York et Paris à l'unisson de Jérusalem, et le Ramadan rend visible, à la face du monde et d'abord pour chaque jeûneur, la fraternité musulmane. Le Ramadan brime le corps, ralentit le temps, mais raffermit le *nous*. Ne rions pas trop vite du *bagadou* breton, de l'*ostension* des Limousins, de la *ducasse* des Ch'tis. Et demandons-nous ce que nous avons gagné, à l'école, avec la disparition du tableau d'honneur et de la distribution des prix au début de juillet. Croit-on que les universités anglo-saxonnes auraient un aussi vaste pouvoir d'attraction (elles ont aussi leurs boursiers) sans la cérémonieuse *graduation*, avec les nouveaux diplômés en toge, portant mortier, écharpe et cordelettes, et faisant procession avec musique classique et morceau d'éloquence à la fin ? On retrouve ces photos encadrées dans tous les salons de la planète. Elles rendent fiers les diplômés et leur famille.

L'association par affinité a plus besoin que les autres de cérémonials. Mais c'est là où ils font le plus défaut qu'ils retiennent le moins. Trop prévisible est le rendez-vous collectif, sereine et ponctuelle banalité où l'improvisation a peu de place. L'information étant l'inverse d'une probabilité d'apparition, le rituel, qu'il soit à date fixe ou mobile, est trop attendu pour faire « événement ». Et la multitude décourage la personnalisation exigée par les médias. Le miracle du rituel, c'est précisément le caractère interchangeable des officiants. La valeur d'un sacrement ne dépend pas de la notoriété ni de la personnalité du desservant, il agit *ex opere operato*, et non *intuitu personae* ; et peu importe si c'est une buse qui ranime la flamme sous l'arc de triomphe, pourvu qu'il ait, ce pied-plat, de par son titre ou sa fonction, qualité à le faire. Son moi n'est qu'un *nous* personnalisé. Les industries du narcissisme ne trouvent pas leur compte à cette sorte d'anonymat. Est-il possible de dire non à l'audimat, un jour ou deux dans l'année ?

Un rituel s'étiole en simagrée quand la mémoire défaille. C'est paradoxalement quand il perd son épaisseur de mystère et que son sens devient par trop lisible qu'il tourne au simulacre. Ce qui menace les frères en sandales quand, perdant son latin, la messe laisse à découvert la minceur des paroles sacramentelles et le nunuche de certains chants. Et plus encore les frères à tablier, personnes sociables et tolérantes, mais privées d'anges, de saints intercesseurs et pire que tout, de diable. Leur symbolique souffre peut-être d'un excès de lisibilité et d'un manque de rébus. Elle est intemporelle et peu figurative. Il y a tradition dès lors qu'un individu peut s'en réclamer pour dénoncer l'état présent des choses (y compris dans son obédience), et ces rituels francs-maçons, en ce sens, font tradition. Celle-ci gagne cependant à s'étoffer d'une histoire, avec noms propres et rebondissements, qui puisse se dérouler en fresque et en bande dessinée, comme le récit juif, bouddhiste ou chrétien. Là où tout s'explique par avance, la synchronie d'un système de pensée — héritage des Lumières — l'emporte sur le fil romanesque, sur l'épopée à péripéties racontable en figures. Les secrets maçonniques souffrent-ils d'un excès du Verbe sur la Chair pour pouvoir accéder au pathos des grands accroche-cœur? Les principes déclarés « capitaux » transpirent pourtant à même la disposition spatiale du temple : rectangle allongé à fond semi-circulaire, surélevé de trois marches et tourné vers l'orient; le pavé en mosaïque noir et blanc; le bleu des murs; le cordon en frise, semé de nœuds et terminé par une houppe dentelée; l'étoile à cinq branches; la colonne de Midi et celle du Nord; le triangle équilatéral lumineux avec l'œil au milieu surplombant la place du Vénérable : le discours est dans le décor, mais le décor n'a rien de baroque. Réglés par le maître des cérémonies, les « travaux » — introduction des visiteurs et des dignitaires de l'ordre, chaîne d'union, rituels d'initiation du récipiendaire, voyages initiatiques dans l'enceinte, passage sous le bandeau, etc. — « parlent » mieux que l'architecture, mais peut-être encore trop bien.

✧

Réapprendre les frontières. Pourquoi craindre ce qui marque et démarque? Les rites de passage flanchent s'il n'y a plus de seuil à franchir, sans marches à monter ou descendre. Il faut se situer dans l'espace pour se situer dans le temps, par un contact avec des lieux vivifiants et densifiants. Mais comment se donner des *lieux* si le dieu Terme (dieu romain de la frontière, d'où vient notre *terminus*) devient un méchant diable? Le tout-marchandise a pour air favori le plain-pied et « la société de l'accès ». Plus de jour chômé dans la semaine, pas de relâche pour les hypermarchés, que le dimanche soit un jour de consommation comme un autre. Mais le dimanche fait de la résistance, et, jour du Seigneur ou pas, il fait bien. « Le dimanche, c'est sacré », le roulis des jours requiert son cap et ses repères. Les rites d'incorporation sont de même stigmatisés comme des adoubements féodaux. Ils créeraient autant de « corps séparés du commun par une différence de nature ou d'essence, à la façon de l'ancienne noblesse » (Bourdieu). Outre qu'une différence de fonction ou d'affinités n'a rien d'ontologique, on n'a encore jamais vu, sauf à croire au Saint-Esprit, un esprit sans corps. Et ce qui distingue un corps d'une chose, c'est que le premier a un dedans et un dehors, avec un filtre entre les deux. Ce tégument n'est pas une carapace étanche, c'est une surface d'échange, une interface poreuse, comme la frontière entre deux pays est faite pour être traversée. La membrane refoule et pompe, protège et aspire. Nous avons vu tout ce qu'un sacré, cette ruse du vivant, doit à ses seuils et ses enceintes. Chaque *nous* aussi a besoin d'avoir ses signes de reconnaissance, à titre de défenses immunitaires. Cela facilite la lutte contre l'apartheid, qui est à la frontière ce qu'est le veau à deux têtes à celui de nos prés.

Une politique de la ville doit à l'évidence s'opposer à la ségrégation des laissés-pour-compte et à la sécession des riches. Nous n'avons pas à copier sur ce point. Dix millions de Nord-Américains se parquent déjà dans des *gated communities*, forteresses pour classes aisées aspirant à vivre en autarcie, et décriant tout ce qui est public. Notre tradition civique n'est pas celle du ghetto : l'espace national est un bien indivis, où la liberté d'aller et venir doit être préservée. La mixité sociale ne veut pas dire pour autant : passons la tondeuse, nivelons, homogénéisons. La disparition des « passages » entre quartiers ou des « entrées » de villes (où grafs et tags se ressemblent tous), qui dégrade les cités en agglomérations, aurait-elle rendu nos villes plus chaleureuses ? Un lieu devient démocratique quand ses habitants peuvent s'y reconnaître et s'y identifier, par quelque signe ostensible de connivence, ne serait-ce qu'un numéro de plaque minéralogique. Ces différentiels peuvent s'emboîter, se superposer, se chevaucher, à condition de ne pas s'aplanir en espaces de gestion standard. La déterritorialisation des individus comme le zonage du territoire ne servent pas l'efflorescence du *nous*. Bienvenu le découpage en communes, en pays, en départements, en régions — dont le chaînage, bien sûr, exige comme englobant un imaginaire national en état de marche, encastré lui-même dans une symbolique européenne en pointillé. Tout ce qui fait seuil ou sas n'est pas destructeur, et tout ce qui lisse et efface n'est pas salvateur. Sans un cadastre, quelle commune ne deviendrait pas un champ de bataille ? La planète fluide et conviviale que nous fait miroiter ce leurre déceptif, *moderniser*, sans grottes obscures ni lieux interdits, sans secret ni dimanche, nettoyée de ses hymnes nationaux, statues équestres et monuments aux morts avancera avec le marcheur. Tous les paradis sont perdus, mais celui de l'hypermoderne — un jardin auto-entretenu et sans portail d'entrée — est un pari perdu d'avance. Il pourrait même ressembler assez vite à un coupe-gorge planétaire, le tohu-bohu d'avant la Genèse.

Les contraintes du faire-corps ont une banalité vexatoire pour le roseau pensant (même si l'observateur peut trouver une certaine jouissance masochiste, un orgueil à l'envers, à identifier les humiliations que le *nous* impose au *moi*). Aussi ne manque-t-il pas d'esprits généreux pour prôner, au vu des dégâts engendrés par l'intrusion de telle ou telle sacralité dans nos affaires courantes, une décontamination complète et définitive des esprits, au Kärcher. Puissent ces joueurs de flûte qui mènent les enfants à la rivière se demander si un monde sans rituels ni enclos serait moins irrespirable que le nôtre. Internet a mis le monde à plat et en réseau, c'est excellent pour circuler, mais personne ne peut *habiter* un réseau comme un monde, entre autres parce qu'il est sans verrou ni recoin — par trop circulatoire. Quand on voit ce qu'il en coûte à certains peuples d'être privés ou spoliés de leurs membranes protectrices que sont les frontières, des deux choses qui menacent le monde, le portail frontalier et le mur barbelé, c'est le premier qui semble encore le moins saumâtre.

Envoi

« Il y aura une heure de pleine fraternité, comme il y a une heure de plein midi » (Victor Hugo). Ce serait déjà beaucoup, n'en demandons pas trop. Et oublions le poil, s'il vous plaît. Les vieilles barbes de la IIIe République, les Jules trois points qui, à la fin du banquet, levaient leur verre à Marianne, les barbes nettes et carrées des Frères musulmans et celles, broussailleuses, des djihadistes posent la question de savoir si le fraternel est consubstantiellement lié à un système pileux. Réponse : il est toujours possible de se couper la barbe. C'est praticable et accessible aux deux sexes. Pas facile pour autant, parce qu'il faut vouloir les conséquences de ce qu'on veut — et que les conséquences, comme il advient souvent, déplaisent aux prémisses. Une plaisante mauvaise foi nous porte à vouloir la concorde sans le combat, le lien sans le liant, le réflexe civique sans la conscience historique, les droits sans devoirs, l'horizontale sans verticale, et pourquoi pas, tant qu'on y est, un dedans sans dehors... Le summum du principe de plaisir : se taper dans le dos tout à la ronde sans se brouiller avec personne.

Le lien esquissé dans ces pages a de plus hautes exigences. Il ne s'achète pas au rabais. Il coûte. Il se trouve simplement que ne pas en prendre le risque en serait un plus grand encore, qui ne nous laisserait plus le choix qu'entre les sécessions tribales reniant l'unité de l'espèce et l'abstraction Humanité couvrant les cruautés de l'argent-maître. Demandons-lui seulement, à cette rude vertu, de jouer plutôt l'adverbe que le substantif, de renoncer à ses rêves de fusion et d'indivision, d'accepter au besoin, sans forfanterie, d'être un éclair et non un état. Pour quelques moments d'élection, d'exception. Tout est affaire de rythme — marées, saisons, travaux, plaisirs. Les sociétés aussi, comme tout un chacun, font alterner leur période chaude, « tous dehors », avec le froid repli du « chacun chez soi ». C'est la sagesse du corps. L'hiver fut bien long, un brin de printemps ne serait pas mal venu. Par intermittence. Parce qu'une fraternité obligatoire et à temps plein ne serait qu'un gros bobard, comme un rut illimité ou la fête à perpète. Il y faudrait, de surcroît, un peuple de dieux, et qui soient assurés d'une éternelle jouvence. L'exercice fatigue et veut de bonnes artères, tant il force à rompre de lances. Assez de jeunisme, mais place aux jeunes. Les fougueux devront admettre que le fraternitaire du rang puisse faire valoir, passé un certain âge, ses droits à la retraite. À cet amendement près, le retour de la belle saison impose à tout un chacun une petite cure de *nous*. Sortir de la naphtaline notre grande vieille dame humiliée, mais pas encore alitée, ne serait pas la pire façon, sous nos latitudes, d'affronter un avenir qui s'annonce carnassier.

Anthologie personnelle de la fraternité

Littérature

Sainte-Beuve, *Port-Royal*, 1840-1859.

Jules Michelet, *Le Peuple*, 1846, et *Journal*, posthume, 1959-1962.

Walt Whitman, *Feuilles d'herbe*, 1855-1891.

Victor Hugo, *Les Misérables*, 1862.

Gustave Flaubert, *L'Éducation sentimentale*, 1869.

Jules Vallès, *L'Insurgé*, 1886.

Émile Zola, *La Débâcle*, 1892.

Ernst Jünger, *Orages d'acier*, 1920, et *Le Boqueteau 125*,1925.

Saint-Exupéry, *Vol de nuit*, 1931.

Jules Romains, *Les Hommes de bonne volonté* : vol. VII, *Recherche d'une Église*, 1934, XV, *Prélude à Verdun*, 1938, et XVI, *Verdun*, 1938.

Maurice Genevoix, *Ceux de 14*, 1949.

Paul Nizan, *Le Cheval de Troie*, 1935.

André Malraux, *Le Temps du mépris*, 1935, et *L'Espoir*, 1937.

Joseph Kessel, *L'Armée des ombres*, 1943.

René Char, *Feuillets d'Hypnos*, 1946.

André BRETON, *Ode à Charles Fourier*, 1947.

Robert ANTELME, *L'Espèce humaine*, 1947.

Histoire

Mona OZOUF, *La Fête révolutionnaire*, 1976.

—, Article « Fraternité » *in* François Furet et Mona Ozouf (dir.), *Dictionnaire critique de la révolution française*, 1988.

Marcel DAVID, *Fraternité et Révolution française (1789-1799)*, 1987

—, *Le Printemps de la fraternité ; genèse et vicissitudes, 1830-1851*, 1992.

Michel BORGETTO, *La Notion de fraternité en droit public français*, 1993.

Jacques ANDRÉ, *La Révolution fratricide. Essai de psychanalyse du lien social*, 1993.

Philosophie

Charles RENOUVIER, *Manuel républicain de l'homme et du citoyen*, 1848.

Jean-Paul SARTRE, *Critique de la raison dialectique*, 1960.

Robert DAMIEN, *Le Conseiller du prince de Machiavel à nos jours*, 2003.

—, Article « Fraternité fin et suites », *in* ouvrage collectif, *Fraternité*, 2009.

Que soient ici particulièrement remerciés
Jean-François Colosimo, Charles Conte,
Jacques Lecarme, Michel Melot, Olivier Salvatori
ainsi qu'Hubert Védrine

DU MÊME AUTEUR

Œuvres littéraires

LA FRONTIÈRE, *suivi de* UN JEUNE HOMME À LA PAGE, *nouvelles, Le Seuil, 1967.*

L'INDÉSIRABLE, *roman, Le Seuil, 1975.*

LES RENDEZ-VOUS MANQUÉS. Pour Pierre Goldman, *Le Seuil, 1975.*

JOURNAL D'UN PETIT BOURGEOIS ENTRE DEUX FEUX ET QUATRE MURS, *Le Seuil, 1976.*

LA NEIGE BRÛLE, *roman, Grasset, 1977 (prix Femina).*

COMÈTE MA COMÈTE, *Gallimard, 1986.*

LES MASQUES. Une éducation amoureuse, *trilogie* « Le temps d'apprendre à vivre », I, *Gallimard, 1988 (« Folio », n° 2348, 1992).*

CONTRE VENISE, *Gallimard, 1995 (« Folio », n° 3014, 1997).*

LOUÉS SOIENT NOS SEIGNEURS. Une éducation politique, *trilogie* « Le temps d'apprendre à vivre », II, *Gallimard, 1996 (« Folio », n° 3051, 2000).*

PAR AMOUR DE L'ART. Une éducation intellectuelle, *trilogie* « Le temps d'apprendre à vivre », III, *Gallimard, 1998 (« Folio », n° 3352, 2000).*

SHANGHAI, DERNIÈRES NOUVELLES. La mort d'Albert Londres, *Arléa, 1999.*

LE SIÈCLE ET LA RÈGLE. Une correspondance avec le frère Gilles-Dominique, o.p., *Fayard, 2004 (prix François-Mauriac).*

LE PLAN VERMEIL, *Gallimard, 2004.*

JULIEN LE FIDÈLE OU LE BANQUET DES DÉMONS, *théâtre, Gallimard, 2005.*

AVEUGLANTES LUMIÈRES. Journal en clair-obscur, *Gallimard, 2006.*

Œuvres philosophiques

LE SCRIBE. Genèse du politique, *Grasset, 1980.*

CRITIQUE DE LA RAISON POLITIQUE OU L'INCONSCIENT RELIGIEUX, *Gallimard, « Bibliothèque des Idées », 1981 (« Tel », n° 113, 1987).*

VIE ET MORT DE L'IMAGE, UNE HISTOIRE DU REGARD EN OCCIDENT, *Gallimard, « Bibliothèque des Idées », 1992 (« Folio Essais », n° 261, 1994).*

L'EMPRISE, *Gallimard, « Le Débat », 2000.*

I.F. Suite et fin, *Gallimard, 2000.*

DIEU, UN ITINÉRAIRE, MATÉRIAUX POUR L'HISTOIRE DE L'ÉTERNEL EN OCCIDENT, *Odile Jacob, 2002.*

LE FEU SACRÉ, FONCTIONS DU RELIGIEUX, *Fayard, 2003.*

LES COMMUNIONS HUMAINES. Pour en finir avec « la religion », *Fayard, 2005.*

UN MYTHE CONTEMPORAIN : LE DIALOGUE DES CIVILISATIONS, *CNRS Éditions, 2007.*

UN CANDIDE EN TERRE SAINTE, *Gallimard, 2008 (prix Nomad's).*

Œuvres médiologiques

LE POUVOIR INTELLECTUEL EN FRANCE, *Ramsay, 1979 (« Folio », n° 43, 1989).*

COURS DE MÉDIOLOGIE GÉNÉRALE, *Gallimard, « Bibliothèque des Idées », 1991.*

L'ÉTAT SÉDUCTEUR. Les révolutions médiologiques du pouvoir, *Gallimard, 1993.*

MANIFESTES MÉDIOLOGIQUES, *Gallimard, « hors collection », 1994.*

TRANSMETTRE, *Odile Jacob, 1997.*

CROIRE, VOIR, FAIRE, *Odile Jacob, 1999.*

INTRODUCTION À LA MÉDIOLOGIE. Premier cycle, *PUF, 1999.*

Écrits sur l'art

ÉLOGES, *Gallimard, 1986.*

L'ŒIL NAÏF, *Le Seuil, 1994.*

L'HONNEUR DES FUNAMBULES. Réponse à Jean Clair sur le surréalisme, *L'Échoppe, 2003.*

SUR LE PONT D'AVIGNON, *Flammarion, « Café Voltaire », 2005.*

DANS LA COLLECTION FOLIO / ESSAIS

414 Pascal Boyer : *Et l'homme créa les dieux (Comment expliquer la religion).*
415 Simone de Beauvoir : *Pour une morale de l'ambiguïté* suivi de *Pyrrhus et Cinéas.*
416 Shihâboddîn Yahya Sohravardî : *Le livre de la sagesse orientale (Kitâb Hikmat al-Ishrâq).*
417 Daniel Arasse : *On n'y voit rien (Descriptions).*
418 Walter Benjamin : *Écrits français.*
419 Sous la direction de Cécile Dogniez et Marguerite Harl : *Le Pentateuque (La Bible d'Alexandrie).*
420 Harold Searles : *L'effort pour rendre l'autre fou.*
421 Le Talmud : *Traité Pessahim.*
422 Ian Tattersall : *L'émergence de l'homme (Essai sur l'évolution et l'unicité humaine).*
423 Eugène Enriquez : *De la horde à l'État (Essai de psychanalyse du lien social).*
424 André Green : *La folie privée (Psychanalyse des cas-limites).*
425 Pierre Lory : *Alchimie et mystique en terre d'Islam.*
426 Gershom Scholem : *La Kabbale (Une introduction. Origines, thèmes et biographies).*
427 Dominique Schnapper : *La communauté des citoyens.*
428 Alain : *Propos sur la nature.*
429 Joyce McDougall : *Théâtre du corps.*
430 Stephen Hawking et Roger Penrose : *La nature de l'espace et du temps.*
431 Georges Roque : *Qu'est-ce que l'art abstrait ?*
432 Julia Kristeva : *Le génie féminin, I. Hannah Arendt.*
433 Julia Kristeva : *Le génie féminin, II. Melanie Klein.*
434 Jacques Rancière : *Aux bords du politique.*
435 Herbert A. Simon : *Les sciences de l'artificiel.*
436 Vincent Descombes : *L'inconscient malgré lui.*
437 Jean-Yves et Marc Tadié : *Le sens de la mémoire.*
438 D. W Winnicott : *Conversations ordinaires.*

439 Patrick Pharo : *Morale et sociologie (Le sens et les valeurs entre nature et culture).*
440 Joyce McDougall : *Théâtres du je.*
441 André Gorz : *Les métamorphoses du travail.*
442 Julia Kristeva : *Le génie féminin, III. Colette.*
443 Michel Foucault : *Philosophie (Anthologie).*
444 Annie Lebrun : *Du trop de réalité.*
445 Christian Morel : *Les décisions absurdes.*
446 C. B. Macpherson : *La theorie politique de l'individualisme possessif.*
447 Frederic Nef : *Qu'est-ce que la métaphysique ?*
448 Aristote : *De l'âme.*
449 Jean-Pierre Luminet : *L'Univers chiffonné.*
450 André Rouillé : *La photographie.*
451 Brian Greene : *L'Univers élégant.*
452 Marc Jimenez : *La querelle de l'art contemporain.*
453 Charles Melman : *L'Homme sans gravité.*
454 Nûruddîn Abdurrahmân Isfarâyinî : *Le Révélateur des Mystères.*
455 Harold Searles : *Le contre-transfert.*
456 Le Talmud : *Traité Moed Katan.*
457 Annie Lebrun : *De l'éperdu.*
458 Pierre Fédida : *L'absence.*
459 Paul Ricœur : *Parcours de la reconnaissance.*
460 Pierre Bouvier : *Le lien social.*
461 Régis Debray : *Le feu sacré.*
462 Joëlle Proust : *La nature de la volonté.*
463 André Gorz : *Le traître* suivi de *Le vieillissement.*
464 Henry de Montherlant : *Service inutile.*
465 Marcel Gauchet : *La condition historique.*
466 Marcel Gauchet : *Le désenchantement du monde.*
467 Christian Biet et Christophe Triau : *Qu'est-ce que le théâtre ?*
468 Trinh Xuan Thuan : *Origines (La nostalgie des commencements).*
469 Daniel Arasse : *Histoires de peintures.*
470 Jacqueline Delange : *Arts et peuple de l'Afrique noire (Introduction à une analyse des créations plastiques).*
471 Nicole Lapierre : *Changer de nom.*

472 Gilles Lipovetsky : *La troisième femme (Permanence et révolution du féminin).*
473 Michael Walzer : *Guerres justes et injustes (Argumentation morale avec exemples historiques).*
474 Henri Meschonnic : *La rime et la vie.*
475 Denys Riout : *La peinture monochrome (Histoire et archéologie d'un genre).*
476 Peter Galison : *L'Empire du temps (Les horloges d'Einstein et les cartes de Poincaré).*
477 George Steiner : *Maîtres et disciples.*
479 Henri Godard : *Le roman modes d'emploi.*
480 Theodor W. Adorno/Walter Benjamin : *Correspondance 1928-1940.*
481 Stéphane Mosès : *L'ange de l'histoire (Rosenzweig, Benjamin, Scholem).*
482 Nicole Lapierre : *Pensons ailleurs.*
483 Nelson Goodman : *Manières de faire des mondes.*
484 Michel Lallement : *Le travail (Une sociologie contemporaine).*
485 Ruwen Ogien : *L'Éthique aujourd'hui (Maximalistes et minimalistes).*
486 Sous la direction d'Anne Cheng, avec la collaboration de Jean-Philippe de Tonnac : *La pensée en Chine aujourd'hui.*
487 Merritt Ruhlen : *L'origine des langues (Sur les traces de la langue mère).*
488 Luc Boltanski : *La souffrance à distance (Morale humanitaire, médias et politique)* suivi de *La présence des absents.*
489 Jean-Marie Donegani et Marc Sadoun : *Qu'est-ce que la politique ?*
490 G. W. F. Hegel : *Leçons sur l'histoire de la philosophie.*
491 Collectif : *Le royaume intermédiaire* (*Psychanalyse, littérature, autour de J.-B. Pontalis*).
492 Brian Greene : *La magie du Cosmos* (*L'espace, le temps, la réalité : tout est à repenser*).
493 Jared Diamond : *De l'inégalité parmi les sociétés* (*Essai sur l'homme et l'environnement dans l'histoire*).
494 Hans Belting : *L'histoire de l'art est-elle finie ?* (*Histoire et archéologie d'un genre*).